刺客守則

ASSASSINSPRIDE

暗殺教師與夜界航路

7

天城ケイ

KeiAmagi

ニノモトニノ

illustration

Ninomotonino

Kadokawa Fantastic Novels

彩頁、內文插圖／ニノモトニノ

ASSASSINSPRIDE
CONTENTS

CHARACTER

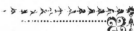

庫法・梵皮爾

隸屬於「白夜騎兵團」的
瑪那能力者，位階為「武士」。
雖然被派來擔任梅莉達的
家庭教師兼刺客，
卻違抗任務培育梅莉達。

梅莉達・安傑爾

雖生在三大公爵家的「聖騎士」家，
卻不具備瑪那的少女。
即使被輕蔑為無能才女
也並未灰心喪志，
是勇敢且堅強的努力之人。

愛麗絲・安傑爾

梅莉達的堂姊妹，
具備「聖騎士」位階的
瑪那能力者。
以全學年首席的實力為傲。
沉默寡言且面無表情。

蘿賽蒂・普利凱特

隸屬於精銳部隊
「聖都親衛隊」的菁英。
位階是「舞巫女」。
現在是愛麗絲的家庭教師。

繆爾・拉・摩爾

三大公爵家之一
「魔騎士」的千金。
與梅莉達等人同年紀，
卻散發成熟的神祕氛圍。

莎拉夏・席克薩爾

三大公爵家
「龍騎士」的千金，
與繆爾是同校的朋友。
個性文靜且怯懦。

塞爾裘・席克薩爾

年紀輕輕便繼承爵位的
「龍騎士」公爵，
是莎拉夏的哥哥。
此外亦是「革新派」首領。

布拉克・馬迪雅

隸屬於「白夜騎兵團」的
變裝專家。
位階是變幻自如，
具模仿能力的「小丑」。

威廉・金

隸屬於藍坎斯洛普的
恐怖集團「黎明戲兵團」的
屍人鬼青年。
與庫法暗中勾結。

涅爾娃・馬爾堤呂

梅莉達的同班同學，
以前曾欺負梅莉達，
但兩人關係最近產生變化。
位階是「鬥士」。

KEYWORD

藍坎斯洛普	受到夜晚黑暗詛咒的生物化為怪物的模樣。 分成許多種族，擁有咒力這種異能。
瑪那	用來對抗藍坎斯洛普的力量。 具備瑪那的人須保護人類免受藍坎斯洛普的威脅，相對地擁有貴族地位。 根據能力的傾向分成各種位階。

基本位階

Fencer **劍士**	盾牌位階，以強大防禦性能與 支援能力為傲，特別強化防禦。	Gladiator **鬥士**	突擊型位階，攻擊、 防禦都具備突出性能。
Samurai **武士**	刺客位階，敏捷性優異， 擁有「隱密」能力。	Gunner **槍手**	特別強化遠距離戰的位階， 將瑪那灌注到各種槍械中戰鬥。
Maiden **舞巫女**	擅長將瑪那本身具現化 來戰鬥的位階。	Wizard **魔術師**	後衛位階，特別強化攻擊支援， 擁有「咒術」這項減益型技能。
Cleric **神官**	後衛位階，具防禦支援能力以及 把自身瑪那分給同伴的「慈愛」。	Clown **小丑**	特殊位階，能夠模仿 其他七個位階的異能。

上級位階

只有三大騎士公爵家——安傑爾家、席克薩爾家、拉·摩爾家
繼承的特別位階。

Paladin **聖騎士**	由安傑爾公爵家代代相傳的萬能位階。無論是戰鬥力或支援同伴的能力， 在各方面都以高水準為傲。具備所有位階中唯一的恢復能力「祝福」。
Dragoon **龍騎士**	由席克薩爾家所擁有，具備「飛翔」能力的位階。 活用驚人的跳躍力與滯空能力，將慣性毫無遺漏地轉化成攻擊力。
Diabolos **魔騎士**	由拉·摩爾家繼承，最強的殲滅位階。 具備能夠吸收對方瑪那的固有能力，在正面對戰中所向無敵。

HOMEROOM EARLIER

弗蘭德爾之王精神失常——

這樣的新聞標題閃過腦海中，庫法無意識地將散落在桌上的成堆報告書拉到手邊。他「咚咚」地對齊邊角，一張不漏地讓報告書整隊。彷彿眼尖地管理點燃導火線的機密情報一般。

「以上就是從鄉哥爾塔的祕密研究所帶回來的收穫。」

他一口氣說完，將整理好的報告書遞到沙發對面。沾滿血腥的研究成果從他下意識灌注了力量的指尖迅速地被奪走。

場所是與外界隔離，並未刊登在地圖上的房間。只有知道這個場所的人才能到達，屏息潛藏在光明社會陰影處的「理應不存在的總部(Lodge)」——

身為庫法的養父兼上司，現擔任白夜騎兵團團長，年過四十的男人右手拿著香菸，左手高舉報告書，將灰色氣息吹向油墨的文字列。

「……雖然『賢者』布洛薩姆進行了人體實驗這件事也令我大吃一驚，但沒想到弗蘭德爾現任王爵——塞爾裘・席克薩爾閣下居然跟這件事有關連啊。」

「普利凱特卿的自白內容與報告書的記述也一致。但唯獨與關鍵人物席克薩爾公爵相關的證言……」

「保持沉默——應該說更接近否定的含意啊。也可能是害怕報復。」

上司咚咚地用香菸前端敲了敲菸灰缸。他將剩一小截的香菸再度叼回嘴邊。

「……或是他認為這件事不應該公開也說不定。他的妻子卡蜜拉夫人從藍坎斯洛普化的咒縛獲得解脫，讓『賢者』也大致恢復了冷靜的判斷力。他大概到了現在，才不願去相信位居弗蘭德爾頂點的人物，竟然可能危害全世界這件事吧……」

「我們可不能那樣子。若是一直逃避現實，就無法應對困境。」

庫法像是意氣用事一般挺身向前。上司則是相對地將身體靠向椅背。

「別這麼著急。我的判斷也跟『賢者』一樣，認為這件事不應該公開。你回想一下四個月前的春天，你是為了什麼擔任王爵的影武者吧……那群犯罪組織絡繹不絕地聚集到狂王的陣門前嘍。」

男人混濁的眼神往上瞥了瞥青年的美貌。

「雖然我不曉得在執行任務的你，為何會答應接下那種麻煩事。」

這次換庫法將背靠向沙發，宛如模特兒一般悠哉地蹺起二郎腿。

「那是我作為『庫法．梵皮爾』的私人關係──你認為在那次巡禮時掀起的，與席克薩爾分家之間的抗爭，也跟布洛薩姆侯爵報告書裡的『席克薩爾家正面臨的某個困境』有關係嗎？」

「天曉得，那群恐怖分子也是保持沉默。所謂的殉教者實在很難搞。」

上司有些粗魯地掀起厚厚的報告書，用指尖彈了彈最後一張。

「……記述在半吊子的地方中斷了，後續內容呢？」

「不見了。這表示後面的內容偏離了命題（主旨）吧。」

庫法近來漸漸習慣面不改色，若無其事地撒謊了。

從聖弗立戴斯威德女子學院第一學期前往鄉哥爾塔的研修旅行中帶回來的這些報告書，正確來說是庫法的主人梅莉達發現的東西。抱著拚死決心闖入怪物巢穴的少女，似乎確定有陰謀鋪設在地底城鎮中。

看到報告書結尾碰巧記載了自己的名字，據說少女同時懷疑起自己的眼睛；從怪物口中發出的「神之子」這超脫世俗的聲響，讓她難以置信。

梅莉達害怕將報告書的內容公諸於世；庫法也與她有同感，只把記載了少女名字的最後一張紙處理掉。他想避免白夜騎兵團過度關注梅莉達。庫法也必須徹底隱瞞自己為何會同意擔任王爵的影武者進行巡禮的原因。

梅莉達之母梅莉諾亞・安傑爾外遇的嫌疑相當大——

梅莉達總算覺醒的瑪那並非與生俱來，而是切割庫法的一部分移植給她的東西罷了。就連當事者都深信是清白的這些祕密，庫法絕不能由衷坦露。

因為在那扇祕密之門的最深處赤裸裸地存在「暗殺梅莉達」這難以避免的使命——以及企圖隱匿這件事的庫法與梅莉達的生命線。

敵人可是多得數不清，但同伴卻寥寥無幾。在這原本是根據地的總部也不例外，庫法在冷酷的面具底下捏了一把冷汗。

該感到慶幸嗎？上司吐出的煙霧遮住了他的視線。

「王爵會協助普利凱特卿的理由，還有與席克薩爾家相關的麻煩事，都是我們『白夜』應該調查的案件。民眾不用說，甚至也不能讓表騎兵團的傢伙察覺到這些……明明如此，但那個老爺子實在是——」

「老爺子？」

「有人試圖搶奪正被拘留的布洛薩姆・普利凱特。雖然派來的是合法士兵，但下令的傢伙顯而易見——就是莫爾德琉卿啊。」

莫爾德琉是將刀刃纏在庫法生命線上的頭號人物。並非已經遺忘的那名字出其不意地刺向庫法心臟，讓他未經掩飾的感情從面具底下洩漏出來。

「莫爾德琉卿為何要……？」

「他八成是想從『賢者』口中問出席克薩爾家的弱點，讓對方動搖吧。如此一來自己的立場就會相對地獲得保障——這就是他打的算盤。」

「事到如今他還這樣亂來，究竟是為了什麼……！」

焦躁的情緒讓庫法的語尾口氣忍不住粗魯起來。上司沒有立刻回答，他丟掉只剩一小截的香菸，拿出另一根全新的菸。短暫的火焰朦朧地照亮他的嘴角。

莫爾德琉正是梅莉達的外祖父，同時也是委託人暗殺梅莉達的主謀。莫爾德琉卿的期望是否定梅莉諾亞的外遇嫌疑，堅守身為騎士公爵家一員的立場。為此他也冀望梅莉達能成長為安傑爾家無與倫比的聖騎士——

在這兩個願望中，要立刻洗清梅莉諾亞的嫌疑相當困難。既然如此，應該殺害孫女梅莉達，將真相埋葬在黑暗中嗎？答案是否定的。被派來看清梅莉達資質的，正是刺客兼家庭教師的庫法，實際上梅莉達在這一年來，也不畏被人嘲笑是「無能才女」，而有顯著的成長，一直向周圍展現出深不見底的才華。

而支持梅莉達成長的是庫法給予她的瑪那——跟庫法同樣是「武士」的位階。

「問題就出在這裡啊，『暗殺教師』。」

上司將香菸鮮明的緋紅色前端比向庫法，吐出搖晃的白煙。

「最近在聖王區出現這樣的傳聞——『「無能才女」梅莉達·安傑爾的瑪那確實覺醒了，但她的位階並非聖騎士』——」

「——唔！」

「已經厭倦日常閒聊的婦人們就像一群飢腸轆轆的魚喔。她們欣喜若狂地到處宣揚這個傳聞，就算莫爾德琉卿想否認也沒辦法……畢竟是事實啊。」

「是哪來的傢伙散播這種傳聞！」

無論是作為梅莉達的家庭教師，還是作為「白夜」的特工，庫法這時候坦露出感情應當都不奇怪。即使是承接眾多骯髒工作的白夜特工，存在意義也跟檯面上的騎兵團一樣是為了平定弗蘭德爾。

上司聳了聳肩，像是要將部下的憤怒蒙混過去一般。

「關於圍繞著『無能才女』的狀況，問你本人是最清楚的吧？」

「……她的位階確實是『武士』，但知道這件事的人應該不多才對。她的朋友、菲爾古斯公、布拉曼傑學院長，還有就是——」

「革新派……之前一直放任揭露了『無能才女』位階的那群傢伙啊。」

上司不經意地說道。彷彿他的熱度都被庫法的激動給吸收了一般。

「明明是一群散沙般的傢伙，偏偏在消除足跡這方面還有些水準，讓人費了一番工夫啊。八成是首領很優秀吧，關於之前指揮審判的傢伙，你掌握到什麼線索了嗎？」

庫法重新坐回沙發上。應該釐清的難題堆積如山。

「我**大概有個底**。唯一的線索是繆爾小姐與莎拉夏小姐，但沒能從她們兩人口中探聽出有用的證詞。」

「哦？」

「聽說他們『集會時總是戴著面具，不認識任何一位會員』，現在已經斷絕關係。之前是稍微開個小玩笑──她們這麼說。」

家庭教師的面具與身為刺客的自己──摻雜這兩種立場的感情讓庫法聳了聳肩。

「既然她們身為公爵家千金，也不可能用**我們的作風**去探聽出情報。一個弄不好，就無法繼續執行擔任梅莉達‧安傑爾的家庭教師這個第一任務了。」

「但是，你說你大概有個底了……？」

「那邊更加棘手。畢竟對方如今可是位居**身分階級的頂點**喔。」

庫法的嘴角回想起暌違已久的笑容。於是這次相反地換上司露出誠摯的眼神，挺身探向前方。

「即使如此，我們也不能不去正視。必須有人挺身面對，否則無法阻止困境。」

「處理那些任誰都不想做的工作，就是我們──不，是我的職責嗎？」

「就是這麼回事。這無庸置疑地是一份適合你的工作喔。」

上司彷彿總算滿意了一般，將身體往後躺。

他大動作地蹺起二郎腿，看似享受地吸入煙霧，然後吐了出來。

「你就盡量樂在其中吧，暗殺教師。」

曖昧不清的謎團描繪出斑點，讓庫法很快地感到頭昏腦脹起來。

It has spread the night of
darknessoutside city-state Flandre
He and she met in kind of world.

LESSON：I ～黑夜中的日子～

然後，場景來到大海——

此刻，一望無際的汪洋大海正在庫法眼前拓展開來。

話雖如此，但這並非能讓人真正放鬆心情的光景。在離開燈飾形狀都市（弗蘭德爾）後，甚至通過下層居住區那些城鎮的前方，可說是位於人界盡頭的這片外海，正是與藍坎斯洛普的領土——夜界之間的邊界。

在淺灘一帶還維持著安穩的狀態，但一旦來到海面，難以取悅的怒濤便會拒絕來訪者進入。而且國法禁止長距離游泳，即便法律沒有禁止，也沒幾個人會自願跳進不斷湧上又退下的波浪間吧。

已經開發了度假村，極為受限的這個樂園，說到在海邊的樂趣，就是海灘遊戲。

此刻有顆五顏六色的皮球緩緩地描繪出拋物線。透過空氣流動察覺到皮球前進方向的庫法，沒看向皮球那邊便舉起單手。具備彈性的彈力分毫不差地吸附在他手掌上。

然後有一隻蝴蝶的身影，從舞臺側面追逐皮球前來。

LESSON I ～黑夜中的日子～

「糟糕，飛得這麼遠……——啊，庫法老師？」
「妳好，莎拉夏小姐。」
庫法中斷思索，站起身來。雖然選了沒有任何人在的岩石區，但既然是蝴蝶的心血來潮，這也無可奈何吧。庫法將宛如話題一般起勁的皮球夾在腋下，與少女面對面。
現在應該稱呼少女為「人魚公主」嗎？櫻花色秀髮溼潤閃亮的龍騎士，穿著裸露出肌膚的泳裝。滑過肩膀的水珠十分炫目。略微害羞的美貌散發著祖母綠光輝。
「原來老師在這裡呀……因為不見老師的人影，我一直在找您。」
「十分抱歉，因為我有些事想思考一下。」
「這……這樣子啊……對不起，打擾到您了……」
莎拉夏儘管縮起她纖細的肩膀，卻沒有要離開的意思。彷彿想說她的心被青年的視線給釘住了一般，扭扭捏捏地不斷原地踏步。
庫法一邊將皮球還給少女，一邊拉起思索的釣魚線。
——現在的我肩負著新任務。就是要以熟人的身分接近塞爾袞公，打探出席克薩爾家的實際情況。還有查明揭露小姐位階的革新派首領。
成為轉機的是畢布利亞哥德圖書館員檢定考試那天，聽說莎拉夏與繆爾作為革新派的前鋒，被託付引誘出梅莉達的任務。關於下達這項指示者的真面目，少女的說法是「不曉得」，但庫法已經識破她們不可能真的一無所知。即使少女本身是無辜的，她們也在包庇在法庭上穿針引線者——

為何有必要包庇對方？——難道不是因為那人對她們而言，是相當親近的人物嗎？少女身為溫室長大的公爵家千金，交友關係十分狹隘。庫法已經大略察覺到藏在黑暗深處者的真面目。話雖如此，卻苦無證據。庫法必須慎重地避免會撼動他身為梅莉達家教這個社會地位的言行舉止。

那麼，要怎麼做呢？

——就是要讓對方主動敞開心扉。設法讓對方將深藏不露的祕密和所有心事，都毫無保留地坦白出來。

「庫……庫法老師？您一直盯著我看，有什麼事嗎……？」

莎拉夏彷彿感到不安起來一般，更怯懦地縮起了身體，仰望著庫法。

庫法狠下心，重新面向少女。覆蓋外殼的是不會褪色的誘人微笑。我絕對沒有樂在其中喔——他一邊這麼說服著自己。

「十分抱歉，我看莎拉夏小姐看得入迷了。」

「看入迷……咦……咦咦！」

稚嫩的臉頰害羞地冒出蒸氣。

LESSON: I ~黑夜中的日子~

皮球從她手中滑落，十四歲少女暴露出來的膚色眼看著染紅。彷彿就連這副模樣也像恥辱一般，少女緊緊抱住自己。就連手指腳尖也僵硬不已。

「請……請老師不要突然說些奇怪的話啦～！」

「很突然嗎？我每次見面都覺得小姐美麗動人，剛才不由得把心裡話脫口而出──我懂了，是因為小姐這副打扮非常吸引人啊。」

庫法泰然自若地露出微笑。那笑容讓人絲毫感覺不到他心懷不軌，因此莎拉夏有一瞬間難以摸清庫法的意圖，而追逐著他的視線。

一滴水珠滑落到被莎拉夏自身的雙手捧起來的雙峰之間。倘若掬起那水珠，想必會散發糖蜜的滋味吧。莎拉夏終於像忍受不住似的扭動身體。

「討厭，夠了啦！庫法老師真是的……！」

「啊，妳看妳。不可以像那樣駝背。」

庫法以長輩的威嚴矯正少女的肢體。他將手貼在少女腰上，讓少女挺直脊背。彈性十足的果實咚隆地突向前方，纖細滑順的腰部曲線宛如優雅的新月一般。莎拉夏害羞得連耳根都紅了，但只能任憑鋼琴家那結實卻纖細的指尖擺布。

「莎拉夏小姐經常在鍛鍊身體吧。我一直很佩服小姐的姿勢總是十分端正。明明如此卻彎腰駝背，實在太糟蹋自己了。小姐應該一如往常，光明正大地抬頭挺胸。」

「可……可……可是，穿著胸部這麼引人注目的打扮，我還是會覺得難為情……」

「哎呀，這套泳裝是小姐自己挑選的吧？難道不能讓我觀賞嗎？」

在極近距離被庫法緊盯著看，莎拉夏的少女心輕易地被溶化了。勉強遮掩住雙峰的指尖被移開，毫無保留的泳裝打扮暴露在庫法的視線下。

庫法甚至暫時忘記使命感，入迷地看著眼前的半裸軀體。

「呵呵……雖然嘴上說難為情，但莎拉夏小姐似乎很清楚自身的魅力呢。這套泳裝毫無遺憾地展現出小姐的好身材，不是嗎？」

「才才……才沒那回事……！」

「就連髮飾也充滿品味。周圍的男生無法對小姐置之不理吧？」

「怎麼可能！我周圍根本沒有什麼男士……」

不知為何，莎拉夏像是氣喘吁吁地挺身向前，然後吞吞吐吐地編織出氣息。

「我從以前就不擅長和男生相處……要說聊天對象，頂多只有哥哥而已……」

「和我獨處不要緊嗎？」

「庫法老師是特別的！」

莎拉夏猛然抬起頭，由於兩人距離實在太近，鼻頭碰在一起。

在庫法被攻其不備的同時，莎拉夏也立刻回過神來。她發現自己身體向前挺過頭，

LESSON I ~黑夜中的日子~

導致胸部壓在青年身上，於是急忙跳向一旁，抱住胸部。

「可……可是，就算老師是特別的，我覺得突然這樣子還是不行！這樣很壞喔，庫法老師！應該更放慢速度，一步一步來，給我時間做好心理準備……啊嗚！」

「十分抱歉，我這個人好像沒什麼耐性。能不能請妳指導才疏學淺的我，是什麼事不行呢，淑女？在這個四下無人的岩石區，就我們倆，一邊互相暴露出彼此的祕密……」

「咦！呼咦——！」

「——我還在想妳怎麼一直沒回來。」

距離最終防衛線還差一步——就在庫法要踏向前方時，冒出援軍的聲音。

是在岩石區上宛如模特兒一般站著的繆爾．拉．摩爾。黑水晶妖精輕飄飄地降落到岩石區陰影處，不知為何責怪起櫻花色人魚公主。

「妳真是狡猾，莎拉。竟然在這種祕密場所獨占庫法老師。」

「咦！才……才不是那樣子呢……——！」

「老師也是喔。你們該怎麼補償這不講道義的行為呢？」

泳裝打扮的繆爾以盛氣凌人的語氣一步步地逼近兩人。

這情況完全在繆爾的計算中吧，只見她的左手握著小玻璃瓶。瓶子裡裝著如夢似幻般的乳白色糖蜜。「對了！」她彷彿剛剛才靈光乍現似的，將小瓶子高舉在她小惡魔般的美貌旁。

「就請老師幫我塗這瓶乳液吧。畢竟我聽女僕談天時，有提到要是過度接觸海水，可是會傷到肌膚的呢。」

肌膚有如絲綢般細緻的繆爾，表現出無謂的擔憂。當然這只是表面話吧。她臉頰磨蹭著彷彿寶石般的玻璃瓶，像是彈豎琴似的撥開瓶蓋。

「老師肯幫忙的話，我就原諒你們。要塗到這瓶子整個空了為止……請老師用手掌把整瓶乳液塗完吧，塗在我稚嫩的身，體，上……」

「小小小小……小繆妳真是的……！」

與剛才不同的溫度讓莎拉夏的臉頰發燙起來。繆爾「呵呵」地露出誘人的笑容，觀察著青年的動向。庫法再次在內心雙手環胸，思索起來。

自己與繆爾這樣的對話已經成慣例了。雖然不曉得究竟是哪裡有趣，但自從在幾個月前的巡禮中熟識起來後，她一有空檔，就會像這樣跑來戲弄比她年長的庫法。對身為繆爾兒時玩伴的莎拉夏而言，這似乎也是前所未有的行動，繆爾應該是基於自己的興趣，在實踐透過書本累積起來的知識吧？這是雙方的見解。

倘若是平常，庫法會在這時一臉若無其事地閃避挑釁，繆爾儘管露出意猶未盡的視線，也會改變話題——這就是兩人心照不宣的默契。

LESSON I

～黑夜中的日子～

但唯獨在今天，庫法判斷「這說不定也不壞」。

要從對方口中探聽出想要的情報，其中一個訣竅就是「讓對方感到心情愉快」。這並非只侷限於精神上的效果。假如能讓對方在**肉體上**感到舒服，即使是頑固地不肯坦白的革新之徒，可能也會情不自禁地說溜嘴吧？

正好現在又是對方主動提出要求的狀況。庫法認為機不可失地點了點頭，同時踏進少女徹底鬆懈下來的防線中。

「可以喔。那麼，請把瓶子給我。」

「嗯，我早知道會遭到拒絕。你都不曉得我總是得鼓起多大的勇氣，庫法大人偶爾也該誠懇地面對——你剛才說什麼？」

「失禮了，繆爾小姐。」

庫法從十四歲少女的腋下一把抱起她的身體。他找了個適合的岩石坐下，同時讓少女跨坐在他的左大腿上。毫無預兆地變成從正面抱住庫法的姿勢，遭遇到未知狀況的妖精驚訝地眨了眨黑曜石眼眸。

庫法不給少女思考的時間，隨即將小瓶子裡的乳液倒至手掌上。他讓似乎富含保溼成分的乳液流入手指縫隙間，首先讓手在無關緊要的地方移動。從上臂撫摸向肩膀、鎖骨窩的瞬間，少女的身體彈了起來。

「噫！咦？慢點，老師，你認真的……？噫……呀啊！」

「可能會有點癢，還請妳忍耐一下，淑女。」

就連讓人聯想到天使羽翼的背後也毫無遺漏。就算這裡是沒有任何人會看見的岩石區陰影處，讓公爵家千金在這種開放的場所脫掉泳裝，還是太荒唐了。

因此庫法選擇讓自己的手指鑽入泳裝布料內側。庫法以絕妙的指法按摩著少女打結處底下的肌膚，無法逃離的繆爾一邊緊抓著青年肩膀，同時漲紅了臉。從全方位撼動著意識的洶湧波濤讓理性處於顛覆邊緣。

「那個，庫法……老師……我對這種事情……完全……一無所知……！」

「我對此很有心得，請小姐放心。不知為何，自從接下這家庭教師的任務後，經常有機會幫人按摩……」

「這件事我常聽梅莉達提起！」

不知為何挨罵了，因此庫法像要敷衍過去似的埋頭在按摩作業中。在庫法稍微跨越少女羞恥的界線——微乳的山腳那一瞬間，繆爾的背宛如弓箭般後仰。從莎拉夏的角度可以看見繆爾拚命忍住不叫出聲的表情，她彷彿渾然忘我似的摀住嘴角。

在險些決堤的水邊，又出現兩名天界派來的救兵。擔心一去不回的朋友而前來關心情況的兩名天使，對這場惡魔的饗宴驚訝地瞠大了眼。

「老……老師又在對女孩子做色色的事～！」

這麼開口找碴的是庫法的主人梅莉達．安傑爾。「只是稍微沒注意……」和梅莉達宛如對照鏡的愛麗絲．安傑爾翻著白眼開口，她們散發的凍氣讓繆爾總算恢復理智，連滾帶爬地逃離青年腿上。但為時已晚，少女已經從腋下到大腿都溼溼黏黏的。

庫法一邊在意識深處享受著安傑爾姊妹的泳裝打扮，同時露出工匠完成豐功偉業般的表情，站起身來。他將還剩下一半的乳液蓋上瓶蓋，訴說自己的清白。

「妳誤會了，小姐。這只是為了避免海水造成傷害，在幫她塗乳液而已……」

「那麼，接著請老師也一樣幫我……幫我塗乳液！」

「我是無所謂……但對象是小姐的話，該說沒什麼意義嗎……」

「唔～～！我也是有一點**份量**的～！」

梅莉達淚眼汪汪地抱著單薄的胸圍，就在庫法分心想著該如何安撫她時，原本留在手裡的小瓶子啪一聲地被搶走了。

搶走小瓶子的是黑水晶魔騎士，前所未有的恥辱帶來的羞恥與復仇心讓她的肌膚泛紅發燙。

「嗳，各位，乾脆由**我們**來幫老師塗乳液如何呢？平常總是我們被他看到不堪入目的姿態，不覺得很不公平嗎？」

LESSON I
～黑夜中的日子～

「說得好，繆爾。我也一直這麼認為。」

愛麗絲爭先恐後地表示贊同。她「嘿咻」地踮起腳尖，立刻伸手脫掉青年的上衣。來到海邊的庫法也入境隨俗地穿著泳裝，但被稚氣未脫的少女親手脫成半裸這種前所未有的經驗，阻礙了思考迴路。

「咦！不，那個，要麻煩小姐幫忙這種事，實在令我不勝惶恐……」

「請別放在心上，老師，我們都這麼熟了不是嗎？這是對老師平常總是臉不紅氣不喘地玩弄我身體的回禮，一點小心意……」

「小姐該不會在生氣吧？」

「氣什麼呢？」

呵呵──梅莉達浮現出宛若告死天使般的笑容，平常受害程度僅次於梅莉達的愛麗絲則是默默地剝掉庫法的上衣。是因為平日寡言，所以堆積了更多怨言嗎？庫法不禁往後倒退幾步，但至高無上的隆起堅決地擋住庫法的背後。用整個身體堵住庫法退路的，竟然是被視為最屬穩健派的莎拉夏。

「不會吧，連莎拉夏小姐都……！」

「對……對不起，庫法老師。其實我從之前就一直在想，如果能摸摸看老師那強壯的身體就好了……」

這就是名為解放感的海洋魔力嗎？被不能隨意碰觸的膚色圍住周遭，庫法甚至無法自由地轉頭。五顏六色的泳裝不斷誘惑著庫法的雙眼。繆爾將乳液嘩啦嘩啦地倒在單手手掌上。

「你在客氣什麼呢？我們已經是坦誠相見過的關係不是嗎？」

理性的波浪暫時湧上，記憶在少女的眼眸中打轉。然後稚氣未脫的美貌一齊低下了頭。蒸氣從金色、白銀與櫻花色秀髮中噗咻地裊裊升起。

透光到甚至讓人懷疑是否存在的沐浴服也在庫法的眼皮底下復甦，與眼前的裸體重疊起來。縱然是庫法，一想起那時的混浴光景，也不禁感到害臊。直接被玩弄了裸體的梅莉達，更是比別人加倍感到羞恥吧。

最後庫法甚至連精神上的退路也被封住了。他只能一邊感受從四面八方圍住他的急促呼吸，一邊等候雙手淫黏地發出詭異光芒的少女撲上來——

「各位……上吧～！」

打頭陣的是位於庫法正面的梅莉達。啪啪啪啪——與其說是塗抹，那股氣勢更像是要烙上巴掌印一般，從四面八方像甩巴掌似的猛打。少女的仰慕毫無保留地蘊含在柔軟的手指中。發出孕育著空氣的尖銳聲響，有時會令人感到疼痛。

「唔哇，好厲害……連細部也充滿肌肉。你到底是怎麼鍛鍊的呢，庫法老師……？」

LESSON I ～黑夜中的日子～

「哼哼……哼哼……庫法老師的氣味。殘暴的香味……」

「如何，你明白這令人多麼難為情了嗎？居然被那樣毫不客氣地玩弄，沒有比這更屈辱的事情了。今後要觸摸我的肌膚時，記得再稍微醞釀一下氣氛——」

「咳嗯！」

打斷天使們饗宴的，是宛如全能神之雷一般的清喉嚨聲。

包括庫法在內的所有人，都猛然抬頭仰望上方。背對著提燈形成後光，氣勢凶猛地站在岩石區頂點的，是讓人聯想到豐收女神，散發性感魅力的泳裝打扮。儘管有個十四歲的女兒，仍舊保持著青春美貌的「魔騎士」當家亞美蒂雅·拉·摩爾女公爵，在宛如模特兒一般的柳眉之間刻劃出深深的龜裂。

四名美少女在靜止狀態下檢視己身，注意到自己的姿勢像在互相競爭似的用肌膚磨蹭著位於中心的庫法。也難怪從高處俯視這光景的女公爵會發怒。包括愛女在內的貴族千金在這種四下無人的地方互相爭奪著一名男性，且搞得溼黏黏的話，身為監護人想必會非常不悅吧。

暗影落在拉·摩爾公的眼皮上。她的眼眸在底下宛如雷光一般亮起。

「妳們玩得挺起勁的嘛，姑娘們。妳們在向老師請教什麼呀？」

「糟糕，都忘了沙灘排球才打到一半呢！」

少女在這種時候的變臉速度之快實在令人欽佩，梅莉達、愛麗絲、莎拉夏、繆爾四人把自己做的好事撇得一乾二淨，開始散去。為了讓女公爵的矛頭轉向別人，還不忘留下高大的避雷針（代罪羔羊），設想得十分周全。

步法輕盈的蝴蝶輕飄飄地逃離岩石區，現場只剩下彷彿要冒出龜裂的壓力、女公爵以及庫法。庫法完全錯失逃離的時機，只能勉強在臉上擠出討好的笑容。他一邊在內心下定決心，之後非得個別教訓一下那四人才行。

「這……這不是亞美蒂雅公嗎。希望您能給我一個辯解的機會……」

「沒必要，你用不著那麼緊張——我一直在找你。」

彷彿剛才那股怒氣是為了趕跑小兔子一般，讓人聯想到妖豔女狐的亞美蒂雅公聳了聳肩。庫法儘管蹙起眉頭，仍優雅地動起雙腳肌肉，同時飛奔到岩石區上方。

他總算回到有「燈光」照亮的地方，趕到公爵閣下身邊。

「您有何吩咐？」

「這個交給你保管。」

公爵以流暢的動作賜給庫法的，是個平凡無奇的「罐子」。庫法打開平坦的蓋子一看，只見裡面裝有打火石與滿滿的細碎紅色顆粒。

「是家母的命。」

LESSON: I ～黑夜中的日子～

那事關重大的聲響與難以捉摸的意圖，讓庫法猛然抬起頭來。但亞美蒂雅似乎不打算多說什麼，她只告知這點便背對庫法，只能看見她裸露的背後。

「你要好好收著。然後等到有需要時再還給我。」

「為何要交給我？」

「我也煩惱過要交給你還是交給『一代侯爵』。但在發生什麼萬一的時候——感覺你會最頑強地存活到最後。」

彷彿想說謁見時間已經結束似的，簡短的對話完畢後，女公爵便離開現場。就在庫法迷惘著是否該堅忍不拔地追問的瞬間，從遠方向他搭話的美聲將意識拉到其他路線。

「嗨，庫法小弟，你上哪兒去啦！我一直在找你喔。」

簡直就像一直在等待出場機會一般飛奔過來的美青年是塞爾裘·席克薩爾，他當然也是一身泳裝打扮，裸著上半身的他拉起庫法的手臂，表現出異於往常的親密態度。

被剝掉上衣後一直裸著上半身的庫法，不得已地將裝有打火石的罐子收到口袋裡，儘管一邊心想為何自己得跟男人穿泳裝約會，有何樂趣？但仍跟著塞爾裘前進。

「您又帶了什麼麻煩過來，公爵？」

「你講得真難聽啊，要拜託你的不是什麼難題啦。我只是希望你能跟我一起擺個『姿勢』。」

「擺姿勢？」

「沒錯——好啦，麻煩你在以海洋為背景的這個位置踩踏沙灘！」

庫法照塞爾裘所說，瀟灑地停下腳步。他一派自然地站在原地，塞爾裘將手臂靠到庫法肩上，彷彿想說有什麼愉快的企圖一般，揚起嘴角。

「你就這樣不用笑也沒關係喔——啊，眼睛看那邊。」

「兩位，我要拍嘍～～！」

喀嚓——閃光燈鮮明強烈地亮起，還散發出底片燃燒的氣味。被拍下與塞爾裘公的兩人合照，庫法一臉不滿地眺望眼前的女僕。經驗老到的幫傭用宛如職業攝影師般的架勢一邊拿著相機，一邊在說明前先開口說教。

「你們在做什麼呀，多擺些姿勢！」

「……塞爾裘公，這究竟是？」

喀嚓——還無暇插嘴，對方便接二連三地按下快門，庫法幾乎是無意識地改變身體的方向，他歪頭並高舉手臂，宛如被施加魔法的雕像一般變換姿勢。塞爾裘一邊趁閃光燈的空檔與庫法交談，而且動作俐落地看也不看這邊。

「她是我家的女僕長，幹勁十足地說要製作我的泳裝裝扮寫真集。她似乎想要多點變化，所以你也來幫忙吧。」

「好啦，笑一個！」

雖然冒出這種不由分說的要求，可悲的是庫法不禁與搭檔勾肩搭背，條件反射地露出微笑。最上相的一瞬間喀嚓地被拍了下來。

這時，將臉從鏡頭後方移開的攝影師吊起眉毛。

「喂，我說妳們呀！別站在後面！」

席克薩爾家的女僕不知何時鬧哄哄地聚集起來，用彷彿空腹的美食家一般熱烈的視線，注視半裸著靠在一起的塞爾裘與庫法。當中有個腳尖闖入了鏡頭的人遭到斥責。專家的講究似乎不容許有半點妥協。

「這可是要拍成**少爺**的寫真集喔！要是拍到其他人影，不就變成普通的家族合照了嗎？好啦，要拍到可以填滿整本相簿喔～～！」

「……席克薩爾家不要緊嗎？」

庫法在別的意義上擔心起來，於是塞爾裘用關懷的眼神望向彼方。

「你那邊的女僕長情況不也是差不多嗎？」

庫法看向同個方向，只見四千金繼續玩起沙灘排球，且有個年紀比她們大上一輪，泳裝打扮的女性在她們周圍跑來跑去。是統率梅莉達宅邸的女僕長——艾咪。她手持用慣的老相機，不斷狂按快門，在沙灘上散播著閃光燈。

「小姐，實在太棒了！真是惹人憐愛！簡直是海邊的妖精呀～！請面向這邊！別害羞！請各位一起並肩站著吧～！」

「失禮了，我去開一下傭人會議。」

庫法找到不能忽視的藉口，快步地退出攝影會。為了找出最佳角度，即使要在沙灘上打滾也不在乎的艾咪，是否清楚自己年輕誘人的泳裝打扮，還有得在別人家面前維持面子這件事呢……

途中庫法發現了在這個沙灘上顯得格格不入的色彩——沒有加入那邊的騷動或這邊的遊戲，而是孤高地從岩邊眺望著大海的龍騎士美女。

身為席克薩爾分家，同時也是塞爾裘和莎拉夏的堂姊妹——庫夏娜・席克薩爾，儘管身穿大膽的泳裝打扮，卻因內在的嚴酷性質，纏繞著不讓任何人靠近的氛圍。

她感受著在遠方狂暴地掀起水花的波浪，瞇起一邊深碧色的眼睛。

「……簡直就像大海在哭泣一樣。」

「庫夏娜大人，這次非常感謝您願意陪同前來。」

「真敢說啊。我根本沒有拒絕的權力吧？」

她冷酷地笑了笑，像是要用視線貫穿人似的斜眼看向庫法。

「……吉普森他們沒事吧？」

LESSON: I

～黑夜中的日子～

「他們也一樣很擔心您的安危喔。」

「哼……用不著他們擔心，我也會完成自己的任務。」

庫夏娜彷彿一頭漆黑之狼似的將視線移回原位，眺望著宛如模擬出自己內心的大浪。

「事到如今，也無法隨便對『那傢伙』動手。但我也不打算跟你們套交情。」

「庫夏娜大人……」

「你走吧。少跟我扯上關係。」

倘若要說真心話，庫法很想再稍微深入她鎧甲的內側。但此刻無論來者何人，她都會堅決拒絕對方一事顯而易見。

雖然八成不是因為察覺到氣氛不對所做出的行動，但下一個演員從舞臺側面走近這邊。

「小庫真是的，明明都來到海邊了，卻只顧著工作！」

「哎呀，蘿賽。」

「你四處奔波也很辛苦吧？到這邊休息一下嘛。」

自然地挽起庫法的手臂並拉著他離開的，是愛麗絲的家庭教師蘿賽蒂・普利凱特。

儘管獲得「一代侯爵」的稱號，仍然像個正值愛玩年紀的小鎮姑娘的她，當然也跟其他女性一樣穿著泳裝。不過，對於她毫無防備地壓向庫法的雙峰，庫法非常迷惘究竟該抱持怎樣的感情。

庫法被帶領前往的地方，有簡易的桌子與折疊椅，還準備了冰涼的飲料。在頭頂上張開的遮陽傘緩和了提燈的光芒。

「真是太感謝了。我正因為講了太多話而覺得口渴呢。」

「我懂你的心情喔。畢竟我們同樣身為家庭教師嘛。我最能夠理解小庫的辛苦了。誰叫我們是伙伴！也是搭檔嘛！」

暫且不管她異常強調那點的理由，庫法與蘿賽蒂在離海岸線有些距離的那地方坐了下來。海潮聲悠哉地湧上又退去，吹撫過臉頰的風帶有海水的氣味。一下被四千金弄得整身溼黏黏，一下被捲進塞爾裘的攝影會，一下處於亞美蒂雅和庫夏娜的精神壓力中，片刻不得休息的心臟感覺舒適地逐漸被療癒。

雖然蘿賽蒂無從得知，但這正是所謂的一家和樂吧。

「我不客氣了。」

「嗯。儘管放鬆喔？」

庫法恭敬不如從命，將臉湊近桌上唯一的玻璃杯。幾乎就在同時，蘿賽蒂也將上半身向前彎。庫法一含住吸管，少女的嘴唇也吸住插在玻璃杯裡的另一根吸管。

LESSON: I ～黑夜中的日子～

兩人臉龐的距離近得像是要接吻一般，同時吸起飲料……

將吸管染色的草莓色彩，在相互交纏的兩根吸管之間描繪出愛心標誌。在嘴裡充滿甜膩的果實滋味後，庫法不滿地將臉移開。

「──是誰帶了這種愚蠢的東西過來？」

「哎呀～我在買東西時發現這玩意，覺得很可愛，忍不住就～」

「原來是妳嗎……」

庫法才在想這容量莫名大的玻璃杯卡著奇妙形狀的吸管，看來這應該是那個吧，無論怎麼看都是情侶專用。將感覺只會出現在彷彿置身夢境的雜誌上那玩意帶來現實當中的蘿賽蒂，「欸嘿」一聲地按住緋紅色頭髮。

庫法覺得連害羞都顯得愚蠢，他將上半身向前彎，又吸了一口飲料。將飲料吸起來的辛苦程度是平常的兩三倍。

「……蘿賽。我從之前就一直聲明，我們應該再稍微認清彼此的立場吧？」

「咦～為什麼呀。讓我們更融洽地相處嘛。」

庫法將臉移開，蘿賽蒂緊接著將吸管含入嘴中。只有一邊被吸起來的愛心標誌，逐漸被吸入桃色嘴脣裡。

「就算我們本人沒有問題，也得顧慮一下周遭的眼光──」

「蘿賽蒂老師！妳在做什麼呀！」

「啊，看吧，來了……」

庫法一臉厭倦地轉過頭去。

將白髮束成髮髻，一步步逼近的烏鴉老婦，果然不像其他傭人那樣雀躍興奮，是一如往常的工作裝扮。彷彿不把海洋的開放感當成一回事，費盡唇舌的說話方式今天也一樣犀利敏銳。

愛麗絲宅邸的女僕長奧賽蘿女士繼續怒吼。

「那可疑的小道具是怎麼回事？老師可是我們家的家庭教師喲！居然在本家的眾人面前與男士把玩那種東西……請妳知恥自律一點！」

「咦……什麼……？可……可是可是，該說事到如今較勁也沒什麼意義嗎……」

「關於愛麗絲小姐的人際關係，我不會插嘴。嗯，畢竟是約定嘛——但那個跟這個是兩回事！妳跟本家的家庭教師以那種打扮這麼親密，倘若被人覺得『是在諂媚』，我們的品格可是會遭到懷疑的！」

老女僕長用力拉起蘿賽蒂的手臂，拍了拍她裸露出來的背。啪啪！發出毫不留情的聲響，與「呀啊！」的哀號重疊起來。

「好啦，抬頭挺胸！別像章魚一樣對男人傻笑！席克薩爾家與拉·摩爾家的人也在

LESSON I ～黑夜中的日子～

檢視蘿賽蒂老師喲～！」

「噫～！救我呀，小庫！」

「節哀順變，蘿賽。」

看到兩人以相當親密似的暱稱呼喚彼此，奧賽蘿宛如肉食獸一般轉過頭來。庫法拿起略重的玻璃杯，含住吸管。不過，無論經過多久，都不見說教聲撲來。豈止如此，從她不停微微搖晃的髮髻當中，還能感受到她似乎在猶豫著要開口說些什麼的氛圍。

「有什麼事嗎，女士？」

「……沒事！」

結果，她以火冒三丈的表情結束對話後，便離開了現場。

一波退去，便有另一波湧上。在白髮老婦離開的同時，一名健壯的銀髮男性走向海邊。散發出總司令官的威嚴，一身西裝打扮的他，就如同那拘謹的印象，似乎無法習慣這休閒的氛圍。彷彿有道看不見的牆壁存在一般，菲爾古斯・安傑爾公爵在沙灘邊緣停下腳步，發出僵硬的咳嗽聲。

「咳哼……各位，看來已經準備齊全，可以出發嘍。」

「哦，真是個好消息。」

在岸邊沐浴著水花的亞美蒂雅．拉．摩爾輕輕甩掉長髮上的海水，返回沙灘。泳裝打扮的她威風凜凜地挺起胸膛，呼喚一行人。

「表面工夫做到這邊就夠了吧。各位，休養結束啦。」

亞美蒂雅引領著少女和傭人的視線，踩在白色沙灘上前行。

前進的目的地有個被沖上岸的「鯨魚」——

正確來說，是會讓人誤看成鯨魚的巨大「船隻」，被好幾條纜繩繫住，停泊在那裡。吊起船隻的是形狀優美的氣球，轉動的螺旋槳與內含的浮力迫不及待似的等候飛舞向天空的瞬間。

拉．摩爾家的當家與從升降口走下來的菲爾古斯公並肩而站，再次轉過頭來。

她背對著世界唯一一艘飛行船「春天號」的威容，開口說道：

「前所未有的危機正逼近弗蘭德爾。」

† † †

傭人換上以黑色為基調的禮服，千金換上優雅的派對禮服，公爵家的當家則是和平常一樣披上象徵權威的衣裳，到派對房集合。三家的當家、梅莉達等四千金，加上庫夏

LESSON I ~黑夜中的日子~

娜與各公爵家的傭人，總人數大約超過二十名吧。參加者自然而然地聚集在所屬的家名之下，換上軍服的庫法也一如平常，陪伴在一身成熟禮服裝扮的梅莉達身旁。

站上舞臺受到所有人注目的是菲爾古斯、塞爾袞、亞美蒂雅這三大巨頭。弗蘭德爾的最高權力者竟然在此齊聚一堂。假如這裡是記者會現場，想必會閃光燈連連，讓人眼睛都睜不開吧。

但此刻只有公爵家的相關人士才被允許搭船。別說是記者，為了讓祕書迴避，甚至還號稱這是極為私人的行程。

「我們的目的是『掃墓』——對外是這麼公布的。」

站在舞臺中央的是亞美蒂雅，對排排坐的眾人開口發言的也是她。彷彿想說沒有閒情逸致作表面工夫一般，紅色嘴脣毫不修飾言詞。

「昨天目送我們從聖王區出發的大多數民眾，對這次遠征的目的應該沒有絲毫懷疑吧——必須是那樣才行。騎兵團部隊此刻也身處混亂的漩渦之中，不能被人察覺我們手忙腳亂地在進行編制的事實。」

情況緊急——她的眼神雄辯地這麼述說著，在大廳某處響起有人緊張地吞口水的聲音。

女公爵宛如魔王的心腹一般，豪華的禮服隨風搖曳，輕輕張開雙臂。

「再次感謝各位——特別是諸位學生。感謝妳們這次願意聚集起來。」

大廳裡的視線都轉向最年輕的四千金身上，梅莉達和莎拉夏看似惶恐地縮起肩膀。原以為繆爾大概會高傲地回應，但不曉得她是否意外地也有容易害羞的一面，只見她不習慣受人注目似的將臉別向一旁。

在聖弗立戴斯威德女子學院的第二年度，以前往鄉哥爾塔的研修旅行為開端，勉強跨越了風波不斷的第一學期，目前是梅莉達等人剛邁入暑假的時期。愛麗絲不用說，就連別校的繆爾和莎拉夏也被召集過來。據說這也是為了向民眾告知表面的理由，總之需要辦得氣派盛大，聚集的人數越多越好。

由於襲擊加冕典禮的罪狀，原本應該囚禁在白夜騎兵團的庫夏娜會暫時被釋放，也是基於同樣的理由。儘管安傑爾家有菲爾古斯，拉·摩爾家有亞美蒂雅會出席，但席克薩爾家的老前輩——也就是前任公爵夫婦不得已地缺席，因此才會選中庫夏娜來當代理人。

雖然只有一部分人知道庫夏娜犯下的罪過，但即便在派對會場，她還是一樣散發出不讓別人靠近的氛圍。無論是梅莉達深感興趣似的視線，還是莎拉夏一臉尷尬的眼色，她都一概隔絕，板起面孔並雙手環胸。

女公爵拍了拍手，將眾人的注意力拉了回來。只有話語接續剛才的內容。

「我在此再次事先告知這次遠征真正的目的吧。姑娘們上前來，我來公布一些在學校還不會學到的知識吧。」

庫法推了推梅莉達的背後，愛麗絲的家庭教師也同樣催促著愛麗絲邁出步伐。倒不如說蘿賽蒂的情況是她自己感覺就像個學生一般興致勃勃。

莎拉夏與繆爾也從席克薩爾家、拉．摩爾家的陣營裡走上前，四千金聚集在大型圓桌前。塞爾裘宛如女王的助手一般勤快地工作著，他將捲起來的舊紙整個攤開在桌上。

首次目睹而難以掌握其內容的梅莉達，開口詢問走下舞臺的女公爵：

「拉．摩爾伯母大人，這是什麼呢？」

「這是我們的國家，弗蘭德爾的全景圖。」

也難怪少女會驚訝得瞠目結舌吧。對於「提燈之中」就代表全世界的學生，而且還是公爵家的千金小姐而言，在眼前拓展開來的肯定是比任何文豪的曠世巨作都更加未知的東西吧。

庫法與蘿賽蒂也隔著四千金五顏六色的頭部鑑賞那地圖。

地圖上首先描繪著占據大半部分的大陸形狀。雖然不確定方向，但偏向大陸上方的位置有個符號，標記著「弗蘭德爾」。集中在那附近的城鎮名字，就是所謂的下層居住區吧。距離弗蘭德爾愈遠，愈逼近大陸下方，城鎮的記號就愈是零散，其盡頭便是海岸線。

我們的國家被海洋包圍著——

測量得如此精準的世界地圖應該沒幾張吧。這肯定是軍事最高機密之一。庫法感受到四千金緊張得身體僵硬的氣息，從她們的縫隙間迅速地伸出手。他用手指比著散落在山岳地帶的幾個符號。

「各位小姐請看，迪奧黛珂與幽蘭的城鎮在這裡喔。距離弗蘭德爾並沒有很遙遠。哎呀，真令人懷念……」

於是四千金一同轉過頭來，露出有話想說似的紅通通臉頰。倘若現場只有五個人在，不曉得那些緊閉的嘴脣會冒出多少怨言。

……庫法原本是想讓她們放鬆下來的，但是否刺激到她們想起了什麼不好的記憶？亞美蒂雅．拉．摩爾完全無法理解這番應酬的意義，她鞭策著「要聊天等之後再聊」，然後在地圖上移動她塗了指甲油的長指甲。

「『弗蘭德爾』一詞有時用來指稱燈飾都市，有時也會用來表示人類的領土……特別是在那群藍坎斯洛普之間。」

少女的表情又緊張起來，視線再次轉向地圖上。塞爾袞和菲爾古斯一直用嚴肅的表情瞪著地圖看。女公爵的嘴脣動了起來，替他們代言。

「被這片海洋包圍的大陸，就是我們掌握的整個人類世界。海岸線即是阻擋藍坎斯洛普侵略的防衛線，同時也是最前線。在這前方是——」

女公爵的手指滑動到地圖邊角。那裡扣除簡單地用來表示海浪的符號，以不吉利的顏色被塗得一片漆黑。

「——『未知的領域(Unknown)』。被稱為那群藍坎斯洛普跋扈的夜界，一切籠罩在謎霧中。沒有任何明瞭的詳細情報。不知跨越海洋之後是否也有大陸存在？怪物在那裡形成怎樣的文明？抑或……跟弗蘭德爾一樣，有健全的人類集團在世界的某處倖存下來……」

「沒有任何線索嗎？」

「沒有。」

對於純真學生的問題，女公爵一刀兩斷地回覆。莎拉夏縮起肩膀。

「在歷史上曾經好幾次派遣過調查隊。但駛向外海的船一艘也沒有回來過。聽好了，就連一個人也沒有回來過喔。根據遺留下來的紀錄，大約三百年前，拉．摩爾家也有知名騎士啟程前往，但在之後的文獻中從未找到過那個人物的名字。」

「…………」

庫法從眼前的背影感受到對方有話想說的氛圍，輕輕地用手掌觸摸梅莉達纖細的肩膀。倘若四下無人，她一定很想轉過頭來詢問吧。即使沒有言語交談，庫法也能明白梅莉達想說的話。

拉・摩爾公刻意省略了說明，但有時會從夜界那邊送來「漂流物」。其中之一是像過去的庫法一樣，被留在夜界的人類。但近乎是啃食雜草勉強倖存下來的他們，並沒有什麼特別值得一提的關於夜界的情報，將壽命消耗到極限後，大半都會早死。

即使是庫法，對於年幼時的記憶也只有「好暗」、「好冷」、「好可怕」這些印象罷了。假如已故的母親有回想起過去的力氣，或許能聽到一些有用的事情也說不定……

然後另一種例子則是「侵略者」。也就是從外海穿過防衛線，入侵了人類領土的藍坎斯洛普。跟在弗蘭德爾誕生、棲息的種族不同，純粹地在夜界出生長大的他們，一言以蔽之，就是很強。

上學期在鄉哥爾塔上演了一場死鬥的大蜘蛛納克亞，至今也根深蒂固地殘留在庫法的記憶中。照理說原本只不過是來自夜界的「敗退者」，竟然差點毀滅了人類的城鎮，從這件事也可以看出其程度明顯不同吧。

面對陷入沉默的公爵家千金，亞美蒂雅公「咳哼」一聲，清了清喉嚨。

「言歸正傳吧——這是最近的事情。藍坎斯洛普接連地從海岸線登陸，防衛部隊受害嚴重。然後調查的結果，發現了十分可怕的事情。經常在外海掀起洶湧波濤的波浪正在衰弱……海流正逐漸消失！」

唯獨這時梅莉達也不客氣地轉過頭來，向家庭教師提出疑問。

「『海流』是指什麼呢，老師？」

「所謂的海流，就如同字面是指『海洋的流動』。小姐還記得剛才在海邊時，不斷湧上又退去的波浪吧？如果說海洋是裝滿在世界這個浴缸裡的水，這些水會不停流動著。」

庫法隔著梅莉達的背伸出手，將攤開的手掌比在漆黑的海洋上。

「形成這個海洋流動的要素有很多種，溫差可以說是其中之一。」

「溫差？」

「水會從溫暖的地方流向冰冷的地方——弗蘭德爾的外海存在著非常巨大的海水溫差，產生出非比尋常的海洋流動，讓海面經常波濤洶湧。可以說是阻擋外敵入侵的大自然壁壘……！我們的國家之所以能長存到今日，說是多虧了這海流也不為過。」

「但那個海流是會消失不見的東西嗎……？」

接續疑問的是莎拉夏，答覆那問題的則是議長亞美蒂雅。

「有可能。假如那個海流是**人工製造品**的話。」

「咦……？」

「總算要提及這次遠征的目的了。」

LESSON I
～黑夜中的日子～

女公爵與庫法像是對照鏡一般，從桌子對面伸出了手。

她手指比的也正好是地圖的對面。是大陸的上方。也相當靠近燈飾都市（弗蘭德爾）符號的那個地方，不自然地被塗成一片漆黑——不，應該說像是把撕破的痕跡勉強進行修正一般的扭曲形狀。就宛如某人的記憶一般。

塗了指甲油的手指沿著弗蘭德爾的標記，摸向朝左斜前方延伸的海岸線。這裡正是剛才用來休養的沙灘，一行人目前更進一步駕駛飛行船飛向位於地圖右上方的場所，朝那詭異的地圖裂縫前進。

「這裡備有弗蘭德爾的防衛裝置。這件事是最重要機密，只會傳達給騎士公爵家的人。之後絕對不能洩漏出去。即使只是告訴路邊的野花，我們也必須制裁那個說溜嘴的人——就算是自家人也一樣。」

「……唔！」

也難怪千金們會同樣地露出緊張的表情吧。只將梅莉達等四人召集到桌子周圍，也是具備了這樣的意圖。

不曉得能否提問呢——聖都親衛隊的「一代侯爵」戰戰兢兢地開口說道：

「所……所謂的防衛裝置，是怎樣的設備呢……？」

「詳情等到達之後再告訴你們，但可以認為是『製造出海流的東西』。弗蘭德爾的怒濤之所以即將平靜下來，認為這個防衛裝置發生了什麼事情是很恰當的推測！假如海流照這樣完全斷絕的話，就沒有任何可以阻擋藍坎斯洛普侵略的屏障……會爆發最終戰爭。就像四年前的前哨戰一樣。」

「惡夢再臨啊。」

庫夏娜突然開口這麼說道，所有人都轉頭看向位於牆邊的她。

可以看到大人各自沉重地咀嚼她這番話語。

「……四年前也曾發生過類似的事情。一支擅長航海術的藍坎斯洛普軍隊發動了奇襲攻擊。我們急遽召集有限的部隊構築起戰線，但敵人如波浪般湧上的猛攻迫使我們打了一場血淋淋的消耗戰……」

「不能再度重複那樣的戰爭。」

背負著之前沉默的重量，軍團長菲爾古斯・安傑爾僵硬地動起嘴脣。

「有許多戰士喪失了性命……但儘管如此，當時擊退的敵人只不過是總戰力的矛頭吧。我們的準備還不足以進行全面衝突。」

「那讓人絲毫不想回憶起來呢……」

庫法也忍不住這麼插嘴。當時他好不容易才剛結束「白夜」的修練課程，就因為人手不足這個理由，被丟到地獄般的前線。他還記得不管怎麼殺都會不斷從後方湧現的軍

LESSON: I ~黑夜中的日子~

隊身影，讓他忍不住想嘔吐。

——就在這時，安傑爾家當家看似疑惑的眼眸望向這邊。

「……說到四年前，你應該還是學生年紀吧？」

庫法不知該怎麼回答，開口替庫法轉移話題的是知道庫法出身的王爵。

「當時也算運氣好。突然吹起狂風暴雨，隨後出現的船隻都翻船了。我們才能趁敵人考慮撤退的幾分鐘空檔勉強恢復戰線。必須感謝命運女神的協助才行呢。」

軍團長菲爾古斯筆直地重新面向塞爾裘，特別注意清晰地發音。

「比起神之手，更應該讚賞的是席克薩爾一族在戰線即將崩潰時，單槍匹馬地討伐了敵方將軍的奮鬥吧。光用英雄這個詞彙實在不足以形容。」

「……家父與家母若聽見，一定會感到很光榮吧。」

身高矮上一兩個頭的嬌小公爵家千金互相對望，回顧她們本身的記憶。

「那時總覺得很害怕呢。照理說戰場明明很遙遠，大家卻都提心吊膽的。」

「我們那時還在就讀幼年學校，所以大人都叫我們不可以外出……」

「這次或許沒辦法那樣子了。」

女公爵聽見繆爾與莎拉夏的對話，苦悶地抿緊嘴脣。

「假如再次掀起與藍坎斯洛普的一大戰爭，這次別說是學生，說不定必須展開全面戰爭，能拿武器作戰者都會無一例外地喪命。」

「……！」

梅莉達不禁緊張地吞了吞口水。因為她想像到假如演變成那種情況，所有就讀聖弗立戴斯威德女子學院的學生——包括同年級的涅爾娃和學生會長米特娜，甚至連可愛的學妹緹契卡可能都得上戰場吧。

是擔心這場密度過於濃密的會議讓少女感到疲憊嗎？亞美蒂雅緩緩搖了搖頭，暫且結束了話題。她張開雙臂，將美聲傳遞給大廳裡的所有人。

「為了防範最糟的情況發生，我們才會像這樣被派遣過來。距離到達目的地還有一些時間。雖說是表面上的名義，但各位儘管享受這場聯歡會吧！」

傭人明白這番話是女公爵的體貼，各自舉起玻璃杯。

叮噹的乾杯聲響感覺有些哀傷似的散落在大廳內。

† † †

「噯，各位，要不要在飛行船裡探險？」

在派對告一段落時，繆爾呼喚三名朋友，這麼提議。梅莉達等人不知所措地拿著果

LESSON I ～黑夜中的日子～

汁絲毫沒有減少的玻璃杯，一臉驚訝地回看著繆爾。

外表成熟的妖精宛如幼年學校的學生一般天真無邪地笑著。

「這種時候就該來場探險不是嗎？」

察覺到這是繆爾式體貼的友人，有些調皮地笑了笑，將玻璃杯放置在桌子上。少女鑽過開懷暢談的大人縫隙間，從至今仍飄散著嚴肅氛圍的派對房裡飛奔而出。

「其實我一直蠢蠢欲動，盤算著何時要溜出去呢。」

一來到通道上，梅莉達立刻自然地展現出笑容，臉頰泛紅的愛麗絲則是握住堂姊妹的手掌。莎拉夏和繆爾也露出如釋重負的表情，最後出現的庫法關上派對房的門扉。緩衝器緩和了開關聲響。

「我陪小姐們同行。」

「哎呀，老師真愛操心。」

儘管嘴上這麼說，繆爾仍像是要搶第一似的與庫法勾起手臂。

然後四人加一人開始探索這未知的鯨魚體內。姑且不論上方的氣球，船艙部分看起來就像豪華客船，鋪設了地毯的通道與優雅的白牆，塗漆的門扉給人一種彷彿城堡般的錯覺。

但是，映照在圓形窗戶上的，是四處散落著提燈的黑暗大地……誠然是個絕景。雖然庫法很想趁此機會親眼目睹飛行船動力裝置這個「永動機」，但不巧的是就連其所在位置也沒有記載在船內地圖上——不愧是最高機密。

「這裡是什麼區域呢？」

梅莉達一邊這麼說，一邊打開附近的門扉。門與門之間的間隔相當大，由此也可得知其格局相當奢華，門框上還有十分講究的裝飾。

掛毯的花紋讓庫法立刻看出答案，明白這是某位高貴人物的私人房間。

「看來似乎是母親大人的辦公室呢。」

繆爾簡直就當自己的宅邸一般，一派輕鬆地踏入房間裡。乍看之下，那光景像是寶石的展示場。閃耀著琥珀色光芒的玻璃瓶子一字排開，裝飾在左右兩邊的架子上。

庫法不經意地看了看其中一張標籤，隨即後退一步避免手碰到瓶子。要是不小心把瓶子摔到地板上，就算敲破自己的頭也不夠賠償吧。

梅莉達朝這些跟自己無緣的寶物環顧一圈，有些呆愣地說道：

「為什麼飛行船裡會有亞美蒂雅伯母大人的辦公室呢？」

「因為這艘船是騎兵團的共有財產呀。」

不知何時靠在自己房門上的，是已經在派對喝得微醺的亞美蒂雅公爵。她以嬌媚的步伐穿過四千金之間的空隙，然後一屁股坐到皮椅上。從她略微敞開的胸口可以看見泛紅的乳溝。

是為了不被酒氣熏到嗎？梅莉達用手摀著嘴角，將臉湊近繆爾。

「因為是自己的房間，才帶了這麼多酒進來嗎？」

「母親大人是個誇張的大酒鬼呢。」

「這不是酒，是『生命之水』喔。」

亞美蒂雅一臉認真地張開手臂。難以判斷她是否喝醉了。

「這些生命之水可以維持妾身的青春，並帶來靈感！」

「她都這麼主張，不聽別人勸呢。雖然我盡量要求她遵守一天的飲酒量……」

繆爾像是已經習慣似的聳了聳肩，率先折返回頭。

「她就是這樣男士才會退縮。已經讓好幾個求婚者幻滅了。」

「不需要！妾身只要能探究學問就行了。我親愛的奇書——貝爾尼～其！」

「是是是。」

就在這時，梅莉達露出猛然察覺到什麼的表情。

繆爾、愛麗絲、莎拉夏三人在繼續被糾纏下去前退出房間，先走一步。庫法從最後頭悄悄地將臉湊近自己似乎有話想說的主人。

「怎麼了嗎，小姐？」

「我在想這麼說來，繆爾同學的父親大人不知是怎樣的人物。」

在剛才的派對房裡，顯然也沒有哪位人物是亞美蒂雅．拉．摩爾的丈夫。儘管三家的傭人也刻意不去提及這件事情，但此刻也沒有其他人影。庫法更進一步地將嘴唇湊近梅莉達，拉近到可以感受呼氣的距離。

「……其實亞美蒂雅公是何時，與誰生了小孩這點，並沒有公開。」

「咦……！」

「拉．摩爾家以代代都是女性擁有強大力量的女系一族聞名，但自從亞美蒂雅公繼承爵位以來，入贅她家的男性一次也沒有在社交界出現過──不過，實際上她的繼承人繆爾小姐就在那裡。雖然也曾有人傳出擾亂人心的謠言，但無論怎麼追究，都挑不出任何毛病……是至今仍未查明的謎團呢。」

金髮美少女從極近距離驚訝地嘴巴一張一合，用視線追逐妖精的背影。

「看來不是只有安傑爾家有本難念的經呢……」

「不過，這正是個好機會，小姐何不直接詢問本人看看呢？」

庫法半出於自己感興趣而這麼催促，但他的主人猶豫不前。

「現在還是算了。」

「哦，為什麼？」

LESSON: I ～黑夜中的日子～

「因為總覺得繆爾同學是個彷彿幻影一般，有著不可思議氛圍的女孩……如果試圖靠近碰觸她的手，她好像會突然消失不見一樣，我很害怕。」

梅莉達將朝幻想伸出的手掌纏上身旁心上人的手指。她浮現十四歲少女夢幻般的笑容，「我們走吧？」並這麼邀請庫法。

「噯，莉塔，妳來一下。」

先走一步的堂姊妹招了招手，主從就這樣牽著手邁向下一扇門。

那前方也是一間辦公室，但跟隔壁房間形成強烈對比，甚至讓人懷疑是否真的在同一艘船上。畢竟除了工作需要的東西之外，就連一盆觀葉植物也沒擺。講好聽點是實際，講難聽點可以用單調無趣來形容吧。

「我的書齋怎麼了嗎？」

不出所料，從通道後方前來會合的，是銀髮的菲爾古斯．安傑爾。安傑爾姊妹眺望著沒有任何要素值得特別一提的室內，依序說出感想。

「感覺好像會呼吸困難。」

「這房間看來有點寂寞呢……啊，對了。」

這時梅莉達像是突然想起來似的，翻找著手提包。她拆下原本掛在肩背帶上的小熊吉祥物，擺設在單調乏味的桌子角落。

……圓滾滾的褐色眼眸在寡欲的空間裡顯得格格不入。假如祕書造訪了這種狀態的房間，八成會深切地擔心主人是否工作太過疲憊吧。

「這是我之前逛街時買到的。借給你用喔。」

「…………」

菲爾古斯公別說是小熊吉祥物，甚至根本沒在注視女兒的行動。看到一臉不悅，只是佇立在原地的父親，梅莉達猛然想起自己的立場。

「啊！對……對不起，我……太自作主張了……！」

儘管如此，菲爾古斯還是不打算努力消除女兒的緊張。

救濟從通道對面前來到。早就跑到前面區域的繆爾與莎拉夏，催促著一直沒有追上來的友人。

「梅莉達、愛麗絲！這裡有很驚人的東西喔！」

「莉塔，走吧？」

愛麗絲動作流暢地牽起堂姊妹的手掌，穿過公爵身旁。

天使的腳步聲啪噠啪噠地逐漸遠離，灰色的辦公室中只剩下庫法與菲爾古斯公。銀髮公爵嘆了口沉重的氣息，走向桌子。

對於瞥也不瞥一眼這邊的背影，庫法像是要主張自己存在似的出聲說道：

LESSON I ～黑夜中的日子～

「菲爾古斯公，這麼說或許有些多管閒事……」

「你是要我面對『那個』吧。」

身經百戰的公爵搶在青年開口前先發制人。

公爵坐到椅子上，發出嘎吱聲響，並在桌上將十指緊緊交握。

「我反倒想問你一件事——聽說你跟蘿賽蒂感情很好啊？」

「咦？那是毫無根據的誤會。」

「是嗎。算了，那倒無所謂……」

雖然一點也不是無所謂，但公爵毫不在乎地繼續進展話題。儘管感到無法釋懷，庫法也只能側耳傾聽宛如岩石一般的公爵提出的問答。

「假設你跟蘿賽蒂因相愛而結合，且生了孩子，卻發現那個小孩身上沒有流著自己的血呢？你還是能一樣深愛那孩子嗎？」

「這……」

「我曾經深愛著梅莉諾亞……正因如此，才無法愛那個孩子。」

這早已經超過年輕的庫法能踏入的海域。但庫法直覺地認為能深入探究的也只有自己了吧。不是像艾咪那樣純粹的公爵家傭人，而是只有偽裝身分潛入的自己才能辦到的捨身行為。

「……閣下的內心想法我只能想像，但有一件事就連我也顯而易見。」

「什麼事呢？」

「您那樣的糾葛跟梅莉達小姐並沒有關係。」

庫法甚至抱著會直接被砍頭的覺悟，低聲地這麼發言。

「在您面前的，只是個渴望父愛的孩子而已。」

菲爾古斯站起身，避免與庫法四目交接。他背向了庫法。

在一面鏡子也沒有的房間裡，無法得知他的表情。

「真是可恨的正確言論啊。」

在聽見公爵吐出這句話的同時，天使宛如鈴鐺的聲色宣告了停戰。

「老師，快來這邊～！真的很驚人！」

庫法畢恭畢敬地從菲爾古斯的房間告退，追逐親愛主人留下的餘香。假如身為梅莉達的家庭教師這個身分遭到解僱，明明就連要完成任務也不可能，竟然敢那樣冒險頂撞公爵，庫法也搞不懂自己在想什麼。

有時會讓庫法的判斷能力失常的這種熱度，真面目究竟是什麼呢？

宛如迷霧一般飄盪的疑問，在到達目的地時瞬間被吹散了。那裡是飛行船的最前方

LESSON I ～黑夜中的日子～

附近，整面牆都鋪設著玻璃的展望室。公爵家千金緊黏在扶手上，發出感嘆的聲音，是因為扇形的壯觀全景——並非只是如此。

還有遠征的目的地終於逼近眼前了。

「老師，這是什麼呀？這個——非常驚人的瀑布！」

倘若要簡單扼要地形容從展望室能俯瞰的景色，就是「跟地圖一模一樣」。在大陸的最邊緣冒出驚人的巨大龜裂，海水正流落到裂縫裡。那彷彿撕破幻想小說內頁一般的爪痕，散發出漆黑的引力，甚至讓人覺得那應該通向世界的內側吧。

回答梅莉達直率感想的，是被少女的聲音引領過來的女公爵。

「那是『提爾納弗爾大海溝』。」

像是要醒酒一般，禮服緩緩地隨風搖曳的亞美蒂雅走近牆邊。

「要說明這絕景的由來，必須追溯到之前提過的防衛裝置。在它以原本的用途被設計出來的古代，開發者是用這個名字稱呼它的——『萬能的鍊金釜——柯爾多隆(Cauldron)』。」

「柯爾多隆……」

「你們知道鍊金術這種祕法嗎？單純來說就是將複數素材混合起來，創造出魔法般的結果，是如今已經失傳的神祕學問。聽說柯爾多隆在其機構裡內含好幾萬種的鍊成式，術者只要將材料丟進去就能宛如神一般實現奇蹟。」

亞美蒂雅輕快地伸出手指。她指向宛如破碎夢想般的龜裂中央。

「柯爾多隆被設計出來的目的只有一個。就是為了當作這世界的『人工太陽』。」

「咦……！」

「這宏偉的計畫是在整個世界被『夜晚』覆蓋後隨即樹立起來的。鍊金術師絞盡所有知識，不惜讓自己的腦力枯竭來完成了柯爾多隆——但是，計畫失敗了！他們疏忽了什麼！」

簡直就像寄宿著當事者的苦惱一般，亞美蒂雅忙碌地在展望室裡來回走動。儘管對她所說的故事感到興趣，梅莉達等人仍不禁面面相覷。

「當時產生的能源，可說是世界創世之炎也無妨吧。無法徹底控制的那股熱量消滅了一部分大陸，而後形成這樣的巨大海溝……你們千萬要小心，別從甲板上滑倒喔。為何流落的海水一直無法填滿海溝？只能解釋成因為它是**無底洞**。」

「……！」

千金們不禁毛骨悚然地縮起身體，從牆邊往後退。庫法自然地被當成少女的依靠，他將雙手環繞在身邊的梅莉達與莎拉夏肩膀上。那彷彿要依偎到世界末日一般的姿勢，讓亞美蒂雅「哼」了一聲。

「——無論如何，失去原本的意義後，柯爾多隆就脫胎換骨，成了弗蘭德爾的防衛

LESSON: I ～黑夜中的日子～

裝置。鍊金術師因為當時那場意外，幾乎都死光了，但後人以剩餘的少數鍊成圖(Recipe)為基礎，進行了重組。」

「母親大人，那是？」

「你們還記得『溫度』與『海流』的關係吧？根據古代的鍊成圖，將我們三大騎士公爵家的血添加到柯爾多隆裡，可以產生甚至能讓大海沸騰起來的龐大熱量……！雖然是單純的鍊成式，卻是昔日甚至被期待能代替太陽的超常能源。我們就是靠這個製造出人工海流。」

在講解順利地告一段落時，傳聲管傳遞來自艦橋的美聲。

『拉．摩爾公，突擊準備已經萬全──請下令。』

「很好。飛行船春天號，降落吧！完成身為渡輪的職責！」

『收到。』

塞爾裘的聲音中斷，隔了一拍之後，充斥在展望室裡的風的流動改變了。像是從下面緩緩往上吹的感覺，還有從中央填滿扇形窗戶的黑影。

飛行船朝著世界的裂縫緩緩沉落──

梅莉達更用力地緊抓著心上人的腋下，開口詢問：

「接……接下來船會駛向哪裡呢？」

「我剛才說過吧？這前所未見的海溝是因為柯爾多隆失控而烙印下來的東西。」

船長注視著黑暗的對岸，同時這麼告知：

「柯爾多隆如今也在『那裡』——在這個爆炸的中心地。」

庫法・梵皮爾

位階：武士

		MP	701		
HP	7189			敏捷力	809
攻擊力	684（579）	防禦力	579		
		防禦支援	－		
攻擊支援	0～20%				
思念壓力	50%				

主要技能／能力

隱密Lv.9／心眼Lv.9／結界無效Lv.X／增幅爐Lv.9／節能Lv.9／抗咒Lv.9／血之解放Lv.X／幻刀九首・空牙羅生閃／千刀術・絕華絢爛／極致拔刀・戰嵐輝夜／奧義殺刀術・破界之精髓

蘿賽蒂・普利凱特

位階：舞巫女

HP	5999				
		MP	689		
攻擊力	499（680）	防禦力	512	敏捷力	652
攻擊支援	0～20%（25%固定）	防禦支援	0～20%（25%固定）		
思念壓力	48%				

主要技能／能力

神樂Lv.X／魅惑Lv.9／瑪那再生Lv.7／增幅爐Lv.8／節能Lv.8／抗咒Lv.9／血盟之殘渣Lv.X／基本調整／哈林搖／波爾卡民族舞／閃耀連身裙／馬哈拉干

Report.01　公爵家的私人海灘

目睹到洋溢青色光芒的沙灘，應該有很多人會大吃一驚吧。製造出這鮮明無比空間的，是構成淺灘，被稱為「夜光岩」的結晶帶來的恩惠。藉由波浪的刺激與海中的氧氣結合，讓整個海底閃耀發亮的光芒，甚至能讓天空的「夜晚」遠離——海水的透明度加上溫度、潮流，各種條件宛如奇蹟一般重疊起來，只在夏季的某一段時期現身的那光景，可說是大自然創造出來的藝術品吧。

LESSON：Ⅱ　～幽靈船長的建議～

大地邊緣逐漸遠離，不知經過了多久呢？空中的鯨魚一邊保持水平，同時用除了謹慎還是謹慎的態度慢慢降低高度。在展望室左手邊可以看見的，是伴隨駭人巨響流落的瀑布，一部分飛散變成霧摧殘氣球。

然後在右手邊的遠方可以看見對岸的瀑布。這種規模感的光景彷彿剛誕生的神因好玩而削掉世界一般，讓人不由得心生畏懼。

「如果打算靠自己的雙腳走下這座懸崖，會是一段無比漫長的旅途。」

亞美蒂雅宛如登上寶座一般占據在中央，她睥睨地瞪著窗戶，這麼宣告。

「哎呀，真得感謝有飛行船呢。」

「如果沒有發生像這次這種事件，會有什麼事情需要走下這裡嗎？」

梅莉達宛如在雷雨下緊抓著巨木一般，一邊抓著庫法的軍服，一邊這麼詢問。

亞美蒂雅沒有看向右邊的虛空或左邊的激流，而是注視著正面回答。

「接下來要前往的地方，表面上是以騎士公爵家的靈廟為眾人所知。」

LESSON: Ⅱ ～幽靈船長的建議～

「靈廟……是指墳墓嗎？」

「是英靈居住的地方。」

女公爵的眼眸並非看著現實中的少女，而是讓視線環顧悠久的過去。

「昔日的災難——柯爾多隆如今成了弗蘭德爾的守護神。而英靈聚集在這名神的身邊，現在也一直永遠地守護著人們的安寧。」

回溯到現實來的視線望向四千金，嘴脣勾起上揚的弧度。

「你們明白號稱是『掃墓』的理由吧？你們也儘管在祖先的墳前靜心祈禱。運氣好的話，也可能見到成了守護靈的他們吧。」

這時猛然轉過臉來，做出反應的是愛麗絲。

「這裡也有梅莉諾亞伯母大人的墳墓？」

女公爵抿起嘴脣，刻意剔除感情成分。

「跟騎士公爵家有血緣關係者，無一例外。」

隨後，幾乎一直垂直降落的飛行船震動起來。有股略重的負荷壓在展望室上，窗戶的光景大幅度地往右邊旋轉——海溝入口早已經在天上的彼端。

亞美蒂雅不把搖晃當一回事地走向傳聲管，她彈開蓋子。

「艦橋，怎麼了？有岩石突出來了嗎？」

『是訪客，拉・摩爾公。為了保險起見將繞路前進。』

——訪客？塞爾袞在展望室響起的聲音讓四千金面面相覷。

庫法快一步地注意到潛藏在瀑布激流底下的巨大影子。

「請看，各位小姐。看來『牠』似乎也覺得在天空中飛翔的船很稀奇呢。」

「牠？——咦，哇啊！」

也難怪追逐著青年視線的少女會感情融洽地一起嚇了一跳吧。

不知不覺間，有個長大的「龍」頭從瀑布突出來。那外型可以說像是在蜥蜴頭上添加勇猛的雞冠，還移植了惡魔的羽翼吧。用銳利的爪子黏在懸崖上的那東西，以宛如蛋白石的鱗片擋開瀑布的水壓。

彷彿凸眼金魚般的雙眸緊緊追隨著蛇行的飛行船船尾。

「大海龍——哈庫諾瓦。」

女公爵呼喚了大概是那生物的名字，四千金的眼神盼望著女公爵說明情況。

亞美蒂雅像是要緩和少女的緊張，嘴角露出了微笑。

「別擔心，姑娘們。這傢伙雖然長相恐怖，卻是個溫和的生物。被稱為『怪胎藍坎斯洛普』呢。牠一天到晚只是在弗蘭德爾的外海環遊，就算在鼻頭擦身而過，牠也不可能危害我們。」

LESSON Ⅱ ～幽靈船長的建議～

「話雖如此……竟然會在這種地方遭遇，實在是出乎意料。」

「的確。牠來這種深海究竟有什麼事——」

庫法與亞美蒂雅的交談忽然中斷了。

雙方同時抬起頭來，注意到讓神經末梢痲痺的直覺。就在公爵家千金蹙起眉頭後沒多久——海龍張開巨大的下顎、庫法像要撲倒四千金似的趴下，以及女公爵朝傳聲管怒吼這三件事同時發生。

「右舵！」

『——！』

傳聲管傳來掌舵手的緊張。飛行船像是從後面被踹飛似的俯衝，彷彿斷頭臺的轟隆巨響擦過飛行船頂上。風壓讓船內有一瞬間嘎吱作響地震動起來。

在地板上翻滾的梅莉達發現心上人的手正保護著自己的頭。但思考跟不上九十度旋轉的視野，在急遽傾斜的船內連站都站不起來。

少女驚訝不已，大人彷彿甩巴掌的怒吼緊接在後。

「怎麼可能，牠居然攻擊我們……？」

「牠的目標是氣球！牠打算打落這艘船！」

梅莉達手撐著地爬起身來，看到大大映照在窗戶上的光景，才總算跟上了現況。宛如彈簧裝置一般從瀑布冒出來的怪物，用巨大的下顎咬向「鯨魚」。要是判斷再慢了一瞬間，氣球的上半部就會被咬掉而失去浮力，飛行船早已被拖入無底洞的黑暗之中了吧。

哈庫諾瓦拍動翅膀煞車之後，描繪出誇張的軌道，同時變換方向。惡魔的雙翼拍打著空氣，以猛烈的氣勢再次朝這邊發動突擊。

會先被追上還是先成功逃離呢？女公爵的聲音撼動整艘船內的傳聲管。

「全速降落！快逃開！船會被牠咬破的！」

『——！』

雖然連回應的話語也沒有，但微弱地從傳聲管發出來的呼氣讓人幻視到塞爾袞拚命轉動舵輪的身影。庫法不顧一切地抱住梅莉達等人的腋下，順著傾斜的重力在展望室的地板上滑行。打造得十分堅固的玻璃窗接住四人份的重量。慢了一拍之後，長出幻想羽翼的莎拉夏輕飄飄地降落。

「到底發生什麼——！」

少女的哀號甚至沒有變成聲音。驚人的氣壓讓船嘎吱作響，即將崩潰的驅動機將熱力提昇到超出極限。速度略勝一籌的哈庫諾瓦再次於羽翼中孕育空氣，飛行船在一線之隔穿過射擊出來且朝這邊揮落的死神鐮刀。以類似螺旋下降的旋轉運動輕快地從怪物口中閃躲，獠牙咬合起來的巨響讓展望室的窗戶從前端開始震動。往上頂的衝擊讓繆爾的身體吹飛，庫法從正面用胸膛接住她。安傑爾的天使姊妹互相抱緊彼此，拚命地成為對方的楔子。將手纏繞在傳聲管上的亞美蒂雅儘管遭到衝擊玩弄，仍持續保持著判斷力。

「路線右邊是密集地帶！很接近目的地了！」

就宛如是人體的大腦與末梢一般，亞美蒂雅的想法即刻傳遞到飛行船的舵輪，飛行船像在滑動似的被踢飛向左邊。哈庫諾瓦彷彿要咬住尾巴一樣緊追在後方不放。被命名為永動機的動力爐解放無限的壓力，加快逃跑的速度。

飛行船面向的是岩石突起宛如矛一般並排著的岩礁地帶。彷彿想說這就是士兵的墓碑，超過數十把的岩矛密集在一起，將瀑布的水化為水花。

掌舵手掌舵沒有一絲猶豫，讓飛行船衝入岩礁地帶。如今位於正下方的展望室窗戶，以壓倒性的臨場感映照出那讓人心生畏懼的精密技巧。

豈止是「拿線穿針」，根本是「讓氣球闖入針插」一般的行為。只要勾到一個宛如刀刃般陡峭的岩礁，飛行船不是被挖開外牆，就是被刺破氣球爆炸起火，只有比被怪物一口吞下要悽慘好幾倍的結局在等著。

縱然沒有洩漏一絲迷惘，庫法仍察覺到握住舵輪的王爵冒出瀑布般的冷汗。與怪物旗鼓相當的纏鬥更加熱烈起來，飛行船一旦放慢速度，哈庫諾瓦便會加速，在牠即將咬住飛行船前，岩石的突起又妨礙牠。王爵預料到這點而一口氣拉開距離，哈庫諾瓦就用生物特有的柔軟度發動猛烈的俯衝。

齒輪裝置的鯨魚與殘暴海龍的大決戰，讓身為人類的少女只能抱緊自己守護心靈。庫法一邊用強壯的雙臂緊緊抱住四人的身體，同時注視著窗外，看準巨影逼近過來的時機。

在隔著玻璃窗看見那大大突出的雙眸的瞬間，庫法張開一邊手掌。

「——退下。」

那生鏽的聲色與略微洩出的凍氣（咒力）含意，只有梅莉達理解了吧。在窗戶對面的怪物應當更強烈地顫抖起來。從青年左眼略微飄盪出來的火焰與宛如獠牙般伸長的犬齒，排除幾十倍的體格差距，讓哈庫諾瓦因恐懼而動彈不得。

在這個「針插」當中，像那樣僵住十分致命。隨後，原本應當與飛行船並肩奔馳的龍影消失到上方。因為牠直接衝撞上正面的岩礁，自身的氣勢反彈回來。岩矛碎裂成粉末，碎片傾盆而降。牠邊扭動身體邊發出的尖叫與水聲一同響徹周圍。

幾乎就在同時，飛行船突破了岩礁地帶。飛行船絲毫無法放慢速度地垂直降落，才以為勉強抬起了船頭，就聽見塞爾袞的警告撼動傳聲管。

『要著陸了！所有人抓緊！』

那幾乎等於是「緊急降落」。不知不覺間，從懸崖突出的突起逼近眼前，飛行船讓船頭在還算平坦的前端部分滑行。

正當眾人害怕可能會從展望室衝撞上去，隨後「鯨魚」便更加強硬地抬起下顎。飛行船用船底削薄岩石，讓木屑彷彿殘渣般地四散，一邊發出震耳欲聾的哀號，同時滑行了一段相當漫長的距離。

飛行船總算停止哭泣時，是在突起的幾乎最前端——

能夠沒傷到氣球就了事，都要感謝馭龍騎士那甚至拉攏命運之神成為同伴的掌舵技術了吧。

† † †

「可惡的哈庫諾瓦，看來牠似乎不打算再繼續追擊過來啊。」

亞美蒂雅公用肉眼仰望巨龍的身影，看似懊惱地吐出這句話。在略微傾斜並靜止下來的飛行船旁邊，親腳踩在岩石區上的她拎著出鞘的大劍。

「真是夠了……究竟是什麼觸怒了牠啊！」

「亞美蒂雅公，檢查結束了。」

塞爾袞也攜帶著愛用矛走近瞪著上方看的女公爵。

「船底部稍微受損了，但不影響航行。隨時都能出發。」

「不過，現在也不能隨便起飛。得等牠的怒火平息下來啊。」

蛋白石閃爍的光輝刺激著女公爵的眼眸。

殘暴的海龍此刻正闊步在剛才的岩礁地帶，當成遊戲場一般。牠從岩石區飛到另一個岩石區，用全身沐浴著濺起水花的瀑布，拍動翅膀。牠「咕啊」了一聲。才以為他故意露出凶狠的呵欠，沒想到居然蜷起身體，開始打瞌睡了。牠只是稍微活動一下手腳，岩石便被削掉部分，飄落的碎片劃過氣球表面，向下掉落。

那並非一時心血來潮的結果，可以確定牠是在堵住退路。

——究竟是為了什麼？

連公爵家當家都想像不到的事情，梅莉達等人這樣的女學生當然不可能弄清楚。優雅的派對禮服被孕育著薄霧的風吹起，飛舞飄動。各自都將愛用的模擬劍放在宅邸沒帶來這件事，讓她們感到遺憾。

取而代之的，有幾名用學生無法相比的可靠感架起武器的大人，鞏固了周圍的防

LESSON Ⅱ ～幽靈船長的建議～

守。領頭的是使用黑刀的庫法，還有從對角線圍住少女的蘿賽蒂，亞美蒂雅與塞爾裘瞪視著上空，繃著臉的庫夏娜則待在有些距離的地方——如果是庫法，應該能說明唯獨庫夏娜沒有武器的理由吧。

然後現在，擁有瑪那能力的最後一人從升降口走了下來。

「雖然有出現傷者，但似乎沒有傷勢嚴重的人。」

他告知眾人船與船員雙方都平安無事。儘管聖騎士泰然自若的態度能帶給周圍的人安心感，他掛在腰上的長劍仍舊維持著緊張的氛圍。

公爵家的三大騎士聚在一塊，菲爾古斯謹慎地壓低聲音。

「……你們覺得能打倒牠嗎？」

「如果不是在這種地形的話。相對於能夠自由自在地四處飛行的那傢伙，我們的踏腳處實在過於狹窄。」

你怎麼樣？——聽到女公爵這麼試探，塞爾裘一邊苦笑，一邊朝她搖了搖頭。

「龍騎士的精髓是『跳躍力』，所以踏腳處不穩的話，受到最大影響的可是我喔。最重要的是，倘若隨意與那傢伙交戰而導致飛行船破損，我們就完蛋了。我們將會失去回到地上的方法。」

「真是的，諸事不順！」

沒耐性的女公爵氣憤地跺腳。讓乘務員留在船內的理由也沒什麼好奇怪的。這種會議可不能讓非能力者的傭人聽見吧。

就在這時，高舉黑刀刀鞘負責警戒的庫法，突然停下繞圈的腳步。他將意識的排檔往上拉到戰鬥領域，沒有移開視線地告知：

「有人來迎接了，三位。」

開著圓桌會議的三人猛然轉過頭去。握住圓月輪的蘿賽蒂上前到伙伴身旁，將梅莉達等四千金擋在背後。庫夏娜將原本環胸的雙手迅速地放了下來。

飛行船緊急降落的地方，是宛如矛一般從懸崖突出去的尖端。只見大量的影子從根部那方緩緩朝這邊靠近。無法判別那究竟是怎樣的集團。從宛如雪怪般的巨漢到跟小狗沒兩樣的輪廓，形形色色，要說是軍隊，實在看不出一貫性。

在前頭率領他們的其中一人，是唯一有著像人類外表的人。性別為男性。年紀看起來像是二字頭後半，但氛圍輕薄，鬆垮地穿著彷彿年輕人的服裝。

之所以形容為「像」人類，是因為他並非人類。也就是他的身體從胸口附近開始，愈接近地面就變得愈透明，長靴幾乎與岩石顏色同化——是亡靈。像是怨念或觸媒等，因為某些咒縛，雖然死亡卻仍逗留在現世的例子，騎兵團也曾接到少數幾次報告。

『歡迎光臨我們的異界之城！』

不知畏懼為何物的亡靈男子，踏入當家的攻擊範圍內，在那裡停下腳步。

他是否有注意到假如三人當中有誰拔了劍，那幾公尺的距離根本不算什麼，他可能會被砍成碎片這件事呢？看他渾身破綻，實在讓人目瞪口呆。

亡靈不客氣地指了指三名當家，以及後方的巨大鯨魚。是因為那偏離現世的性質嗎？他的聲音摻雜著奇妙的歪斜。

『剛才嚇到各位了，真是抱歉啊。會有事要來這種地方，表示你們是騎士公爵家的人吧。八成是察覺到柯爾多隆發生異常，驚慌失措地衝了過來吧。』

「你又是什麼人？這裡可是亡靈也不能隨意進入的土地喔。」

是因為已經沒有畏懼的事物嗎？亡靈嗤笑著世界最強的聖騎士。

『我嗎？我是布拉德船長……喔，該說是「幽靈船長（Captain Phantom）」！別忘了抱持敬意喔。哈庫諾瓦是我的愛馬，不，該說靈魂之友……算是旅伴吧。』

「沒想到哈庫諾瓦居然有騎手……！」

新知識讓亞美蒂雅十分起勁，她像是要切開釣到的魚一般，將手掌放在大劍的握柄上。

「也就是說，讓那傢伙襲擊飛行船的也是你嗎？看來你似乎很想連魂魄也煙消雲散啊。」

亡靈有些慌張似的揮動手臂的身影瓦解然後消失。隨後他出現在幾公尺後方，躲在他帶來的軍隊後面講起了藉口。

『等……等……等一下啦！教唆哈庫諾瓦的不是我。我只是個帶路人罷了。我帶了口信來喔！』

「你說口信？誰的口信？」

『跟我來吧。柯爾多隆的主人在晚餐席上等著你們喔。』

亡靈的身影又忽然瓦解，融入空氣之後，軍隊同時往左右兩邊分開。

比起自稱是布拉德的亡靈，梅莉達等四人對於他帶領的集團更感興趣。大小不一的它們，是貨真價實的非人類。在櫃子和衣櫃、座鐘和蠟燭上長出相當於素材的手腳，宛如機關人偶一般笨拙地步行著。它們依序翻轉著頭部似乎算是眼球的突起。

被注入生命的家具——只能這麼形容的它們折返回頭，有時像在窺探似的回頭看。梅莉達等人感到困惑，庫夏娜則是蹙起眉頭。庫法和蘿賽蒂將決定權託付他人，三大公爵家的當家慎重地互看彼此。

「要怎麼做？」

「只能去看看了。反正光在這裡袖手旁觀，情況也不會有任何變化。」

「我有同感。那傢伙所說的『柯爾多隆之主』這句話，也不能聽過就算了。」

LESSON Ⅱ ～幽靈船長的建議～

原本一行人就是來調查推測出現異常的柯爾多隆。反倒應該認為那推測顯然並非杞人憂天吧。被原本理應無害的海龍襲擊，照理說不可能存在的亡靈出來迎接他們，而且還有緩慢地四處走動的家具，甚至無法想像它們究竟是怎樣的構造。

一直被急轉直下的事態玩弄的梅莉達，向聰明的家庭教師尋求答案。

「在柯爾多隆的墳場……那種生物在靈廟並不稀奇嗎？」

「不，至今為止我不曾見過或聽說過。」

心上人劍拔弩張的殺意讓位於背後的梅莉達顫抖起來。他依舊持續警戒著逐漸遠離的軍隊，出事情時會在眨眼間拔出腰上的刀吧。

庫法疑惑地瞇起單眼。作為一名熟練的戰士。作為一個把生命當糧食的吸血鬼。

「再說也不曉得能否將那些東西稱為『生物』……那給人的印象跟傀儡與活死人都不同。完全無法想像究竟是以怎樣的機關在動作。」

「但是，他們是從哪裡溜出來的很清楚。」

聽見這番對話的女公爵，彙整所有人的意見，轉頭看向眾人。

「就去看看吧。否則無法改變任何情況……剛才那些家具有幾個我有印象。看來似乎演變成非比尋常的事態啊。」

就在這時，彷彿在回應進城的意向一般，前進方向的瀑布消失了。宛如薄霧的水花也慢慢消退，將懸崖上被深深挖開的縱長空洞顯露出來。

將那空洞整個填滿的，是「失敗作的巨城」。

要說怎麼個失敗法，就是石匠把建設圖**看反了**這點吧。也就是那座城上下完全顛倒了。飛行船緊急降落的岩矛如今成了唯一一座橋，橋的對岸連接著城堡的底面。城堡從那底面開始不斷往下延伸。一邊冒出數不清的塔，同時收斂成圓椎狀，在宛如刀尖的前端部分也有一座格外豪華的塔。但上下卻是顛倒的。

「是『金倫加顛倒城』啊。」

女公爵向被震撼住的每個人這麼宣告。看到那規模出奇誇張的「失敗作」，彷彿還能從飛行船窗戶聽見傭人傳出驚訝的嘆息。「哇呀～」蘿賽蒂驚訝地下巴都掉了下來，就連庫法也有片刻忘了緊張感，瞠目結舌。

沒有事前知識的梅莉達和愛麗絲、莎拉夏與繆爾更是比其他人加倍驚訝。

「那……那裡就是祖先的墳墓……嗎……？」

「正是。還有柯爾多隆就祭祀在最前端的那座塔。」

女公爵的手指輕快地指向**正下方可以看見的城堡頂點**。這令人不禁想要把脖子傾斜到極限般的光景，再次讓梅莉達等人不由得感到頭暈目眩。

「為……為什麼城堡會顛倒過來呢？」

LESSON: II ～幽靈船長的建議～

「那不是顛倒，而是打從一開始就蓋成反的——其中蘊含的意義是這裡絕非『地底』，而是與現世宛如對照鏡的『異界』。」

究竟是使用了怎樣的超技術呢？只見城堡正下方是虛空。城堡底面彷彿隨時會從懸崖剝落，宛如一叢荊棘往下墜落。

……一看之下，感覺在遙遠的下方也有踏腳處突出，但周圍飄散著霧，無法看清詳細。但從距離感來說，那應該不是為了接住從城堡掉落的東西而存在吧。若是物品應當會碎成粉末，若是人體應當會全身四分五裂。

庫法一臉關心地轉頭看向忍不住差點感到暈眩的少女。

「小姐們要留在飛行船裡嗎？」

『——噢，我忘記講一件事。』

還以為已經離開的亡靈突然跑了回來。他彷彿一直停留在那邊似的出現在剛才的位置，浮現教養與心眼看來都壞透的笑容。

『主人表示「身為貴族者都該接受招待之禮儀」。』

「……拒絕的話？」

『哈庫諾瓦的肚子會咕嚕叫。』

亡靈又再次像幻影般地忽然消失無蹤。在遙遠的頂上，從短暫瞌睡中醒來的海龍不客氣地打了個大呵欠。光是那波振動就讓氣球的膜不斷微微顫抖起來，公爵家的四千金面面相覷後，結束無言的意向溝通。

在這個「異界」恐怕根本不存在絕對安全的地方。

既然如此，依偎在心上人身旁，是最能感到平靜的吧——這是她們的結論。

† † †

「居然連城堡裡面都擅自改裝了！」

憤慨的聲音漫長地響徹在城內，就如同外觀一般，城內也是全部都顛倒過來。行走的地方也就是「天花板」，或是布滿在城內的橫梁。要前往的城堡「最上層」，即是在漫無止盡地往下走的樓梯前方。

一切都是「背面」。但女公爵感到憤慨的並不是那扭曲模樣。

而是布滿在四處的薔薇荊棘。倘若因好玩而灑下豐收之種，給予幾百年份的雨水和燈光的話，是否就能完成這種吞沒整座城堡的荊棘牢籠呢？

四處現身又消失的亡靈布拉德，從一行人的頭上回答。他悠哉地翹腳橫躺的地方是「地板」，只有他不把城堡的顛倒當一回事。

LESSON: II ～幽靈船長的建議～

『真遺憾啊。很漂亮吧？四處綻放著紅色薔薇喔。』
「把那個柯爾多隆之主什麼的趕出城堡後，我會把這些都燒得一乾二淨。」
『真危險呢。』
被守護在隊伍中央的四千金當中，梅莉達靜不下心地環顧著周圍。庫法一邊留意避免她在顛倒的天花板上絆倒，同時悄悄地詢問：
「怎麼了嗎，小姐？」
「這裡是公爵家的墳墓對吧？聽說有時候守護靈會現身……」
「是啊。亞美蒂雅公曾那樣說過呢。」
「我在想母親大人不知願不願意露面。」
聽見他們小聲交談的，大概只有與堂姊妹牽著手的愛麗絲吧。或是還有一人──就在姊妹背後殿後守護的菲爾古斯，他凶狠地抬頭瞪著在一行人頭上沒規矩地躺著的帶路人。
「……叫布拉德還什麼的，你是從何時開始在這城堡住下來的？」
兩人像隔著鏡子似的四目交接，亡靈淘氣地眨了眨眼。
『是布拉德「船長」，記得這麼稱呼啊──是什麼時候來著～對了，那是在溫暖的風開始吹起時……我跟哈庫諾瓦一起在大海中旅行的立春時節……應該是四個月前嗎？』

「然後你給予這城堡的家具生命，掌握了柯爾多隆？但我無法理解。」

菲爾古斯不費力地揮動收納在刀鞘裡的長劍。從通道陰影處窺探著來訪者的成套茶杯，嚇得逃離了現場。

「能啟動柯爾多隆的只有繼承三大騎士公爵家血緣之人。不可能是其他人變成『主人』。」

亡靈布拉德在這短暫的交情中，露出了看似最為愉快的笑容。才心想他邋遢的睡相忽然消失了，就見他一聲不響地出現在一行人前頭。

『那樣的話，「我們」也充分地具備資格——好了，進去吧！』

那裡是顛倒城堡的最深處，在讓人走到快昏倒的樓梯盡頭，彷彿是為了巨人而打造的雙扇門聳立在那裡。

理應沒有質量的手掌，氣勢猛烈地打開施加了薔薇裝飾的左右兩扇門。

『蕾西！我們的女王……我帶客人來了！』

那裡可以說是將名為靈廟的這座城堡達到最大意義的空間。

布滿在天花板上的橫梁垂掛著數量驚人的十字架——不，因為這房間本身就是顛倒的，所以應該說是墓碑豎立在網狀的踏腳處上才對嗎？高低差也很大，只有這房間的塔是挑空的，抬頭仰望的上方是無止盡的虛無——黑暗連接到塔的底面。一行人不得不慶

LESSON: Ⅱ ～幽靈船長的建議～

幸只有這個空間是上下顛倒的。否則甚至無法好好地走路吧。

「歡迎你們來呀……親愛的孩子們！」

孕育著性感的美女聲音，從宛如舞蹈廳一般寬廣的中央陰沉地響起。

柯爾多隆被祭祀在那裡。像針一樣的尖塔天花板，倘若翻倒過來便是深洞陷阱，那裡達成了擔任被扔入木柴和煤炭的爐灶一職。似乎帶有靈魂的性質，淺藍透明的煤炭是水晶；洋溢生命感的深紅褐色木柴，就彷彿剛從世界樹被切割下來一般。

這不像世間會有的光景，儘管讓千金們短暫地忘記不安，但當家卻反倒表情險峻起來。將心情坦露出來的是亞美蒂雅。

「爐的火焰居然……消失了……！」

聽她這麼一說，其他人也注意到了。地板的洞穴是「爐灶」，倘若放在那上面的「鍋子」是柯爾多隆，照理說那當然必須被加熱著才行。

柯爾多隆會讓弗蘭德爾周圍產生海流。那些海流消失的話，就表示柯爾多隆出現了異常。像是終於確定了原因一般，女公爵孕育著敵意的視線往上看。災難的罪魁禍首在那裡化成人的形狀。

倘若被固定在爐灶正上方，機械機關的大釜是柯爾多隆的話——

在旁邊輕飄飄地飄浮，露出高傲的笑容的女性肯定是自稱為「主人」的人。無法想像她究竟是用怎樣的魔術停留在半空中。她身穿傳統典雅的禮服，宛如童話故事的女王一般伸出手掌。

「無妨。靠近一點讓我看看你們的臉，孩子們。」

這表示她把我們當嬰兒看嗎？菲爾古斯基於自尊拔出長劍，踏出一步上前。

「我不曉得妳是何方神聖，但給我離開那裡。柯爾多隆不是可以隨便亂碰的——」

「放下不解風情的東西吧。」

女王用伸出的手掌輕彈了一下食指。

於是乎怎麼了呢？僅僅是那樣的壓力，劍便從聖騎士手上被吹飛。劍發出金屬聲響在地板上跳起，飛過身旁的那把劍讓愛麗絲發出微弱的哀號。

「什……！」

菲爾古斯會這麼驚訝也是很正常的。就連庫法也無法抑止內心的動搖。光用指尖的力量，居然就從進入戰鬥態勢的世界最強騎士手上彈飛武器，實在非比尋常。那超常的女性……就能力值來說，應該凌駕上學期與吸血鬼狀態的庫法和蘿賽蒂上演了一場死鬥的大蜘蛛納克亞吧。

亡靈男子撿起滾落到遙遠後方的長劍，他忽然瓦解，接著又出現在菲爾古斯身旁，一邊壞心眼地笑著，一邊遞出劍柄。

『嘿嘿……最好別惹那傢伙生氣喔。畢竟現在那傢伙可以說是世界上最受人敬畏的人類也不為過。所有民眾都應該低頭跪拜。』

「閉嘴，布拉德。」

亡靈的脖子嘎吱作響，被扭到只剩原本的一半寬度。只見被稱為「女王」的女性緊握住伸出的手，似乎與布拉德的脖子連動的那手，氣勢猛烈地使勁一揮。被吹飛的亡靈滑過地板上，激烈地咳嗽起來。

『咳咳！嗚嘔……！我……我知道了啦，饒了我吧，蕾西……！』

「別隨便叫我的名字，你這失敗品。」

無論生殺與奪或發言權，看來都是任憑這位「女王」的意思。事情至此，儘管自覺到自己被扔入沸騰的釜裡，當家等一行人仍側耳傾聽她的談話。只見豪華的蕾絲袖子隨風搖曳，厚實的嘴脣裂開縫隙。

「我名叫蕾西·拉·摩爾……是克服了死亡的人……死之女王！」

「拉·摩爾……蕾西！」

其他人是對女性的姓氏感到驚訝，唯獨亞美蒂雅是對名字感到驚愕。塞爾袞小心翼翼地將手指纏在愛用的矛上，同時斜眼瞄向亞美蒂雅。

「您認識她嗎，亞美蒂雅公？」

LESSON: II
～幽靈船長的建議～

「……我在去程的飛行船裡說過吧。大約三百年前，有個拉．摩爾家的騎士從弗蘭德爾啟程到外海，之後就沒了消息。那人的名字就叫──」

蕾西．拉．摩爾──那無聲的聲響撼動戰士的心臟。

離亞美蒂雅最近的繆爾，對母親的話語提出異議。

「但是母親大人，那是很久以前的事情吧？」

「沒錯，照理說不可能是本人……！蕾西的女兒因病過世，她執著於讓女兒復活的方法──『死者復活』與『永恆生命』，據說她甚至跑到夜界去追求其真理而失蹤。之後三百年，沒有人知道她的消息……猜測恐怕是被夜界的瘴氣與凶狠的藍坎斯洛普軍隊吞沒……」

「壯志未酬身先死──是這麼流傳的嗎？真是愚昧！」

只是稍微顯露出感情，暴風便肆虐起來。庫法一邊將手貼在梅莉達與愛麗絲背後以免她們被吹飛，同時目測著彼此的距離。

女王毫不介意眼前這些人的殺意，誇張地擺出仰天的動作。

「周圍沒有任何人認同我。都認定我的內心因失去女兒而生病了。但是，愚昧的反倒是那些傢伙！我千里迢迢到達夜界，砍倒那群藍坎斯洛普，讓他們臣服於我，吸收了他們的知識與能力……然後我終於完成了！根據鍊金術的祕法獲得長生，讓親愛的女兒復活過來的方法！」

「難道妳當真是蕾西．拉．摩爾本人……？」

「三百年前的……魔騎士！」

「沒錯！這可是凱旋！」

柯爾多隆之間是女王蕾西的心象風景本身。她若表現出歡喜，暴風便會盤旋，牆壁則與手指的動作連動，蠢動起來。少女們忍不住護住臉部。

在這房間唯一保持平靜的，只有世界最堅硬的聖騎士一人。

「……女王。倘若妳當真是祖先，我們歡迎妳的歸來。但改造這座金倫加城，甚至還熄滅了柯爾多隆之爐的人，也是妳嗎？」

「正是。要讓我女兒復活，需要這個『萬能的鍊金釜』。」

「我們正因此而受害。」

接著上前的是席克薩爾家當家塞爾裘。儘管他一邊對三百年前的勇士表示敬意，右手一邊堅決緊握的矛柄顯現出他的警戒心。

「妳想讓女兒復活的話，那倒是無妨。儘管隨妳喜歡去做。但是，事情結束後，能請妳迅速地復原柯爾多隆嗎？柯爾多隆的熱度中斷，使大海失去了屏障……末日的腳步聲正逐漸靠近。」

「末日？你在說什麼呀。弗蘭德爾今天也非常『晴朗』不是嗎！」

女王以感動無比的聲音仰望天上。梅莉達等四千金面面相覷。女王的眼眸彷彿歸結了幾百年份的記憶與感情一般，陰暗混濁地捲著漩渦。

當家像是放棄似的交換了視線。菲爾古斯再次將手伸向劍柄。

「不是能溝通的狀態啊。」

「只能動手了嗎？」

三名強者一齊拔出了武器。響起武器出鞘的重奏。

是儘管身處瘋狂當中，仍認識到現實嗎？操縱生與死的女王打量著與自己對峙的十人。她依序指了指每個人，放在某個天秤上比較。

「真是沒教養的小丫頭呢。腦筋死板的聖騎士小鬼也讓我不順眼。」

哦哦──被指的亞美蒂雅有些開心似的笑了笑。

「你聽見了嗎？菲爾古斯。妾身被叫做『丫頭』呢。」

「現在不是感到高興的時候吧。」

女王毫不在意盤子上的唧唧喳喳，她的食指比向下個獵物。

「至於『龍』的夫婦……唔，看來已經有先到之客呢。那邊的『赤紅』是卑賤之血……張設著奇妙的冰啊。旁邊的黑色人物是……？」

鮮紅的指甲尖停留在暗色軍服身影上，隨後女王用那手掌摀住了自己的嘴角。就彷彿含進嘴裡的料理摻雜著刀刃碎片一般。

「……我討厭你！好濃……你身上纏繞的死亡之影實在太濃了。噢，令人不快……你現在立刻跳入提爾納弗爾瀑布，去洗清那汙穢的靈魂吧！」

「…………」

對影子濃密的原因心裡有數的庫法，無法做出任何反駁，但仰慕他的少女無法悶不吭聲。率先向女王頂嘴的是上前擋在心上人前面的梅莉達。

「請……請妳別說我老師的壞話！」

「……妳是哪根蔥？」

「我……我是梅莉達・安傑爾……是聖騎士的女兒！」

女王靈活地在空中蜷起身體，抱住一邊膝蓋。

「聖騎士……**那是不可能的**。」

「咦……？」

「我的雙眼不會被矇騙的。妳體內流動的瑪那並非騎士公爵家的瑪那……這也就表示妳並非聖騎士的血統。」

像是被戳中核心一般，所有人的表情都緊張起來。梅莉達的臉色瞬間變得蒼白，儘

LESSON Ⅱ ～幽靈船長的建議～

管如此，僅有的一點自尊心還是讓十四歲少女的腳踏向前方。

「妳……妳騙人！」

「妳不想相信也無所謂。妳就儘管緊抓著虛構不放，墜入黑暗中吧。」

「……唔！」

一抹冷汗不為人知地滑落庫法的臉頰。雖然他很想立刻去幫拳頭顫抖著的主人助陣，卻無法如願。因為死之女王所說的話是事實——寄宿在梅莉達體內的不是公爵家的瑪那，而是融入庫法一部分的瑪那。

據說活了三百年之久的蕾西．拉．摩爾，似乎獲得了仙女一般的千里眼。再繼續讓她注視自己與梅莉達的關係會相當危險，於是庫法很快地手按刀柄並滑動右腳，擺出拔刀的姿勢。

在其他人眼裡看來，應該像是試圖守護被貶低的主人名譽吧。不過是原本就厭惡那濃密的死亡氣味嗎？女王緩緩地在半空中後退。

「哼……別慌張，死之野獸。我來賜予你們至高無上的榮譽吧。」

她一邊這麼說，一邊從豐滿的胸口拿出來的東西，從遠方看來像是紅色寶石。

血色上冒出宛如血管的線條，從內側不停重複著散發光芒然後平息下來的動作。簡直就宛如心跳一般……怦怦地閃爍著。

女王直接用握力捏碎了那紅色石頭。只見石頭在些微的抵抗之後，化為極小顆粒炸裂散落。顆粒從蒼白的手指之間掉落，化為一道瀑布的那些顆粒逐漸被吸入柯爾多隆之爐——隨後噴起高昂的火焰。

是蒼白色的火焰。機械機關的大釜發出難以判斷是歡喜或尖叫的嘎吱聲響。

「好啦，吃飯時間到嘍，柯爾多隆！」

女王將從禮服裙子拿出來的物品毫不吝惜地扔入大釜口中。從中間被折斷的劍、已經斷氣的青鳥、裝在瓶子裡的灰……雖然無法想像它們各自蘊含著怎樣的意義，但貪吃的柯爾多隆每吃一口都會發出震耳欲聾般的嘶吼。虹色湯汁從釜口溢出，宛如暴風雨一般翻騰。

「讓他們見識一下你被譽為萬能的鍊成力吧！在這裡造出一個統率冥界的戒指……回應我的祈願吧，黑色魔法大釜！」

女王在最後投入一塊黃金，濺起驚人的水花。只見雷光迸出，紫電一邊演奏宛如龍一般的咆哮，一邊奔馳著。從房間的四方沿著牆壁爬行，在一行人的頭上炫耀似的展現威光之後，有如網狀的電流直擊大釜。

那看起來就彷彿神之手。爬過機械機關表面的電流始終不曾間斷，沒多久從釜口撈起什麼。

LESSON II

～幽靈船長的建議～

從虹色湯汁裡滴落著水珠現身的，是一枚黃金戒指。

「成功了……『萊茵的戒指』！哈哈哈，果然我的研究並沒有錯！」

戒指簡直就像要服侍女王一般地被拉近死之女王的手邊。被戴上左手食指的那戒指，一從指尖滑入，便立刻調整了戒圍大小。

無論從那手指發出怎樣的妖術都不奇怪吧。菲爾古斯終於放低重心進入戰鬥態勢，向一旁表情同樣險峻起來的亞美蒂雅詢問道：

「亞美，那個戒指擁有怎樣的力量？」

「不曉得，那可是三百年前的東西喔！可惡的死之女王，看來似乎繼承了非比尋常的古代術法啊……！」

彷彿靠千里眼洞察了一切似的，女王的眼眸看向獵物。她浮現猙獰的笑容，高高舉起戴了戒指的手。她伸直的指尖再度迸出紫電——

「好吧，就讓你們見識一下萊茵的戒指的魔力。所有亡者服從我的意思！跪拜我這位統治生與死的女王吧！」

回應那呼喚聲的，是從天花板垂掛下來的大量墓碑。從內側洩出的光芒化為煙霧，急速捲起漩渦，飛落到地面上。那些煙霧包圍庫法等一行人的周圍，順暢地化為人形的他們，大約超過數十名吧。

即便同樣是亡靈，也感覺不到像布拉德那樣的自我。他們的實體是煙霧本身，只是一邊搖晃一邊模擬出生前的模樣罷了。但他們各自拎在手上的武器與身穿的盔甲，最重要的是烙印在靈魂上的榮譽名號，讓正值壯年的菲爾古斯最感到戰慄。

「她該不會是要把歷代英靈——！」

「召喚出來了呀！嘻嘻嘻！是至高無上的榮譽吧？」

蕾西宛如指揮家一般高舉戒指。自行閃耀發光的黃金讓英靈騎士發出渴望的呻吟聲。四千金害怕得動彈不得，庫法、蘿賽蒂、塞爾裘與庫夏娜隨即鞏固她們的周圍。手無寸鐵的反叛者看似焦躁地呼喚：

「誰來給我一把武器！」

但沒有任何人有那個餘力。庫法也沒有空檔去拔出暗器。亞美蒂雅的尖叫點燃了戰火。

「孩子們快趴下！」

隨後，爆發了一場敵我糾纏不清的大混戰。英靈無聲地飛撲過來，在數量上壓倒性不利的眾公爵發出高昂的戰吼。菲爾古斯橫掃，亞美蒂雅擊潰，塞爾裘的矛將敵人刺成串。沒有武器的庫夏娜用拳頭毆打，蘿賽蒂從中央支援所有人，庫法則將企圖靠近梅莉達等人的對手一個個砍飛。

LESSON: II ～幽靈船長的建議～

以前所未見的敵人性質來說，「已經死亡」這點是最棘手的。

「數量不會減少……！」

亞美蒂雅的咂嘴聲是理所當然的。儘管當家熟練的劍技確實捕捉住英靈，但砍到一半時武器就會宛如攻擊到幻影般穿透過去。而且才心想對方露出理所當然的死相出現在背後，他們便隨即發動跟生前一樣猛烈的劍擊。隊伍、防衛線這些戰術眨眼間便瓦解，庫法等人被迫進行只是不顧一切地砍殺出現在眼前的敵人，沾滿血腥的消耗戰。

「呀啊……！」

英靈毫不留情地也瞄準四千金。一旦鬆懈下來，敵人就會出現在必殺的間隔內，因此庫法不得已地一邊將襲擊者的頭部砍成碎片，一邊在踹飛敵人時順勢抱起梅莉達的腰。一邊用跳舞般的動作讓派對禮服翻動起來，同時兩人一起滑過敵陣的縫隙間。他一口氣橫掃三人，在跳最後一個舞步的同時貫穿第四人的腰。

庫法將刀尖從化為煙霧的敵人身上拔出後，在嘴唇快碰觸到的距離下被抱著的梅莉達有些慌張地開口。在彷彿舞蹈搭檔一樣，被庫法支撐著往後弓的腰部這種狀態下。

「老……老師，我會妨礙到你吧……！」

「不會的，小姐。」

庫法強而有力地再度踏出腳，繼續跳起舞步。他一邊用左手抱著梅莉達，一邊翻動右手，接連不斷地砍除企圖打斷主從舞蹈的障礙。

「反倒會讓力量湧現出來。」

這有一半是在逞強。只是因為不這麼做就無法確實守護她。戰場已經陷入混沌的極點，被模糊不清的英靈填滿的視野，甚至無法看清哪裡有同伴的身影。儘管光守護梅莉達就已經分身乏術，庫法仍拚命地尋找三色妖精的身影。愛麗絲、莎拉夏與繆爾，是否有其他人在幫忙守護著呢……？

『小姐，就只有妳了。來交易吧。』

「你做什麼……！」

在庫法分心的剎那，耳朵聽見了人類之間的對話。一看之下，只見最為洋溢著生命感的亡靈布拉德，正從背後架住拳頭已經破爛不堪的庫夏娜。就在庫法隨即要趕過去前，從背後傳來歡喜的聲音。

「找到了！就選這兩人！」

英靈的動作僵住，所有生者一齊轉過頭去。

其他同伴也看到了跟庫法和梅莉達所見一樣的光景吧。銀髮天使與櫻花公主被勒緊腋下，被飄浮在半空中的女王吊起來的光景。

「愛麗！」、「莎拉！」

共同的好友從不同地方同時發出哀號。包括被亞美蒂雅守護著的繆爾在內，所幸四名少女連一點擦傷也沒有，但該不會這正是死之女王的意圖吧？

妹妹被搶走的塞爾裘，在勉強殘留的敬意中蘊含了怒氣。

「女王！妳打算對我妹妹做什麼！」

「我告訴過你們吧？我要讓我的女兒復活。回到現世的女兒靈魂需要『容器』啊。需要年幼美貌的公爵家活祭品！」

「妳說什麼……！」

女王只用單手便抱住痛苦的愛麗絲與莎拉夏，然後她伸出自由的右手。

「已經沒你們的事了。從我的城堡裡滾出去！」

就宛如將沙漏翻轉過來一般，大動作地一扭。

隨後，最令人難以置信的現象襲向庫法一行人。房間的上下與女王手掌的動作連動，旋轉了半圈。在視野急速反轉，迷失踏腳處的同時，八個影子被重力拖著拋向虛空。

相當於顛倒城堡頂點的這座塔，因挑空並沒有正常的地板。突然被迫轉變成正常上下方向的庫法等人，只能束手無策地「從往下爬的塔墜落」。菲爾古斯沒抓到橫梁，塞爾裘的飛翔力(能力)發揮不了效果，庫夏娜就這樣不抵抗地被吸入虛無當中。蘿賽蒂用僅剩的堅持射出去的圓月輪，停留在半空中的女王只是不費力地動了一下手指，便輕易地被彈了回來。

被勒住腋下而感到痛苦的莎拉夏，與被母親抱著、守護著的繆爾，分別往上下急速遠離的同時，互相朝對方伸出手。

「小……小繆……！」

「莎拉！」

然後同樣被囚禁的愛麗絲，一邊望著無可奈何地漸行漸遠的堂姊妹，同時有淚光從她蒼藍眼眸的邊角溢出。

「莉塔………」

「愛麗……愛麗————！」

庫法不甘心地一直瞪視的眼光，還有梅莉達高貴的金色光輝逐漸被吸入黑暗當中，沒多久就連呼喚聲的殘響也消散到彼方了。

† † †

無論被多麼漫長的掉落感覺給包圍，熟練的戰士都沒有任何一人陷入混亂。庫法確實地護著梅莉達、亞美蒂雅確實地顧著繆爾，同時固執地等待那個瞬間到來。之後在視野前方浮現出黑暗以外的色彩。

「……喝！」

與重疊的氣勢同時。庫法、蘿賽蒂、菲爾古斯與亞美蒂雅、塞爾袞這些強大戰士，從武器解放出全力的瑪那。瑪那直接命中總算到達的城堡底面，互相纏繞的七色衝擊產生出突發性的上升氣流，接住所有人。

雖然不到能輕飄飄降落的程度，但各自都穩健地踏上了地板。梅莉達從長時間的公主抱獲得解放，被母親扛在肩上的繆爾也被放下到地板上。

「……被擺了一道！沒想到她的目標居然是小姑娘！」

女公爵的憤慨也是理所當然的。自責的念頭應該也十分強烈的塞爾袞，瞪著頭頂上剛結束漫長旅程的隧道。

「怎麼辦，要立刻去搶回來嗎？這次不需要手下留情。」

「冷靜一點，反倒應該說既然弄清了敵人的目標——」

菲爾古斯鋼鐵般的眼光，瞥了一眼平安無事的兩名公爵家千金。

「應該暫且折返回飛行船，重新調整好態勢。最重要的是這座城堡到底被弄成了怎樣的構造……看來我們似乎被拋到相當遠的地方喔。」

「……遵照菲爾古斯公的旨意。」

儘管看來有些懊悔，塞爾袞仍收起了矛。身為兄長的他不用說，繆爾和梅莉達也同樣擔心被捉走的兩人。身為愛麗絲家教的蘿賽蒂，環著少女的肩膀拉近自己。她也用力地緊咬著嘴唇。

庫法本身感覺到殺意在自己內側急速膨脹起來。刀也依然是出鞘狀態，就在他正想向眾人提議自己一個人先行一步時，一個與現場鬱悶氛圍不搭的聲音響徹周遭。是個陌生的聲音。

「沒什麼，不用擔心啦。那些姑娘不會現在立刻被怎麼樣。」

所有人尋找聲音的主人，然後在大吃一驚前先感到目瞪口呆。

那聲音並非陌生，而是完全不習慣。就連在親戚面前都總是繃著一張臉的「她」，講話方式竟然像個輕薄年輕人一樣。

庫夏娜輕輕揮了揮手掌，安撫著表情嚴肅的一行人。

「蕾西的計畫需要很麻煩的手續。也就是還有緩衝時間。」

「庫……庫夏娜？妳突然是怎麼了……？」

「嗯？我看起來像是未婚妻嗎？看來同調進行得很順利啊。」

這樣的話，你們應該懂吧——對方突然揭露了底細。

她從頭頂上**冒出**了男人的上半身。正確來說，是男人的胸膛以下失去色彩，彷彿被

LESSON: II
~幽靈船長的建議~

吸收一般與庫夏娜同化。也就是男人並非具備實體。他是只有外表的幻影，或者該說只有靈魂的亡靈嗎——

「嗨」地一臉若無其事地舉起手掌的男人真面目，才是讓一行人最驚愕的事情。

「「「布拉德？」」」

男人再次縮回庫夏娜的體內，讓她勾起嘴角，浮現出與她不相稱的笑容。性質與聲音乖離的那舉止，在庫法內心種下粗糙的異樣感。

「不對，是布拉德『船長』。我說過要你們這麼稱呼對吧？」

庫夏娜・席克薩爾（布拉德）

位階：？？？？？

		MP	656		
HP	4947			敏捷力	656
攻擊力	533（640）	防禦力	440		
		防禦支援	–		
攻擊支援	0～33%				
思念壓力	8%（※）				

主要技能／能力

飛翔Lv.1／空氣刃Lv.1／空氣殼Lv.1／逆境Lv.1／摩斯刺青

※推測根據宿主的思念壓力，能力值也大幅降低了。

Report.02　飛龍的婚姻

瑪那能力者的潛在能力與身為貴族的血統純度大有關連一事為不言自明之理。貴族忌諱與平民階級結婚，還可能延伸成將貴族與非貴族者隔開的選民思想，這有時是最大的原因。
特別顯著的是三大公爵家之一的龍騎士一族，他們只跟同樣擁有「席克薩爾」姓氏者結婚，藉此來不斷保持血統純度。是今日他們以純粹武家馳名的背景之一角。

LESSON：Ⅲ
～孤單一人的舞會～

LESSON：Ⅲ ～孤單一人的舞會～

「來，進去吧，可愛的姑娘。這裡是妳們的房間喔。」

對於被囚禁的兩人來說，實在難以拒絕這樣的催促。被死之女王用手掌推著背後，愛麗絲與莎拉夏一邊做著無意義的警戒，同時戰戰兢兢地踏出腳步。

在柯爾多隆之間被女王綁架的愛麗絲與莎拉夏，就那樣被她帶到城堡的一個房間裡。雖然不可能不擔心被摔落到虛空的庫法與親友，但以狀況的危險程度來說，自己等人也沒好到哪去吧。

要說救贖的話，就是隨侍在她身旁的英靈騎士，現在一個不剩地在虛無世界沉睡這點吧。這表示擊退菲爾古斯等強敵後，已經沒有必要警戒了。手無寸鐵的女學生壓根不會被算進威脅中。

或者就像死之女王自身所說的一樣──

她可能不打算讓其他人碰觸到。她曾說過她要讓已故的女兒復活。還有需要愛麗絲與莎拉夏來當作容器。

彷彿那樣的未來已經獲得保證似的，女王鳳心大悅。她轉了一圈展示宛如兒童遊戲場一般的寬敞圓形寢室。禮服下襬輕盈地躍動起來。

「看吧，這是為妳所準備的！妳最喜歡關於發明的書籍對吧？妳對機關裝置也很感興趣吧。來，想玩什麼都隨妳高興！」

就像女王以雀躍的聲音自豪的那樣，這的確是個窮極奢華的房間吧。描繪出正圓形的大型床舖占據地板三分之一的空間，為了安慰睡美人，擺設著講究的裝飾與大量布偶。牆邊並列著滿滿的架子，上面擺著古今中外的科學書籍和用途不明的器具，還有像是即將成功前的發明家憑著幻想發揮本領製造出來的東西。

不過，也是個感覺有點寂寞的空間。沒有最重要的人類——孩子的氣味。床上的床單沒有人弄亂過，沒有被抱過的布偶只是蒙上灰塵。這也難怪，因為死之女王的女兒已經不在這世上……一想到這點，就有一把荊棘勒住愛麗絲的胸口。

照理說不可能不知道空虛為何物的女王，背向了兩人。

「首先換一件衣服吧。我實在不喜歡現代化的裝扮。」

不過，在房間裡沒看到像是衣櫃或衣櫥的東西。

女王面對的是隨意擺放著的上鎖寶箱。才用黃金鑰匙打開了鎖，她接著便表演讓愛麗絲與莎拉夏大吃一驚的魔術。

LESSON Ⅲ ～孤單一人的舞會～

掀開寶箱蓋子的女王，居然從寶箱內側接連不斷地拉出充滿份量感的服裝。別說衣櫃了，那數量多到需要準備衣帽間才收納得下。而且無論哪一件，都是會因光線角度改變色調的一等品。衣服以附帶束腹的古典設計為中心，連陌生的異國風鮮豔色彩也一應俱全……總之種類多得十分驚人。

「這些全部！都是！為妳收集起來的喔！」

那股氣勢彷彿要用衣服把似乎能睡上二十個人的床鋪給填滿。比起被堆積成小山的高級編織品，愛麗絲與莎拉夏對吐出那些衣服的小箱子更感興趣。到底是怎樣的構造呢？宛如無底洞的胃永無止盡。

女王像在摔蓋子似的關上那彷彿還能繼續吐出衣服的寶箱嘴。

「這些統統～都是妳的東西！來，換上妳喜歡的衣服吧。」

說是這麼說，但對十四歲的少女而言，那些衣服看起來有些不合尺寸。女王已故的女兒恐怕比愛麗絲和莎拉夏更加年幼吧。

被囚禁的公主一時間難以做出回答，但女王絲毫不在乎兩人的困惑。她輕輕地將雙手手掌放在嚇到一直動不了的活祭品肩上。她陰暗沉澱的雙眸說不定正在磨合據說有三百年的夢想與現實的差異。

「等我把礙事者從這座城堡裡趕出去之後，我們再一起生活吧……這次不會被任何人阻擾，這裡十分安全。我跟妳，還有那個人，一起再次重新來過吧……——」

女王的手掌用力地握緊。她使勁地按了兩三次兩人的肩膀。愛麗絲與莎拉夏不曉得她這番舉動有什麼意義，只能窺探著彼此。

沒多久後女王似乎領悟到了什麼。她表情染上滿臉通紅的憤怒，左右搖了搖頭。

「……可惡，為什麼！為什麼無法順利進行！我明明這麼深愛著你們！」

女王毫無前兆的動怒讓少女們只能悄悄地互相緊抱，感到畏懼。

女王就這樣丟下兩人，打算離開房間。她理所當然似的想將房門上鎖……但不知為何，她一邊顫抖著手，同時打消上鎖的念頭，將鑰匙摔向櫃子。

然後，她告知了被囚禁的公主壓根沒料想過的事情。

「……妳們想的話，可以在城堡裡四處逛逛。」

「咦？」

「只不過晚上七點一定要回到餐桌前。明白嗎？」

結果女王一次也沒有在真正的意義上與愛麗絲和莎拉夏四目交接，就這樣離開了房間。門真的沒有上鎖。

那麼是安排了看守嗎？卻也並非這麼回事。愛麗絲與莎拉夏試著把放在房間裡的家具一個不漏地都調查了看看，但類似來城堡入口迎接的那些被注入生命的家具，一個也

LESSON III ～孤單一人的舞會～

不存在。
囚犯在這個房間裡當真是兩人獨處——完全自由。
「她究竟是作何打算呢？」
禁止著舌頭的楔子總算被解除，莎拉夏向另一名同伴徵求意見。
愛麗絲回顧與女王簡短的交談，陳述她的直覺。
「……她說不定是試著在疼愛我們。」
會將房門上鎖，試圖把人關在房間裡的母親，不能說是愛著女兒。死之女王是否壓抑著殘酷的內心，試圖體現出這點呢？
儘管無法確定真相，但總之這對被囚禁的兩人而言，肯定是個好機會。要是遵從死之女王的意向，被稱為「容器」的自身性命就危險了。
「現在『顛倒之城』又翻轉過來了對吧。」
莎拉夏比手劃腳，拚命整理快陷入混亂的腦袋。
「既然如此，只要普通地從城堡往下走，應該就能與庫法老師和哥哥他們會合才對。」
「……可是，這裡是城堡的哪裡呢？」
另一方面，愛麗絲不知何故，對逃走相當消極。

「我們並沒有從『頂端』的塔被迫走多少路，所以應該在挺上面的地方吧。這樣的話，與其去找莉塔和老師他們，倒不如回到剛才的地方，說不定比較快。」

「愛麗絲同學？」

友人的想法讓莎拉夏不得不驚訝地瞠大了眼。

冰雪天使即使在這種情況下，表情與聲音仍然沒有絲毫動搖。

「如果是公爵家的人，就能操控柯爾多隆對吧？那麼，假如我們從那個可怕的人手中搶走它的話？那個人的企圖就會失敗，也會失去服侍她的部下，會被庫法老師和蘿賽老師打得落花流水。這樣就全部解決了。」

「妳……妳認真的嗎……？」

「而且，如果是現在，說不定梅莉諾亞伯母大人會願意露面……」

愛麗絲猛然摀住嘴角，堵住宛如融雪般差點流露出來的真心話。

她似乎也覺得自己的想法太傻，露出陰暗的表情別過臉去。

「對不起，我沒有考慮到莎拉夏的情況。現在先回去大家那邊吧。這才是最該先解決的事情。」

「…………」

莎拉夏像在思索一般沉默了下來。潔癖的思考在翡翠眼眸中打轉。

LESSON III ~孤單一人的舞會~

過了一會兒，櫻花色少女一字一句，像在確認似的告知：

「……雖然女王那麼說，但我認為她不會真的讓我們自由。」

「咦……？」

「尤其是下樓的樓梯，還有前往城堡入口的通道，肯定安排了看守才對。為了不讓好不容易抓到的活祭品逃掉……既然這樣，反倒應該像愛麗絲同學所說的前往樓上，說不定比較能出乎女王的意料。」

愛麗絲一臉意外地回看同伴。莎拉夏用聖女的笑容回應：

「挑戰看看吧，愛麗絲同學。靠我們來奪回柯爾多隆！」

「莎拉夏……！」

愛麗絲的表情讓人看不太出差異地閃亮起來。

相對的她的行動非常直接。她張開雙手，緊緊抱住莎拉夏。被這樣緊貼身體，突然的姿勢讓櫻花髮色害羞得冒出蒸氣。

「愛……愛……愛麗絲同學……！」

「我會變得更加更加喜歡莎拉夏……嗅嗅。」

「為……為什麼要聞我呢？這樣很癢耶~……！」

儘管對小動物般的愛情表現感到困惑，莎拉夏卻也讓愛麗絲牢牢記住了氣味。

總之兩人訂下方針，從房門悄悄探頭窺視，只見冰冷的城堡走廊朝左右延伸。看來女王似乎真的讓看守遠離了，但總不可能連關鍵處都是空白的吧。兩人要一邊活用「女王的女兒」這個立場，同時將被囚禁的謹慎態度發揮到最大限度，一邊以城堡最深處為目標。

愛麗絲與莎拉夏宛如姊妹一般緊緊地手牽著手，在虛無的走廊上飛奔而出。

† † †

「……噯，不管怎麼說，這種待遇都太過分了吧？」

庫夏娜充滿感情地噘起嘴唇這麼說，讓她做出這種孩子氣舉動的是附在她身上的布拉德，他感到不滿的原因則是綑綁住全身的鎖鍊。

這裡是飛行船春天號的艦橋。在金倫加顛倒城被迫選擇進攻或撤退的公爵等一行人，遭遇到更麻煩的意外，結果在不死的英靈騎士與有生命的神祕家具展開追擊前，撤退回到根據地。

首先應該進行的是盤問粗野無禮的闖入者。在讓乘務員暫時離開的司令塔中，七名瑪那能力者以嚴肅的表情包圍著被綁在椅子上的庫夏娜。

LESSON Ⅲ ～孤單一人的舞會～

正確來講——應該說是恣意操縱庫夏娜的布拉德。
「就算你們這麼做也沒有意義喔？我可是亡靈。我有那個意思的話，隨時都能脫離這女人的身體，獲得自由。」
「那麼，能請你立刻那麼做嗎？」
站在最前列，且從正面俯視布拉德的是塞爾裘。雖然平常總是從容不迫，但果然還是年輕一輩的龍騎士滲出少見的怒氣，讓背後的少女感到害怕。眾人讓梅莉達與繆爾退到離布拉德最遠的地方，為了保險起見，庫法與蘿賽蒂還在左右兩邊鞏固防守。因為眾人知道女王的目標是妖精了。
進行盤問是當家的職責。布拉德毫無愧疚之意地聳了聳肩。
「那也不成啊。你們都看到我在柯爾多隆之間遭到怎樣的對待了吧？一旦完全離開這個女人，我又會立刻被蕾西給控制！現在的那傢伙已經不是單純的瑪那能力者。鍊金術、調藥術、死靈術……她精通所有用來獲得不死的技能。哎呀，果然不是我這個失敗品能抵抗的呢。」
「……你的願望到底是什麼？要說是間諜，未免也太幼稚笨拙了。」
彷彿想說總算能夠進入主題一樣，被囚禁的布拉德朝女公爵露出笑容。
「……就如同我剛才也說過的，蕾西打算進行的『死者復活』需要相當繁瑣的事前準備。而且也需要鍊成的基本材料啊！你們就是為此被引誘過來的。幾個月前回到弗蘭德爾的蕾西停止了柯爾多隆之爐，一直焦急地等候察覺到異常的公爵家人來訪。為了把他們變成自己摸索出來的史上最大鍊金術的實驗材料！」

「……唔！」

「而且就在同時，我也一直等待著你們！我看到你們與英靈騎士的戰鬥嘍，你們並非有名無實的公爵家呢。拜託了！麻煩用你們的力量討伐蕾西，阻止那傢伙的野心吧！」

三大當家面面相覷。做出回應的是疑惑地蹙起眉頭的菲爾古斯。

「……你和哈庫諾瓦不是女王的手下嗎？為何要造反？」

彷彿在說別開玩笑了一般，布拉德雖被綁住，仍用力搖了搖頭。

雖然感覺有些誇張，但沒有人能判別那到底是演技或是他天生的性格。

「我們各自都被那傢伙搶走重要的東西，只是不情不願地被迫服從她罷了。**哈庫**其實是個溫馴的傢伙。要不是牠被蕾西掌握住『心臟』……」

「心臟？」

「就跟字面上的意思一樣。牠被蕾西威脅，要是不聽話，就捏爆牠的心臟。」

還是一樣欠缺足夠情報，無法判斷他話中真偽。

能做的只有催促他繼續說下去。菲爾古斯以強硬的聲音施加壓力。

「那麼，你的人質是？」

「是我比什麼都重要的寶箱……『布拉德船長的金庫(Bloody Locker)』被偷走了。」

又冒出了未知的詞彙。顯示出興趣的是身為研究家的女公爵。

「那什麼玩意？裡面裝了什麼？」

「裝了所有我在海洋撿拾收集起來的東西！雖然外觀看起來只是個上鎖的寶箱，但它可以無限量地收納東西，而且還能自由自在地拿出需要的物品。是船長自豪的寶物喔！」

「也就是說你被搶走了那個比什麼都重要的自豪寶物，所以被當成僕人了是嗎？」

女公爵揮出毫不留情的言語鞭擊，讓布拉德在椅子上沮喪地垂下頭。

「……就是那樣。唯一的朋友跟僅僅一個的所有物都被搶走，我很可憐對吧？吶，你們就大發慈悲幫幫我吧？」

「不只是這樣而已吧。」

在有人被他的演技感化前，後方的庫法毫不客氣地這麼說道。

梅莉達和繆爾不用說，就連眾公爵也轉過頭來質問他真正的用意。庫法比蘿賽蒂向前踏出一步，同時將後續的話語宛如弓箭般射出。

「你屢次說出隱約透露自己出身的話語。例如你曾說『我們』具備啟動柯爾多隆的資格，跟死之女王相比是個『失敗品』，最重要的是你是唯一對她不用敬稱的人，堅持貫徹這樣的叫法——『蕾西』。」

抬起頭來的布拉德，用庫夏娜的臉咧嘴笑了。略微飄散出來的冥界壓力，跟在柯爾多隆之間讓一行人嚇到動彈不得的感覺十分酷似，原來如此。

「……沒錯，如果說蕾西是三百年前的人，那我也一樣。布拉德．拉．摩爾……！這就是我的本名。我跟蕾西是雙胞胎兄妹。」

「沒想到這裡居然也有三百年前的活證人……！」

女公爵驚訝得瞠大瞳仁表現出感嘆，但當事者卻看似不滿地抱怨道：

「不巧的是我是個不成材的失敗品啊。相對於天才的妹妹，只是個愚昧的兄長……蕾西從小就發揮出各種才能，但我不管做什麼都不順利。家人也很早就放棄我，我也很少回宅邸，四處遊蕩，蕾西打從心底輕蔑那樣的我。我也……對於把大家的期待都搶走的她反感得不得了。」

走近庫法背後的梅莉達像是忍不住似的做出反應。

「……你討厭她嗎？」

「討厭死了。所以我要把那傢伙唯一的願望搞得亂七八糟！」

LESSON Ⅲ ～孤單一人的舞會～

「…………」

梅莉達像是後悔向他搭話似的，一邊握著心上人的軍服，一邊看向地上。

是判斷盤問已經暫且結束了嗎？菲爾古斯向自己的部下使了個眼色。察覺到這點的蘿賽蒂連忙上前，解開拘束庫夏娜身體的鎖鍊。

「叫布拉德還什麼的，我明白你的情況了。我們也是無論如何都必須阻擾死之女王的野心，再次點燃柯爾多隆。倘若我們沒有回去，弗蘭德爾就必須在公爵家缺席的狀況下，對抗藍坎斯洛普的大侵略吧。」

最終將邁向滅亡……公爵用岩石般的聲音封住閃過所有人腦海中的戰慄。

「你能提供什麼來協助我們打倒死之女王？」

「幫你們帶路吧。不要太期待只是個失敗品的我啊。」

布拉德先是轉了轉獲得自由的雙手，按摩肩膀。

「蕾西為了這天，在城內部署了萬全的防守。但她似乎沒注意到我偷挖的『密道』。只要走那條密道，你們就能完全無視陷阱和哨兵，直接到達被囚禁的姑娘所在之處吧。」

嗯——菲爾古斯將手指貼在強健的下顎，轉頭看向同志。

「……我無法信任這個男人。這些話也有可能都是謊言。」

「但不能無視萬一是實話的情況啊。」

年輕的公爵彙整兩名長輩的意見，敘述結論。

「——分頭行事吧。我跟著這傢伙去看看。反正既然庫夏娜被當成人質，也不能放任他不管。」

「我陪您一同前往，席克薩爾公。」

塞爾袞一臉意外地轉過頭來，精悍青年的眼神讓他露出笑容。

梅莉達拉了拉庫法的袖子，彷彿有話想說似的仰望著庫法。

「老師，我……」

「小姐與繆爾小姐請留在飛行船裡。兩位也有可能再次遭到女王襲擊。」

「嗯，這也沒辦法呢。」

繆爾聳了聳肩，她應該注意到庫法沒說出來的理由吧——連武器也沒有的女學生根本無能為力。

分組逐步平穩地進行著，菲爾古斯順暢地繼續安排各人職務。

「亞美也在這邊護衛飛行船跟留下來的人吧。」

「可能的話，妾身想加入進軍那方呢……」

「被抓走的可是安傑爾家的孩子喔。我怎能沒有行動？」

「那我也跟小庫一起——」

LESSON Ⅲ ～孤單一人的舞會～

薩賽蒂正以為找到一絲希望時，上司宛如重鋼架的手掌搭到她肩膀上。

「……我要找個與席克薩爾公不同的路線開拓入侵通道。妳也以聖都親衛隊的身分加入隊伍。」

「果……果然是這樣呢～……嗚～！」

「真是一群散沙般的傢伙呢。明明大家都跟我一起走就好了。」

連下半身都獲得自由的布拉德從肩膀按摩到小腿，舒緩筋骨。

「不過無論哪個時代，貴族的衣服總是束得太緊，實在很糟糕。這樣會呼吸困難啊。」

布拉德一臉無奈，沒規矩地翹起二郎腿，用庫夏娜的身體鬆開衣服的胸前。

在雙峰之間裸露出來前，菲爾古斯悄悄別過臉去，梅莉達與繆爾飛撲上前，摀住庫法左右兩隻眼睛。然後塞爾裘則是拔出了矛。

他以惡魔般的精準度將刀刃緊貼在非常靠近布拉德頸動脈之處。

「你現在立刻滾出庫夏娜的身體。否則……」

「我……我……我知道了，是我不好！不小心就老毛病發作！」

「我的軍服借你穿。過來！」

轉移到庫夏娜身體上的布拉德，就這樣被夾住手臂，被憤怒的龍騎士給帶走。看不下去的亞美蒂雅為了幫忙隨後追上。不知是否為了改變目送者目瞪口呆的氛圍，黑水晶妖精將嘴脣湊近親愛之人的耳邊。

「我們一起看家呢，梅莉達。呵呵……」

那性感的舉動讓梅莉達漲紅了臉，庫法則從那番話的內容獲得靈感。

「小姐，能跟我來一下嗎？」

就在各人訂下方針開始行動時，庫法悄悄與主人手掌交纏，將她從人群中帶了出去。梅莉達一如往常，彷彿要前去幽會的戀人一般心跳加速。

將嘴脣貼近的庫法並未送上小說裡描寫的道別之吻，而是這麼告知：

「我要出個『作業』給留在船上的小姐。」

「──算了，雖然有點悶，但我就這樣忍耐一下吧。」

一行人就這樣做好出擊準備，再次聚集到飛行船旁。獨木橋上至今仍不見英靈騎士和神祕家具的身影。隨性的哈庫諾瓦只是把上空的岩礁地帶當成遊戲場而已。感覺要進攻的好機會就只有現在。

首先由跟剛才走同樣的路線，嘗試從城門正面突破的菲爾古斯與蘿賽蒂率先邁出步伐。震撼了一行人的顛倒城在壯烈的瀑布帷幕守護下，依舊垂掛在橋的終點處。紅髮美

少女發出了理所當然的疑問。

「奇怪？這麼說來，剛才城堡是不是上下顛倒了？」

「那恐怕是假象吧。」

對於部下的話語，上司蘊含著堅定不移的信賴這麼回答。

「也就是說城堡的內外，無論哪邊都不是外觀看起來那樣。這表示女王支配的東西，應該視為『重力』嗎……？無論如何，不管是要上樓還下樓，我們要前往的目的地都不會變。」

菲爾古斯述說他的主張，讓所有人都聽見，同時轉頭看向後面。

「聽好了，為了再次點燃柯爾多隆，需要三大騎士公爵家所有人的血。要是少了誰就毫無意義——祝各位武運昌隆。」

他在最後短暫地向負責看家的亞美蒂雅使了個眼色，接著瀟灑地轉身離開，任披風擺動。形成對比的是彷彿靜不下心的小狗一樣慌忙跟上去的蘿賽蒂。

「我們也出發吧——你要自己保護自己的安全喔，布拉德。」

儘管塞爾袞這麼說道並遞出龍騎士專用的矛，但布拉德本人卻一臉厭惡地搖了搖頭。

「別這樣啦，我從來都沒拿過矛啊。而且我說過了吧？我是個失敗品。別期待我能成為戰力啊。」

他主張了非常不可靠的一番話後，將一把似乎是事先從顛倒城某處摸來的輕薄彎刀（Cutlass）佩在腰間。雖然身穿的是貴族男性用的戰鬥服，那卻跨越了性別，非常適合庫夏娜威風凜凜的容貌。

「這樣就行了。好，我們走吧，拜託你們好好保護我嘍，騎士們！」

那兩名護衛看來毫不起勁似的面面相覷，很快地放棄了他。

「看來把他當成單純的『標誌』比較好呢。」

「算啦，如果是我們，即使背了個累贅也不成問題的，庫法小弟。」

兩名美青年丟下帶路人很快地邁出步伐，因此頂著庫夏娜容貌的布拉德連忙追趕上去。

「慢點慢點，我忘了一件事！在離開飛行船前，得先把這玩意交給你們才行。」

他這麼挽留兩人，接著立刻將從城堡摸來的其他戰利品首先拋向亞美蒂雅。

乍看之下，是平凡無奇的手拿鏡。那是同款不同色的兩把鏡子，他將另一把拋給庫法。女公爵一邊確認那並非危險物品，同時蹙起柳眉。

「這什麼玩意？」

「是魔法手拿鏡！那玩意是兩個一對，會映照出『對方鏡子映照出來的景色』。而且還是連聲音也能傳遞過去的優異物品。」

庫法試著窺探鏡子，只見妙齡美女皺眉的表情從小型橢圓形窗回看著他。庫法不禁回以客套的笑容，於是美女忽然別過臉去。

「原來如此。就算你背叛我們，這麼一來也會馬上露餡呢。」

「妳這麼說實在太露骨了點……但能有個聯絡方式是最好不過的吧？」

他飄然地敷衍了事，他真正的意圖究竟是什麼？在每個人都難以捉摸時，布拉德率先折返回頭。塞爾裘像是放棄似的聳了聳肩，庫法將不可思議的手拿鏡收到懷裡，與塞爾裘步調一致地邁出步伐。

在旁人眼裡看來，宛如同年紀的朋友一般並肩的男女當中，中央的那人比手劃腳起來。

「還有你們好像還忘了一件事，就是要叫我布拉德船長。我可是幽靈船長！這可是關係到我跟哈庫的羈絆與名譽——」

「噢，請多指教，『渾身是血（布拉德）』小弟。」

王爵充滿挖苦意味的說法，讓布拉德也不禁扭曲美女的嘴脣。

他一臉不滿地跑到隊伍前頭，然後表演起非常難聽的拿手歌。

「……船～長～！幽～～靈！船！長！大海～之～男～！無論怎樣的波濤～嗯嗯～

LESSON Ⅲ ～孤單一人的舞會～

都會跨越～過去～～！」

「「安靜點。」」

從左右接連傳來斥責的聲音，宛如一盤散沙的三人組沿著橋前行。留在船上目送的一方裡頭，亞美蒂雅不得不說出不安與祈禱。

「拜託你們了，各位。弗蘭德爾缺乏戰力……孩子們是未來的希望啊。」

只有左右兩旁的妖精聽見了她這番低喃。

十四歲少女還無從得知自己的肩上究竟扛了什麼——

† † †

被囚禁的一方無從得知眾人樹立的搏命進軍計畫。從女王準備的寢室裡溜出來的愛麗絲與莎拉夏，努力忍住想尋找下樓階梯的衝動，專心一意地朝城堡上層前進。

宛如宮廷傭人一般在工作的，果然是擁有生命的家具。掃帚將自己弄溼，勤奮地擦拭地板；性急的爐灶在廚房辛苦地調整火候；城裡的時鐘聚集在一處，議論著哪個時刻才是正確的。

愛麗絲與莎拉夏側目看著這罕見的光景，飛奔穿過背向這邊的它們附近。雖然不確定它們是否有「眼睛」和「耳朵」，但還是忍不住會避開它們附近，壓低腳步聲。衝入走廊的轉角後，莎拉夏「呼」一聲地鬆了口氣，豐滿的胸部隨之晃動。愛麗絲也用緊張的眼神窺探著周圍。

「不要緊，看來沒有被發現。」

雖然最上層附近原本警戒就很薄弱的樣子。也沒看見在柯爾多隆之間把庫法和眾當家折騰了一番的英靈騎士身影。甚至還飄散著就算不小心跟點亮火光在轉圈的燭臺擦身而過，也會被它們一臉若無其事地無視的氛圍。

總覺得與其說是潛伏，這欠缺緊張感的氛圍更像是在玩捉迷藏。

「果然是因為『女王的女兒』嗎？」

莎拉夏深切體會到莫名的無力感，視線望向地面。

「我遲早會讓他們再也說不出那種話。」

愛麗絲顯露出惱怒的反抗心，抿緊了嘴脣。

實際上，對死之女王與城堡居民而言，理應已經不是能夠樂觀的狀況。隨著兩人以圓錐狀城堡的頂點為目標，格局看來也變得狹窄——安置著柯爾多隆的最上層正逐漸靠近。

「愛麗絲同學，請看一下，那個！」

LESSON: III ～孤單一人的舞會～

在莎拉夏所指的方向，愛麗絲也得到了目標。縱然上下方跟剛才是顛倒過來的也不會認錯，那扇彷彿也能容納巨人的大門。

反倒應該說因為**顛倒城反了過來**，才更容易到達目的地。他們居然粗心地就連那扇門附近都不見看守的身影。被囚禁的公主四目交接，一口氣飛奔穿過剩餘的距離。兩人抓著大門左右兩邊，同時推開意外地滑溜的那扇門。

——然後她們領悟了為何完全沒有遭到警戒。

因為在上下顛倒的現在，柯爾多隆就宛如照明燈一般，被固定在高高尖塔的天花板上。當然也沒有準備用來添加材料的通道。這對年幼的兩人而言完全是個盲點，甚至讓人覺得不可思議，為何之前沒想到這件事呢？

「對……對喔……！剛才是『地板』的東西，這次變成了『天花板』……」

「我們無法到達柯爾多隆那邊……！」

豈止如此，甚至就連隨便踏入房間也相當危險。

畢竟這個房間沒有萬全的地板。只有橫梁般的踏腳處自由自在地布滿四面八方，要是踩空一步，可是會直達塔的最底部。

儘管如此，愛麗絲仍勇敢地踏進了房間。莎拉夏也慢一步跟上。

「梅莉諾亞……安傑爾……梅莉諾亞……安傑爾……！」

專心一意地調查墓碑的銀髮天使，顯然是在尋找某人的名字。莎拉夏也不發一語，分頭陪著她尋找。兩人一個一個地調查著墓碑，逐漸縮小搜尋範圍，然後愛麗絲終於找到她要找的那個目標。

「找到了！梅莉諾亞伯母大人的墳墓……！」

儘管各自在設計上多少有些差異，但構造的氣派程度並不輸給周圍的墓碑。

有外遇嫌疑的她的墓碑，端莊地佇立在眾多公爵家的靈魂當中。生年以及卒年的標記讓愛麗絲單薄的胸口揪緊起來。照理說明明不是到現在還會感傷的事情，但不知為何，卻不由得有種真切的感受。

梅莉達的母親已經過世了——………

「伯母大人，我是愛麗喔！請回應我的聲音！」

愛麗絲感覺就像回到小時候一般，這麼呼喚著。墓碑回以沉默。

彷彿對方在硬殼內側沉睡一般，呼喚聲逐漸變得高昂。

「告訴我，伯母大人並沒有背叛我們對吧？請妳好好跟莉塔這麼說，讓她安心吧！嗳……為什麼妳不肯露面呢？」

「愛麗絲同學……」

前所未見的冰雪激情，讓原本打算飛奔到她身旁的莎拉夏不得不停下腳步。

LESSON Ⅲ ～孤單一人的舞會～

十字架果然還是作為石頭佇立在原地。滑過邊角的光芒反射，不會表現出任何話語或感情。只是在擦得光亮的表面上映照出少女的哭臉而已。

聲音從根本不期望的虛空反彈回來。

『真是群壞女孩……竟然想對柯爾多隆下手。』

才心想黑暗急遽凝聚起來，不知是何種魔術，只見身穿冥界衣裳的身影從黑暗內側出現。寄宿著三百年知識的泥濘眼眸，看似同情地注視墳場的少女。

「就憑妳們是無法啟動柯爾多隆的……首先材料就不夠了嘛。產生出太陽熱能的鍊成式需要添加三大公爵家的血液才行。妳們是安傑爾與席克薩爾……那麼做只會無謂地削減體力而已喔。」

莎拉夏以派對禮服的裝扮擺出備戰態勢，愛麗絲也擦拭眼角，站起身來。

龍騎士的嘴唇宛如弓箭一般射出反叛的公主的決心。

「妳也是拉．摩爾對吧？」

哈哈——彷彿對小貓感到頭大的皇帝一般，蕾西女王發出充滿慈愛的戰意。

「好吧。如果能傷到我一根汗毛，就隨妳們高興怎麼做。」

「「——！」」

一口氣爆發出鬥爭心的愛麗絲與莎拉夏同時一蹬地板。她們宛如撞球的球一般在縱橫四方的橫梁之間跳來跳去，從左右兩邊同時襲擊女王。

彷彿反過來利用她們的高度合作力一般，冥界裝扮的身影翻了個身。左右兩邊揮動起來的反手拳，同時擊落兩側的敵人。被撞飛的莎拉夏手掌撐地跳起身，還無暇喘息便高高飛起。另一方面，被甩向狹窄踏腳處的愛麗絲將差點要掉落的氣勢轉換成離心力，將手臂掛在橫梁上，轉了一大圈之後，宛如反彈回來的弓箭般使出橫踢。「哦。」——女王略微感到佩服似的擋住這踢擊。

在這段期間，盡全力飛翔的莎拉夏逐漸逼近柯爾多隆。兩人真正的目標打從一開始就並非打倒女王，而是搶回這東西。

「真是囂張。」

女王反倒看似愉快地高舉右手手掌。戴在她食指上的戒指閃耀發光。

機械機關的大釜彷彿回想起來似的，在表面竄出火花。它射出一道電擊後，尖端像是瞄準好一般貫穿莎拉夏的正中央。「啊！」出乎意料的劇痛讓莎拉夏發出哀號，禮服裝扮的身影宛如被射穿的鳥一般墜落而下。

「莎拉夏！」

女王的左手一把抓住注意力完全被吸走的愛麗絲的腳踝。她用第一次甩動讓少女迷失上下左右，接著盡全力用第二次把少女摔向地板。「嘎啊……！」少女略微浮在半空中，碰巧在掉落下來的天使同伴身旁。

彷彿這一切都是場表演一般，死之女王一口氣捕捉住奪走了戰意的兩人。她將少女們抱入一隻手臂裡，窺探著少女們看似痛苦地蹙起的眉頭。

「正好，就讓妳們見識一下自己的末路吧。」

那彷彿想說並非敵對，只是被搞得有些頭大的說法，讓身為見習騎士的少女也不由得咬緊牙關。

女王把所有事情都當成瑣事割捨掉，伸出自由的右手扭了扭。

——然後一切都翻轉了。

剛才無暇去實際感受的激烈巨響，讓少女顫抖起來。女王之所以不受上下顛倒的影響，是因為她浮遊在空中。那冷酷的態度彷彿想說只有在地上爬行的生物才會畏懼困惑一般，女王只是注視著旋轉的景色。

然後親愛的人們的墓碑遠離到遙遠的天花板上——

換成機械機關的大釜威容再次降落到眼前。

「況且妳們甚至不曉得柯爾多隆的啟動方法。首先要在爐裡注入力量。」

女王這麼說，又從懷裡拿出奇妙的紅色石頭。她將石頭捏碎，於是血色沙粒傾瀉至被深深挖開的爐灶裡頭，讓盛大的蒼白火焰燃燒起來。

大釜宛如遭到火刑的魔女一般，尖聲嘶鳴。

「然後添加材料！嘻嘻嘻，好好觀賞這前所未聞的奇蹟吧！」

女王在一旁打開黑暗孔洞，隨意將手掌伸了進去。究竟是怎樣的妖術呢？她將從裡面拉出來的供品接連扔入大釜當中。巨大的土塊、好幾種藥草、田地的肥料……若是一無所知地在旁觀看，那些材料感覺相當和平，但接著是大量血液被灑了上去。

大釜的熱水沸騰成金色。機械機關發出隆隆聲響，要求更多活祭品。

「還不夠……還不夠……！滿足那貪婪的肚子吧，柯爾多隆。為了成就史上最大的奇蹟！」

女王宛如指揮家一般揮動食指。大釜上空又開了幾個孔洞，從孔洞被推落的某些東西被扔入煉獄般的熱水當中。

甚至不會發出哀號的那些東西，是早已經斷氣的屍體。

「噫……！」就連愛麗絲和莎拉夏也不禁嚇得說不出話來。被投入大釜的是三人份的屍體。無論哪個都是穿著氣派壽衣的男性。大釜的熱水終於沸騰到彷彿要溢出，女王用出神入迷的眼眸從懷裡拿出最後一個碎片。

那看起來像是紅色寶石——就連少女們也已經能明顯看出，它的真面目是「心臟」。

「不枉費我這三百年來一直保存著……！來吧，柯爾多隆，讓我見識一下鍊金術的極致。至今無人能辦到的死者復活……！」

女王用力收緊的右手往上揮起。紅色石頭描繪出最為纖細的拋物線，被吸入沸騰的熱水裡。在漩渦中心噗通一聲地濺起波紋。

「——人造人（Homunculus）的誕生！」

宛如蜘蛛網的紫電在房間裡四散。彷彿要劈開鼓膜的雷鳴讓少女顫抖起來。像是要烙印在視網膜上的閃光從大釜中迸出，從其中心有什麼東西——有個人形剪影從熱水底部被拉了起來。

就是這裡！死之女王在聲響激流中舉起萊茵的戒指。

黃金閃耀發光，一個墓碑發出回應。才心想原本只是剪影的鍊成物被淡淡的膜包圍起來，只見它急遽地開始鞏固輪廓。光芒收斂起來，雷鳴消散而去，紫電的餘燼啪哩地張開一面牆，沒多久後寂靜回到周圍。殘響消失在少女的耳朵深處。

可以看出女王一邊顫抖一邊放下的右手，表現出歡喜之情。

在柯爾多隆的腳邊，有一名男性被創造了出來。年紀約三字頭前半。一身貴族衣裳。武器皮套奢侈地掛著聖騎士的長劍、魔騎士的大劍、龍騎士的矛。就連門外漢的愛麗絲與莎拉夏，也不得不理解女王進行了什麼。

死之女王**製造了人類**。

恐怕是將已經亡故的某人——靠戒指魔力將死者靈魂呼喚回來，並固定在以他人的屍體和土塊為基礎的寄宿體上。

「達米安……！」

女王似乎帶淚的呼喚聲，感覺像是經歷三百年時光後，終於找回了溫情一般。

她甚至忘記捕捉了愛麗絲和莎拉夏這件事，鬆手放開兩人的女王飛奔而出。從死亡復甦的鍊成物——不，應該說人造人，緩緩地抬起頭迎接。

「蕾……西…………」

「沒錯，是我！啊，親愛的！我一直好想見你……！」

將自己自稱為「死」的她，彷彿想起自己曾是一名女性一般，緊抓著戀人不放。比起恐怖女王的變貌，有件事更讓莎拉夏和愛麗絲不得不感到驚愕。

「她……她真的……讓已經去世的人復活了……？」

「如果能辦到這種事——」

梅莉諾亞伯母大人也——就在愛麗絲的嘴唇無聲地要這麼動起來前。

似乎名為達米安的人造人，開口詢問抱住自己的女性。

「我是什麼……？這副身體是誰……？」

「噢，這是……為了讓你能永遠保護我和女兒，我給予了你世界最強的身體！」

LESSON III

～孤單一人的舞會～

女王眼中含淚地放開對方，一臉得意地確認自己的最高傑作。

「聖騎士的強韌，魔騎士的爆發力，龍騎士的機動性……！從收納在這座靈廟裡的亡骸中，凝聚精挑細選過的材料，創造出來的就是你！就算全世界的敵人團結起來也贏不了你。再也不會有任何不幸能拆散我們……我跟你，還有伊莎貝爾三人，在這座城堡一起再次生活吧。永遠地……」

女王向復活的戀人索吻。假如他回應了這吻，彷彿會有如雷掌聲包圍住兩人的錯覺，就連被囚禁的愛麗絲和莎拉夏都感受到了。

——但情況並沒有發展成那樣。人造人拒絕了戀人的吻。

「……不對……不行……這副身體感覺好噁心。我的身體在哪裡…………」

「達……達米安，你真正的身體已經腐朽了。那是三百年前了呀！」

「達米安……？不對，小弟是……老子是……我是……誰……是誰……？嗚……嗚嗚！」

人造人推開了戀人。儘管如此，女王仍緊抓著他不放。

「振作點，達米安！請你想起我吧！」

這番呼喚似乎確實地傳遞給戀人的靈魂了。

稍微恢復正常的他，回看抓住他肩膀的女王，這麼訴說著：

「……殺……殺了……我吧。」

「咦……那……那可不行！」

「好痛苦……好好地……殺了我吧……！讓我再次……永遠沉睡吧……！」

女王激動地搖了搖頭，堅定拒絕對方的請求。

「不行！我再也不會放開你了！請你哪裡都別去！」

人造人終於放棄了創造主。他用力推開女王，用蹣跚的腳步試圖前往某處。

他忽然抽動了一下並抬起頭，顫抖著挺立的鼻梁。

「我感覺到強大的瑪那……有好幾個人正接近這裡……！拜託……有誰來……是誰都好……把小弟……把我……把老子——……」

響起尖銳的出鞘聲響。人造人拔出聖騎士的長劍，飛奔而出。

「給殺了吧！」

他用創造主給予的至高腳力，眨眼間便逃離這座塔。女王伸出的手甚至無法抓住餘香。飄散在周圍的只有大釜帶餿味的蒸氣。

女王連追趕上去也辦不到，癱坐在原地的身影，看起來也像是悲劇的女演員。

「等等，達米安！請你別走！別……別丟下我——！」

彷彿要抓住已經消失的背影一般，一把握住的拳頭掉落到地板上。

LESSON III

～孤單一人的舞會～

「請你……別丟下我……——」

彷彿即將斷氣的小鳥般鳴叫聲，只有勉強傳入少女耳裡。

被囚禁的公主連聲音也發不出來，只能呆站在原地。莎拉夏有些著急似的注視著同伴，一直抿緊嘴脣的愛麗絲踏出腳步。

愛麗絲的手掌伸向宛如枯萎花朵的肩膀，其中究竟含有什麼意圖呢？

但在愛麗絲的手指碰觸到肩膀前，女王的聲音恢復陰暗的意志。

「……究竟是哪裡出了問題？」

就在愛麗絲嚇了一跳，將手抽回來時，女王爬起身來。

在那裡的不是尋求愛情的女性，也並非洋溢著慈悲的母親，而是冷酷地確認鍊成式的死之女王本身。高個子的她看似焦躁地在柯爾多隆前面來回走動，甚至讓人有種她的身高膨脹成好幾倍的錯覺。

「我的鍊金術應該很完美……！柯爾多隆也毫無遺憾地展現出結果。我不懂……可惡，這樣的話，要讓女兒復活根本是痴人說夢話！」

女王尖銳的聲音迴盪在充斥著寂靜的塔裡。莎拉夏縮起了肩膀。

另一方面，將手指貼在下顎，與女王共有疑問的則是愛麗絲。

彷彿在告知神諭一般，銀髮天使發出低喃。

「……剛才復活的那個人，似乎不曉得自己是誰。」

「妳說什麼？」

「問題可能出在摻雜了太多人的身體。因為各自都抱持著『我就是我』的想法，才無法順利合而為一，變得不知道自己是誰……於是感到害怕，又變得想永遠沉睡。」

「…………」

女王也將手指貼在下顎。她用自己的知識重建少女純真的直覺。

從旁人眼裡來看，那也像是一起探討難題的母女一般。

「原來如此。妳的著眼點或許不差喔，銀色姑娘。」

「妳明白什麼了嗎？」

「用來當人造人材料的屍體，身上還殘留著心臟。說不定那就是失敗的原因。考慮到達米安的心臟與另外三個心臟都各自寄宿著靈魂的話，也能理解自我為何會混在一起——若是這樣，應該慶幸沒有急著調整女兒呢。」

愛麗絲擁護這恐怖的女王，是期望著什麼呢？

這是女王本身無從得知的事情，也是她絲毫不感興趣的題材。她簡直像在拎貓一般，抓起面無表情，沉默地仰望自己的少女脖子。

她動作流暢地用另一隻手擄走擺出戰鬥態勢的櫻花少女。

LESSON: III ~孤單一人的舞會~

「好了，回房間去吧，女兒們！在晚餐前幫妳們做最後的調味吧！」

「妳……妳打算把我們怎麼樣……？」

「這還用說嗎？」

莎拉夏看似痛苦地發出疑問，死之女王更用力地勒緊她的腋下。

那些像是人類的戀慕之情融入漆黑的大釜熱水裡，早已經消失無蹤。

「不聽媽媽叮嚀的壞孩子……迷戀死之野獸的不檢點姑娘！我要把那邪惡的『心臟』漂亮地給挖出來！噫……嘻……嘻嘻……！」

† † †

身為堂姊妹的少女，或許在靈魂某處共享了降臨在愛麗絲身上的絕境。被留在飛行船上的梅莉達，與庫法分別之後，一直用靜不下心的表情靠在通道的窗戶上。

她注視的並非窗外景色，而是手上拿的魔法鏡子。

據說「能與另一半鏡子連接起鏡面」的那玩意，此刻只是映照出陰暗的黑暗。另一面鏡子大概還是收在心上人的懷裡吧。梅莉達努力忍住想找他商量煩惱的衝動。

取而代之的，有個慾望之聲在她耳邊低喃。

「……啊，老師真是的。結果沒跟我道別就走掉了。跟老師分散兩地的話，我的內心也是宛如被囚禁在高塔中的小鳥一般呀。」

「…………」

「好想現在立刻請他抱住我！不，如果下定決心向他索吻，他是否願意回應我呢？將他彷彿會在我的嘴唇上融化般的熱度——」

「夠……夠了，繆爾同學！別把我的心聲唸出來啦！」

梅莉達忍不住揮起雙手，不知何時抱住她背後，喜歡惡作劇的妖精「呵呵」地跳開了。像是在揶揄一般，撫摸桃色嘴唇的動作。她方才吹過來的氣息，此刻也讓梅莉達漲紅耳朵。

「誰叫梅莉達一直在發呆，根本理都不理我嘛。」

「對不起啦。但我剛才在想事情。」

「想庫法老師的事情？還是愛麗絲？」

梅莉達將手拿鏡收到衣服口袋裡，再次與窗戶面對面。

剛才避免去正視的顛倒城不由分說地闖入視野中。

「我的確也很擔心他們兩人……但剛才在想其他事。我在想母親大人為什麼不肯在我面前現身呢？」

LESSON III ～孤單一人的舞會～

「那是當然的吧。」

像是不經意地這麼回答的，是正好經過背後的亞美蒂雅。

「倘若妾身是梅莉諾亞，實在無顏見妳。」

她就那樣與乘務員一起走掉了。儘管覺得不能打擾忙碌地負責看家的她，梅莉達與繆爾仍驚訝地面面相覷。

「那話是什麼意思？」、「天曉得？」兩人歪頭來進行溝通。

雖然不願去想，但那是對自己被稱為「無能才女」的女兒感到羞恥嗎？剛被死之女王烙上的烙印，讓梅莉達單薄的胸口刺痛起來。

「……這表示女王對自己女兒『容器』的要求，無庸置疑地是公爵家的血統吧。她似乎對我看不上眼。」

「想太多不好喔，梅莉達。畢竟對方是三百歲的老婆婆嘛。她看來也不像還保有理智……一定是老糊塗了啦。」

這麼說來——梅莉達從友人的體貼中找到一種異樣感。

「死之女王」蕾西．拉．摩爾，想要公爵家女兒的身體，用來容納已故女兒的靈魂。但如果要符合那條件，照理說身為拉．摩爾家正統繼承人的繆爾，才是最吸引女王的人選不是嗎？

不過，她卻沒有被選上——究竟為什麼？比起覺醒了武士位階，如今還被懷疑血統的自己沒被選中一事，這點更令人難以理解。

不曉得她本人是否也察覺到這個矛盾，只見她露出佯裝不知的表情靠在窗邊。

「雖然很擔心莎拉她們，但也只能交給老師和哥哥大人他們去處理了。啊……只能乖乖等待的自己真令人焦躁。」

「……！」

梅莉達的表情在旁人不會察覺的程度下稍微僵硬起來。

因為她想起了在分別的時候，與家庭教師庫法之間的對話。

『我要出個「作業」給留在船上的小姐。』

『作業？』

『對。與繆爾小姐兩人獨處的狀況，是再好不過的機會吧。』

就在各人埋頭於出擊準備時，兩人躲進船上的一個房間，互相擁抱並朝彼此的耳朵吹氣。倘若被人看見肯定會引起誤會，但被聽到對話內容要更加危險。

畢竟庫法是要梅莉達盤問三大公爵家的千金。

『是要我詳細質問畢布利亞哥德事件那時的事情嗎？可是繆爾同學說她們只是接到指示，並不清楚詳情……』

LESSON Ⅲ ～孤單一人的舞會～

『如果那番話是真的，自然是最好不過。但我總覺得她們還隱瞞著什麼祕密……我感到十分不安，擔心小姐們的友情有一天可能會因此產生裂痕。』

『明明不需要擔這個心的……』

『我想也是。所以說這是我的私心。』

被庫法那樣在髮絲上落下一吻，梅莉達的反抗心整個都消失了。

假如情況真的跟庫法的直覺一樣，就表示繆爾和莎拉夏在那次圖書館員檢定考試時，明明知道企圖危害梅莉達的凶手是誰，卻依然包庇對方。

儘管如此，梅莉達仍舊有著絕對的確信，認為她們對自己和愛麗絲的友好是純真的感情。但即使如此，她們不惜欺騙友人也要包庇的對象，究竟是誰呢？

那天在畢布利亞哥德，揭露梅莉達位階的繆爾這麼說溜了嘴。

『得通知哥哥大人才行。』

她會這麼稱呼的對象，就只有剛才也提到的那一個人——

梅莉達咬緊嘴唇，握了幾次拳頭，下定決心。

她拉起茫然地注視著窗戶的繆爾的手，突然轉過身去。

「過來一下，繆爾同學。」

「咦？慢……慢點，妳怎麼啦，梅莉達？」

儘管難得地感到困惑，繆爾仍任憑擺布。

接下來要談的事情，絕對不能讓任何人聽見。飛行船的乘務員與亞美蒂雅一起在艦橋進行起飛的準備工作，包括艾咪在內的三家傭人應當都被聚集在派對房裡，一起焦急地等候著當家歸來。

因此梅莉達選擇的貨物室當然不見任何人的身影。沒有窗戶和燈光，室內有些昏暗這點也正符合需求。這房間似乎是專門收納餘興用的小道具，在這次旅程中沒有登場機會的遊具安靜地沉睡著。

梅莉達將房門確實上鎖。她更用力拉了拉至今仍難以掌握狀況的繆爾的手，把她推到不知是舞臺用還什麼用的柔軟床墊上。

她像是要封住對方行動似的，將雙手拍向年幼美貌的兩側。

「好啦，不會有任何人來礙事。今天絕對不會讓妳逃掉的！」

繆爾一臉意外地回看梅莉達。但那也只有一瞬間，她立刻露出和平常一樣從容不迫的微笑，轉了個圈避開梅莉達的氣勢。兩人明明同年紀，但梅莉達果然還是有種被揶揄的感覺。

繆爾像是要撈起什麼似的舉起雙手，抱住梅莉達的腰。

「我有點嚇一跳呢。沒想到梅莉達會主動邀請我……」

LESSON: Ⅲ ～孤單一人的舞會～

「別想打馬虎眼。今天一定要——呀啊！」

也難怪梅莉達會不禁發出甜膩的聲音。

因為友人纖細的手掌居然鑽入裙底，上下撫摸著她的大腿。這下兩人的立場便一口氣逆轉過來，腰部使不上力的梅莉達緊抓著繆爾的肩膀。從下半身往上爬的麻痺感讓她的聲音不由得顫抖起來。

「慢……慢……慢點，繆……繆爾同學？妳突然做什麼……呀嗚！」

「妳問做什麼，是梅莉達不好吧。把我帶到這種四下無人的陰暗房間，還說什麼『不會讓妳逃掉』……我忍不住就燃燒起來了呢？」

「聽……聽我說！不是這樣的。我是想跟繆爾同學好好聊聊，聊聊，對，聊天！我們好好溝通一下吧？吶？——呀啊！不行……！」

更加衝擊的感覺撼動梅莉達陷入混亂的腦袋。

將梅莉達的派對禮服盡情往上掀起的指尖，接著開始往下爬行。她的拇指勾住薄薄的絲襪，竟然還企圖將絲襪從十四歲的翹臀拉下來。外界冰涼的空氣讓裸露的肌膚顫抖起來。

梅莉達已經只能將手臂纏繞在友人的脖子上，同時俯視自己丟臉的模樣。

「不要……繆爾同學。這樣……這種事……太難為情了……！」

「——啊，真是的！梅莉達怎麼會這麼可愛呢？只是稍微能看見內褲，就這麼……可以理解老師為何會對妳著迷呢。」

即使眼眶含淚地訴說，繆爾也只是興奮地顫抖著背，讓聲音蘊含著熱度而已。她的眼神逐漸溼潤起來，宛如要吞食蝴蝶的毒蛾一般，十指蠢動不停。

「來，好好地把衣服脫掉吧……只要梅莉達變成更加可愛，更加更加色情的打扮，老師一定也會覺得很開心的……呵呵。」

「為……為了老師……？不……不要！討厭……！」

梅莉達已經只能將抵抗化為嘆息，用眼尾的淚珠請求原諒。

今晚的妖精的惡作劇確實有些不同。梅莉達的絲襪被用力往下拉開，翹臀宛如剛剝殼的蛋一般滑溜地冒出。任憑感情移動的指尖十分強硬，繆爾是否有注意到就連內褲也脫掉快一半這件事呢？

薄布的感觸被往下拉到大腿處，彷彿要爆裂的羞恥讓梅莉達抿緊嘴脣。已經是勉強還貼在身上的內褲，只能在極限邊緣守護少女的祕密。

然後不規矩的十根手指，瞄準了毫無防備到極點的小巧翹臀——

就在將理性燈火蒐集起來的梅莉達，勉強要發動反擊的時候——

『咳嗯！』一個用力擠出的咳嗽聲從旁插入。

兩名少女猛然回過神來，環顧沒有任何人在的室內。依然熱情交纏著的兩人「咦？」了一聲，疑惑地互相歪了歪頭。剛才的聲音究竟是從哪裡傳來的呢？

那個答案從少女的陰影處發聲。

『小姐們……兩位從剛才開始，究竟在做什麼呢？』

「哎呀，這個聲音是……」

「老……老師！」

梅莉達猛然從友人面前跳開。她注意到照理說不可能存在，來自地板上的視線。

魔法的手拿鏡正好就掉落在兩人中間點的腳邊。大概是被繆爾惡作劇時，從口袋裡掉出來的吧。梅莉達根本沒有餘力去注意到這件事。

只見也不禁感到害臊的心上人的美貌，滿滿地映照在鏡子上。

† † †

『你你……你從什麼時候開始看的？老師！』

LESSON III
～孤單一人的舞會～

庫法抱著鏡子回應主人的呼喚。話雖如此，但他不太能直視，因此用一邊手掌遮住通紅的臉頰，只用單眼窺探而已。

「沒……沒什麼。我有些在意小姐的情況，就看了一下鏡子……那個……從小姐與繆爾小姐互相擁抱的場面開始，逐漸發展成愈來愈激烈的肌膚接觸……」

『我……我們沒有互相擁抱！我是認真地在進行老師交代的作業！』

這句話讓庫法「啊……」了一聲，了然於心。恐怕是不擅長談判交涉的梅莉達想直截了當地詢問繆爾真正的意圖，卻因為選了在陰暗處兩人獨處的情境，結果遭到反擊了吧……鏡子以絕妙的特等座角度展現主人煽情的表演秀時，庫法忍不住心想是發生了什麼事呢。

儘管掌握了情況，青年臉上的紅暈至今仍未消退。

「兩……兩位小姐，總之能請妳們先把鏡子撿起來嗎？尤其是梅莉達小姐……那個，應該趕緊把衣服重新穿整齊比較好吧……」

畢竟庫法的視角位於兩人的腳邊，宛如兩朵花的裙底風光從這邊可是看得一清二楚。特別是連內褲都被脫一半的梅莉達，若隱若現的煽情膚色誘惑著庫法的視線……只有場景昏暗這點是唯一的救贖。

『『……！』』

美少女的臉頰瞬間沸騰起來，她們啪的一聲地按住裙子。光是這樣當然不足以完全擋住來自正下方的視線，接著是滿滿的空氣被吸入她們單薄的胸口。

庫法鮮明地預料到一秒後將發生的未來，他瀟灑地把魔法手拿鏡放回懷裡。少女們被封住的哀號微微顫動，斥責著胸膛。

之後要補償這次的事情會很辛苦啊——庫法一邊做好覺悟，一邊讓沉重的身體站起來。

「——庫法小弟，你在跟誰說話嗎？」

席克薩爾公從視野前方現身。庫法一邊假裝沒注意到胸口的殘響，一邊回答：

「我剛才用魔法鏡子觀察小姐們的近況。看來……沒有什麼異常情況。」

「是嗎？那真是太好了。」

「喂喂，什麼太好了啊！你們別在旁休息，認真工作啦！」

從另外一邊皺著眉頭現身的，是有著庫夏娜外表的布拉德。

他讓人有些意外的憤怒，如果考慮到周圍狀況，應該說這也難怪吧。

「要是踩空一步，可是會倒栽蔥地掉入地獄喔？你們能不能再稍微有點緊張感啊。」

帶路人指引的「密道」，對城主而言確實是盲點吧。

LESSON: III ～孤單一人的舞會～

庫法、塞爾袞、庫夏娜——更正，是布拉德等三人，此刻正以爬下懸崖的要領，沿著城堡外牆爬行前進。瀑布的巨響戲弄著全身，強風試圖擄走人的前方是虛空。

在與死亡相鄰的行軍當中，作為最有用的踏腳處發揮功能的，是爬滿整座城堡的薔薇荊棘。乍看之下只像是隨心所欲在拓展領土的網狀當中，據說存在著宛如穿針線一般的密道。

「怎麼樣？走這條路的話，無論城裡有多少士兵，還是對方設置了怎樣的陷阱，甚至就算城堡顛倒過來也毫無關係！嘿嘿，我很聰明對吧？」

很想稱讚他擴大薔薇花園並非毫無計畫這點。目前能鑽過女王的監視網這點，也無可挑剔吧——假如沒有因為巧妙過頭，不小心迷失那條關鍵的密道的話。

「這……這也沒辦法啊！老是遇到這麼相似的景色，當然會迷路啊！」

沒想到用來覆蓋密道的偽裝居然連設下圈套的人也能騙過，實在是出乎意料。庫法和塞爾袞也只能無奈地與他兵分三路，一邊劃分陣地，同時一一探索用來朝下方前進的路線。

像這樣一人獨處的時候，庫法忽然有些在意飛行船的情況，便趁休息時拿出鏡子一看，結果映照出來的是主人的性感模樣——一想起她的嬌喘，心臟又要加速跳動起來，因此庫法決定將那些記憶與鏡子一同收到懷裡。

「找到了！就是這裡，可以從這裡下去！」

正巧就在這時，布拉德用庫夏娜的聲音發出的呼喚，讓庫法將意識轉換過來。他一邊用單手持續握著一根荊棘，一邊招手呼喚同行者。

前方有好幾束荊棘巧妙地互相交纏，形成讓人看不出來的踏腳處。塞爾裘、庫法跟在率先走下去的布拉德後面，追隨帶路人的足跡。

連片刻鬆懈也不允許的不穩定程度不用說，這條路的目的地也讓庫法與塞爾裘的表情嚴肅起來。特別是似乎壓根不信任帶路人的現任王爵，一邊馬不停蹄地活動手腳，同時也不忘勤奮地收集情報。

「喂，布拉德。女王操縱英靈的那個力量，究竟是怎麼回事？」

「你說萊茵的戒指嗎？那就跟你們看到的一樣，只是將死者靈魂召喚回來而已。」

「只是召喚回來……而已？女王並非在操縱他們？」

庫法也不禁插嘴這麼問道。「嘖嘖。」布拉德用習以為常的態度揮了揮手指。

「我就跟兩位年輕的小哥講解一件事吧，所謂的死者，基本上都想安穩地沉睡啦。但要是被萊茵的戒指給拉回人世，就沒辦法安穩地睡了。能夠讓自己們再次沉睡的情況，只有戒指的主人下令，或是戒指本身遭到破壞的時候而已……所以他們在本能上只能服侍女王。」

LESSON: III
～孤單一人的舞會～

雙腳踏上了類似樓梯平臺，具備穩定感的踏腳處。庫法一吐內心的鬱悶。

「也就是說死者維持死者的狀態是最好的……是嗎？」

「既然如此，就算不能打倒英靈，只要能成功破壞戒指就行了——是這麼回事吧。」

儘管塞爾袞在與女王的決戰中找到一絲希望，但事情當然沒那麼簡單，帶路人一臉厭煩似的聳了聳肩。

「但你們可別以為能靠蠻力破壞萊茵的戒指喔。能夠熔解那個黃金的，只有成為戒指根基的柯爾多隆的熱度而已。」

「那樣的話，要怎麼做？把女王的手腕砍下來丟到大釜裡嗎？」

「不成，就算那麼做，也只會煮出一鍋味道噁心的熱湯罷了——倒不如從柯爾多隆內側把萊茵戒指的鍊成式本身給消除。這麼一來，『黃昏火焰』就會把藉由術式創造出來的一切都歸無吧。」

庫法與塞爾袞交換視線。細長的眼眸搖晃困惑著該如何判斷真偽。

「……有可能消除鍊成式嗎？」

「如果知道做法的話啦。」

帶路人牽扯了一半問題，搪塞過去後，繼續讓人感覺快昏倒的行軍。只能跟著他前進的兩人面面相覷，果然還是塞爾袞率先將手腳搭在荊棘上。

庫法一邊警戒，一邊在最後頭往下降，同時也感覺到此刻或許是個好機會。

從剛才鏡子的那一幕來看，梅莉達能順利從繆爾口中釣出收穫的可能性相當低吧。從跟梅莉達相處許久的自己來看，肯定會從頭到尾都只是在互相嬉戲吧……既然如此，應該可以認為查明革新派真相的職責是託付在自己身上。

所幸最主要嫌疑犯就在眼前——就在庫法開始思索該如何將刀尖纏到那虛構的披風上時，對方先發制人了。簡直就像後腦杓長了眼睛一般，在庫法瞇起單眼後立刻拋出問題。

「庫法小弟現在是在擔心梅莉達小妹，還是愛麗絲小妹呢？」

那感覺實在是個太過沒頭沒腦的質問，因此庫法不禁驚訝得瞪大了眼。「什麼？」

庫法以原本的語調回問，於是王爵的美貌總算抬起頭來。

「果然還是身為主人的梅莉達小妹嗎？不，現在應該加倍擔心被囚禁的愛麗絲小妹吧。那個分家的少女看來也對你挺有好感的不是嗎？」

「喲，人帥真好啊！」

從下方冒出奚落聲，因此兩人一齊踹了一下外牆。沙粒稀稀落落地飄落，庫夏娜縮起脖子。「真危險。」

庫法一邊留意著不要踩空，但無處發洩的焦躁讓他的語尾顫抖起來。

LESSON Ⅲ ～孤單一人的舞會～

「無論哪位都是高貴的人物，因此我難以區分優劣。」

「哦，也就是說你並不打算把梅莉達小妹擺第一？那你覺得莎拉夏如何呢？」

庫法當然也很擔心跟愛麗絲一起被帶走的少女的安危……王爵讓庫法內心充滿不安，是覺得哪裡有趣嗎？

庫法終於連要保持禮貌都開始覺得困難了。

「您究竟想說什麼，王爵？」

「沒什麼？我還以為你跟梅莉達小妹一定是因為難捨難分的羈絆結合在一起，但如果並非那樣，我覺得請你娶莎拉夏當新娘應該也不錯吧。」

「你又在提這件事嗎……」

動不動就想計劃讓妹妹與刺客結婚的哥哥，感覺精神實在不太正常。庫法好幾次有這種感覺，王爵真正的意圖究竟是什麼？

「這對我們彼此而言，都是不壞的提議吧？莎拉夏的性格就如你所知，要是幫她安排未婚夫，她就好像要產生排斥反應一樣。然而她看來卻對你完全敞開心扉不是嗎！對我而言實在是上天恩惠呢。既然你跟梅莉達小妹並沒有約定將來，只有契約上的關係的話──」

庫法隨意地拔出刀，砍落了一根荊棘。儘管被荊棘支撐著體重的王爵一下子失去平衡，仍用優異的反射神經重新抓住旁邊的荊棘。

能用若無其事的表情勸告王爵多加小心，要歸功於暗殺教師的演技力。

「哎呀，您怎麼了嗎？王爵。莫非是講太多話，耗盡體力了嗎？」

「沒事沒事，沒有問題。你才應該多加留意……喔！」

王爵的矛伴隨著蘊含幹勁的語尾，將成束荊棘一起擊潰。庫法的腳一下子滑落下去，他勉強將右手的刀刺在外牆上來阻擋掉落。

就在庫法奮力鼓起冒出冷汗的手臂肌肉時，從腳邊傳來可恨的聲音。

「哎呀，你沒事吧？庫法小弟。你意外地缺乏注意力呢。」

「這不算什麼。因為切口很隨便，要重新穩住也是綽綽有餘。」

「——啊，你剛剛故意踩了我的手指對吧！」

「王爵才是！您趁人不備時拉了我的外套下襬吧！」

就在兩人嘰嘰喳喳，宛如豎起羽毛的烏鴉一般互相嚷嚷時，對絲毫沒跟上來的後頭兩人感到厭煩樣的帶路人，有些客氣地發出聲音。

「啊～……兩位先生。抱歉在你們正開心的時候打擾。」

「「幹麼！」」

帶路人扭了扭拇指，回應像要咬人似的轉過頭來的兩名青年的美貌。

「有客人來嘍。」

兩人看向布拉德指示的方向，有一瞬間難以掌握他的意圖。

不過，俯視下方可見一字排開的怪物雕像（石像怪），在記憶迴路迸出火花。這個顛倒城的家具因某種魔力被賦予生命，剛才只是單純來迎接眾人的它們，現在理應也在流暢地執行作為哨兵的職責——

它們各自張開石造羽翼，超過數十隻的石像怪往上飛起。

現在可不是同伴之間互相戳來戳去的時候，庫法右手持刀，左手繼續抓著荊棘，一蹬將安全性棄之不顧的踏腳處。他一躍跳向虛空，與先行飛來的一隻石像怪擦肩而過時立刻一閃！纏繞在左手上的救生索靠離心力將庫法拉回原處。

途中又是二閃、三閃——庫法在一次跳躍中將五隻石像怪一起切成碎片，然後在布拉德旁邊著地。吁——他還是一樣發出像在開玩笑的口哨聲。

然而——

才心想變成粉末墜落下去的石像怪殘骸突然在空中靜止了，只見它們**開始倒轉回原狀**。一股神奇的引力將碎片互相拉近，讓破碎面完全一致地貼合後，眨眼間便連接起來。石像怪彷彿什麼事也沒發生過一般地振動翅膀，再次往上跳起。這讓庫法也不得不驚訝地瞠大了眼。

「什！……那究竟是什麼構造？」

「那些傢伙是『泥偶魔像』啊。」

布拉德若無其事似的這麼告知，但庫法沒有餘力去質問他。塞爾裘也用單手一氣呵成地揮舞著矛。變成粉末掉落下去的殘骸，果然還是在途中分毫不差地再生，流暢地展開反擊。

就如同之前說過的一樣，似乎不打算成為戰力的布拉德，一副事不關己似的聳了聳肩。

「那些傢伙似乎也是鍊金術的產物，但完全不曉得他們是以什麼原理在活動的。哎呀，只是個失敗品的我，難以理解蕾西的想法呢。」

不巧的是判斷他這番話是真是假的餘力，很快就吹飛了。所有石像怪自由自在地填滿天空，對黏在外牆上的入侵者發動波狀攻擊。目前等於沒有踏腳處，姿勢糟糕透頂。而且現在還背著一個無意戰鬥的帶路人。面對不死身的對手，庫法一邊咬緊牙關，同時一蹬牆壁。

「『幻刀術……空葬蓮華』！」

庫法在空中將身體扭動到極限，伴隨著斬擊解放累積許久的壓力。難以計數的衝擊波以放射狀撕裂天空，接連粉碎石像怪物——甚至多達數十串的砍斷聲琵音。他在回程時更進一步踹飛試圖聚集起來的石片。

一刀衝擊波完全是偶然地襲向塞爾袞。塞爾袞用矛尖擊落比石像怪的爪牙更可怕的那攻擊，瑪那流暢地收束到其前端。

「『無畏渴望』……！」

隨後，密度駭人的突刺貫穿空中，就連庫法的動態視力也難以看清。塞爾袞的右手模糊起來，在矛的殘像尚未消失的期間，第二擊、第三擊緊接著刺穿前方。有瑪那壓力作後盾的射程延伸成矛的好幾倍，被粉碎到變成沙粒的敵人，在那之後就彷彿迷失應有的姿態一般，被吸入地獄當中。

在對席克薩爾家當家的本領感到讚嘆的同時，庫法擋掉居然朝自己身體筆直飛來的尖端。攻擊技能的破壞力讓庫法吹向後方，他一邊讓刺入左手的荊棘揮灑鮮血，一邊勉強歸來。

似乎絞盡了全力的年輕當家，在爽朗的笑容上揮灑著汗珠。

「哎呀，真抱歉呢，庫法小弟！因為你一身黑，我不小心看錯成敵人了。」

「請別在意，王爵！這點小傷就跟被掃帚戳到差不多而已！」

「你還真強壯呢，啊哈哈！」

「啊哈哈哈哈！」

兩人同時舉起武器，在轉身的同時一記橫掃。被驚人的壓力斷成兩半的兩隻石像怪，失去再生能力，往下墜落。看來似乎並非無限的不死。

既然如此，對美青年而言，更加棘手的就是背靠背的「同伴」。

「什麼叫『看錯了』啊！您根本是故意的吧！」

「你剛才最後那記攻擊才是瞄準了我吧？我想閃開它還追蹤過來了喔！」

「怎麼可能，那是碰巧。先別提這些，那矛的一擊明顯帶有殺意！」

「那種程度哪算得上殺意，別笑死我了，只是一點童心未泯喔。不過，如果你覺得我的玩樂像是卯足全力，那大概就是我們之間的力量差距吧！」

「您真愛說笑。我是在嘲笑這種程度居然是國家頂尖啊！」

庫法將刀身摔進刀鞘。刀鞘口激烈且鮮明地發出聲響。

「『極地拔刀』！」

「『弗堤西歐……！」

塞爾裘也在同時解放了渾身的瑪那。雙方迸出的壓力讓空氣嘎吱作響，彷彿要融化空間的雙色火焰在中間劇烈衝撞。被使勁揮落的刀與矛。

「『戰嵐輝夜』！」、「『壁壘』！」

驚人的爆炸聲撼動了周圍一帶。毫不厭倦的斬擊與突刺持續亂舞，在交錯點揮灑等

LESSON: Ⅲ ～孤單一人的舞會～

量的破壞力，讓空間產生龜裂。石像怪被捲入衝撞的餘波，接連地喪失原形——無論由誰來看都是明顯的過度碎滅（Overkill）。

光芒與火焰，劍戟與雷鳴彷彿要灼燒五感似的不斷連續，接著突然中斷。

在燒焦的空氣當中，連痕跡也不剩的石像怪殘骸七零八落地被吹散。超威力的攻擊技能的衝撞甚至製造出真空，急速盤旋起來的風隨之吹過兩名青年的頭髮。「呼……」、「呼……」空虛的呼氣融化在空氣裡。

早就跑到遠方避難的帶路人，用庫夏娜的傻眼表情不情不願地露面。

「……我想問一件事，你們平常就這麼難搞嗎？」

「怎麼可能！」

庫法判斷威脅已經離去，用爽朗的表情將刀收回腰間。

「你說難搞？我們的感情可是好到共有無可取代的祕密！」

「沒錯！他對我而言是最好的朋友呢。」

「與其說最好，應該說是唯一更貼切吧？王爵。」

「啊哈哈，你還是一樣會戳人痛處呢！——要再來一戰嗎？」

彷彿已經厭煩了一般，美女的嘆息插入兩人的中心。

「大哥我來告訴你們這些血氣方剛的少爺一件好事吧。我不知道你們有什麼疙瘩，但彼此試探只會浪費時間，徒增疲勞罷了。」

嗚咕——被一語道破本質，庫法與塞爾裘不禁陷入沉默。

「倒不如趕快互相坦白，才是比較聰明的做法喔？」

「用不著你說——且慢。」

事情發展至此，庫法才總算注意到圍繞著自己的矛盾。

就如同布拉德的指謫，庫法試圖探查塞爾裘真正的意圖。不過，在那之前，先挑起舌戰的是對方——這邊有個不能疏忽的差異。

庫法擁有揭露塞爾裘內心企圖的理由。

明明如此，為何**自己必須被塞爾裘**試探心思呢——？

在即將到達真相前，一個實在無法撐過去的巨大震動包圍三人。

一開始是盛大的胎動。接著是微微的律動重疊起來，那逐漸加速變貌成難以忍耐的斷奏。在忍不住緊抓荊棘不放的一行人當中，布拉德因焦躁扭曲了表情。

「難道城堡又要顛倒了……？未免太快了，已經有誰到達了嗎？」

擅長進軍的菲爾古斯認為城堡外觀是虛象。但儘管如此，撼動內部的上下顛倒，也毫不留情地吞沒沿著外牆移動的庫法等人。驚人的衝擊從下方往上推，又按住頭頂。

剛才小爭執的痕跡在這時露出反叛的獠牙。彷彿被巨人的手掌挖開一般，一部分外牆彈飛出去，位於那一帶的兩個人影被拋向半空中——是暗色軍服身影與男裝的美人。

「庫法小弟！」

塞爾裘急忙伸出的手當然搆不著，在至今仍持續著的激烈蠢動中，他只能拚命保護好自己。庫法就這樣連上下也分不清地被重力的波浪拖拉著。

庫法為爭一口氣拉出鋼絲，在墜落感中使勁揮動手臂。就如同他所瞄準的，他拉住了吹飛到彼方的庫夏娜手臂。身上寄宿著布拉德靈魂的她，從厚實的嘴唇中發出「哦哇啊～～！」這種已經顧不得體面不體面的尖叫。

庫法反射性地摸索胸口，確認手拿鏡的感觸。從不可思議的鏡面傳遞過來的親愛少女的氣息，讓逐漸墜入黑暗當中的庫法勉強維持住理智——

† † †

「老師？請回答我，老師！」

「……不行呢，看來他已經把鏡子收起來了。」

只有兩人獨處的陰暗貨物室。穿著派對禮服的梅莉達癱軟無力地坐倒在地板上，好幾次對著手拿鏡呼喚庫法。繆爾一邊在梅莉達身旁蹲下，一邊聳了聳肩。

剛才注意到被庫法從不得了的角度鑑賞了丟臉模樣的梅莉達，連忙拉起內褲，將絲襪穿回原本的高度。

等梅莉達整理好被弄亂的禮服，總算可以撿起鏡子重新面對心上人時，才發現為時已晚，橢圓形窗戶早已經被黑暗與沉默給封閉。

像是對發出不淑女的哀號一事感到羞恥一般，繆爾按住嘴唇。

「他一定是想像了不知會遭到我們怎樣的指責……竟然只有在關鍵部分嚐了一下味道就消失無蹤，老師真是個狡猾的人。」

「真是的！都是繆爾同學害我被看到羞死人的模樣啦！」

加上剛才遭到猥褻的惡作劇，梅莉達的金髮終於忍不住羞得噴火。雖然繆爾自身的裙底風光也是一樣蒙羞，但這種感情終究無法因此抵銷吧。

因此黑水晶妖精放棄了掩飾。她像平常一樣乾脆豁出去。

「哎呀，可是妳不覺得庫法老師難得地露出臉紅的表情嗎？」

「這……這個……！讓……讓他看見了那種光景，他會臉紅是理所當然的呀！」

「也就是說，這種主動出擊方式有效果對吧？太好了呢，梅莉達！」

對於只是把這邊的怒氣用親愛包起來，回以微笑的友人，梅莉達焦躁的矛頭實在抓不到目標。結果她只能用撒嬌般的聲音擦拭眼角。

LESSON Ⅲ ～孤單一人的舞會～

「討厭，討厭，討厭啦～！繆爾同學是笨蛋～～～～！」

轟——船內的房間搖晃起來。

先是用力晃動了一下，接著逐漸平靜下來。不光是兩人所在的貨物室，而是有一種波浪從飛行船的船頭奔馳到船尾的感覺——這絕對不是梅莉達的怒火引發的現象。

「究竟是怎麼回事？」

已經不是爭吵的時候，將魔法鏡子收到口袋裡後，梅莉達與繆爾飛奔離開貨物室。

即使環顧通道的左右兩側，也沒看見明顯的異常。雖然也一樣不見人影，但可以感受到船上的乘務員和傭人在彼方吵吵鬧鬧的氣息。

一種彷彿有非比尋常的事態悄悄靠近的寒顫竄上脊背。

「我們分頭調查看看吧？」

表情嚴肅起來的兩名千金，互相點頭之後，朝通道左右飛奔而出。如果什麼事都沒有倒也無妨。不過，假如有出乎預料的威脅逼近的話——

梅莉達漫無目標地在船內打轉，最先留住她的並非震動的罪魁禍首，而是彷彿叫破喉嚨般的沙啞哀號。就在她走到挑空的聯絡通道後沒多久。

「嗚……嗚嗚……！救……救命呀……！」

「咦？奧……奧賽蘿女士？」

梅莉達的鞋底不禁在地板上踩滑了一下。身穿熟悉的喪服風侍女服身影勾著扶手，消瘦的手勉強延後著掉落的時間。她究竟為何會陷入那樣的狀況呢——梅莉達立刻直覺地明白了原因。恐怕是船隻碰上剛才那陣搖晃的瞬間，她不幸正走在這開放的通道上吧。

梅莉達決定之後再去思考這些，她飛奔靠近後立刻抓住那彷彿枯枝般的手腕，使勁拉了起來。宛如蔬菜一般躍向半空中的女僕身影，砰一聲地以出乎意料的粗暴程度回歸到通道上。「哎呀！」梅莉達也不禁擔心起她的腰。

「妳……妳沒事吧？奧賽蘿女士……？」

「…………！」

老女僕長蹙起眉頭，絲毫不肯抬頭看向這邊。無法看出那皺紋意味的感情是憤怒或屈辱。梅莉達連忙轉身，想在她開口咒罵前先離去。

「我……我有急事，先走一步喔！奧賽蘿女士就跟大家一起——」

啪——充滿皺紋的感觸挽留正想離開的手腕。

奧賽蘿女士額頭浮現黏汗，看起來像是內心有一番激烈的糾葛與煎熬。

「……為什麼妳和那個家庭教師，都不打算責備我呢？豈止如此，甚至還對我大發慈悲。像這樣不只一次，還來第二次……！」

LESSON: Ⅲ ～孤單一人的舞會～

她像是怨言似的這麼低喃，十四歲少女不禁「咦？」了一聲，蹙起眉頭。

老婦反倒像是感到焦躁一般，用一股像要咬人的氣勢抬起頭來。

「就是去年的圖書館員檢定考試！在那場充斥陰謀的法庭上……對於我，對於企圖貶低妳的我，妳居然出手相救……！」

幾乎快忘卻的記憶，讓梅莉達從嘴唇吐出微弱的嘆息。

彷彿要撕碎名為負債的荊棘一般，老婦以吐血般的氣勢告知：

「恐怕『他』今後也打算對妳和妳的家庭教師給予更多考驗吧。因此就讓我說一句建議，協助你們跨越災難……」

彷彿那是會讓世界毀滅的暗號一般，奧賽蘿將她凶狠的面貌猛然湊近。

「當時坐在審判長席的人物，如今登上弗蘭德爾的王位……」

「咦？」

「塞爾裘・席克薩爾公爵，正是把妳逼入絕境的革新派首領！」

在梅莉達消化這句話的意義前，傳來親愛妖精的呼喚聲。

『梅莉達，妳在嗎？麻煩妳趕緊來甲板這邊！』

在通道上迴盪的是繆爾的聲音。梅莉達把那相當緊迫的聲響當成藉口，逃離老婦的手中。奧賽蘿女士像是耗盡力氣一般只是坐倒在地，讓視線緊抓著飛奔離開的少女背影，直到那背影消失為止。

——王爵大人他……莎拉夏同學的哥哥大人是我跟老師的敵人？

梅莉達壓抑著想要立刻拿出鏡子，向心上人吐露這件事的衝動與激烈的心跳。莎拉夏和繆爾是否知道這可怕的真相呢？還有梅莉達和愛麗絲，包裹著四人的親愛羽毛是假象嗎——？

那是不可能的！

喘著氣衝到甲板上的梅莉達，一看見黑水晶秀髮，便立刻抱住友人的胸口。是把這行為理解成另一種恐懼嗎？繆爾以嚴肅的表情瞪著上空。

「不得了了，梅莉達。現在可能不是悠哉看家的時候了……」

梅莉達在與繆爾貼著臉頰的近距離抬起頭，然後目睹到讓她嬌小的心臟縮得更小的光景。這艘飛行船以跟鯨魚同等的巨體為傲，剛才讓這艘船從船頭到船尾都顫抖起來，用風壓進行威嚇的真相是——

不知何時開始從岩礁地帶目不轉睛地俯視飛行船的殘暴水龍。

是差不多一個人玩到膩了嗎？還是女王下達了什麼指示呢？彷彿凸眼金魚的雙眸看來深感興趣似的玩味著被沖上岸的鯨魚。

互相擁抱的天使會更進一步地尋求對方的熱度，也是合情合理的吧。

「是啊，那個……可能很不妙。」

「牠很明顯地在看這邊呢……要是牠襲擊這艘船的話——」

話才說到一半，哈庫諾瓦便毫無前兆地吼出怪聲，將一根岩矛踹飛成粉末，同時拍動翅膀。牠一邊在梅莉達她們頭頂上張開像怪鳥般的影子，一邊射擊出空氣，階段性加速地發動俯衝——朝著氣球筆直前進。

少女無法壓抑哀號。梅莉達用強韌的意志釘住反射性地試圖逃進船內的雙腳。

「……在這裡躲躲藏藏也沒有意義！」

繆爾不禁懷疑起友人的理性。沒想到梅莉達居然朝反方向飛奔而出，她果斷地從甲板邊緣跳出去，在空中一邊扭動身體，一邊解放瑪那。她在無刀的狀態下使勁一揮，使出了攻擊技能。

「『幻刀一閃……風牙』！」

一道斬線伴隨著黃金色光輝飛翔起來，直接命中怪物的鼻頭。那就像是被人用羽毛前端拍打一樣，巨大的海龍當然不可能受到傷害。

儘管如此，天使的嬉戲仍舊明確地轉換了哈庫諾瓦的敵意。一邊飄動一邊落下的派對禮服身影在途中轉了一圈，同時往地面著地。

從甲板將身體挺向前的繆爾，根本沒有餘力去關心被風吹亂的頭髮。

「梅……梅莉達，妳在做什麼？」

「要是飛行船被破壞就完蛋了！我……我就這樣去當誘餌喔～！」

「……妳這孩子真是的！」

對於這走鋼絲般的進退，繆爾猶豫了一瞬間，也動作流暢地一蹬甲板邊緣。她一邊讓成熟風的派對禮服下襬隨風飄動，同時降臨到友人身旁。繆爾無暇去聽感謝的話語或對梅莉達提出忠告，兩人一起並腳一蹬地面。

就在僅僅三秒後。哈庫諾瓦的爪子敲向飛行船旁邊。驚人的重低音宛如波浪一般追趕上來，讓一溜煙逃走的兩名少女雙腳麻痺。

梅莉達只能專心一意地揮舞著手腳，同時拋出宛如小孩子般的挑釁。

「快點追上來啊！如果你追得上的話！」

「沒用的，牠看起來就是個懶惰鬼呀！」

繆爾自暴自棄似的也這麼大叫。

據說是布拉德船長的愛馬，「牠」的智力究竟有多高呢？無論如何，牠似乎能夠理解那清澈的聲音是在侮辱牠，並列著獠牙的下顎迸出駭人的咆哮。倘若回頭看，應該能看見值得遊玩的飛行船（玩具）就在眼前吧。但牠充血的瞳孔只是映照出輕飄飄地逐漸遠離的兩隻蝴蝶。

LESSON: Ⅲ ～孤單一人的舞會～

然後羽翼終於拍動起來。哈庫諾瓦用強韌的後腳一蹬地面，氣勢凶猛地飛舞起來。

之後的追蹤猛烈且只有一瞬間。揮灑在空中的憤怒尖叫，讓沿著獨木橋筆直逃跑的少女嚇得動彈不得。

將文雅氣質拋到九霄雲外，用全速全力不斷奔馳的繆爾，忍不住這麼大叫：

「為什麼一跟老師和梅莉達扯上關係，就沒辦法變得機靈呢！」

打從一開始就沒有餘力去互相議論答案。身穿派對禮服的公主一邊被瘋狂的龍追趕，一邊逃進去的地方，是反著聳立的圓錐狀城堡。

先住者無從得知有更具威脅性的訪客闖了進來……

達米安

位階：人造人

HP	23893	MP	2414		
攻擊力	989	防禦力	982	敏捷力	975
攻擊支援	—	防禦支援	—		
思念壓力	？？？%				

主要技能／能力

無心的祝福Lv.9／徬徨的飛翔Lv.9／貪得無厭的吸收Lv.9／
深紅的時刻Lv.X／亞伯蘭斯之種／羨妒蘭普提／地獄三頭犬羅瓦

Report.03　哈庫諾瓦

昔日也被當成「海之惡魔」受人畏懼，容貌凶狠的藍坎斯洛普。雖然長期被認為是阻擋人們進出外海的守門人，但某次牠拯救了在海中溺水的小孩，且讓小孩毫髮無傷地回到海邊，從此牠溫和的性情開始廣為人知。

但就算牠十分友善，也不能忘記牠是具備驚人能力值的怪物這個認知。不難想像當牠想加害人類時，將會成為無比危險的威脅吧。

Report.04　亡靈附身

讓生者的身體與亡者的精神同調，是讓人一時間難以置信的現象。至少身高體型要跟生前的自己接近這點不用說，寄宿體那方也必須有某種程度的同意才能成立。

對王爵露出獠牙，成為罪人的庫夏娜，現在究竟追求著什麼呢？還有亡靈本身曾說過的「只有庫夏娜」這句話的真正意圖是——？

至於答案，只有反叛的飛龍隱藏在內心。

LESSON：Ⅳ　～薔薇之國的公主～

刀刃奔馳，火花跳起。用長劍劍身勉強擋住強力無比的斬擊，靠蠻力拉開間隔的菲爾古斯・安傑爾意識到臉頰冒出冷汗。

「你是何方神聖……！」

菲爾古斯用低沉的聲音問道，但不見敵對者表現出誠意。

大概在走到金倫加顛倒城的中間部分時吧，背後背著矛，腰上掛著大劍，右手拎著出鞘長劍的神祕男人突然出現。雖然一身貴族的裝扮，但就連身為騎兵團軍團長的菲爾古斯都對他沒印象，而且對方也沒有要溝通的意思。像是跳躍一般奔下樓梯的襲擊者，毫無前兆地將劍揮向公爵家當家的腦袋。既然如此，這邊也只能強硬地對應了。

——然而，他前所未有的失算卻從這邊開始。

他原以為能立刻把對方制伏在地，卻事與願違。

「唔……！」

菲爾古斯顯露出很少展現出來的氣勢，將劍高舉到頭頂上往下砍。相對的敵人則是讓放低得非常靠近地板的長劍宛如彈簧一般跳起來。在中間點互咬的刀刃，激烈四散的火花。雙方同時反砍自己因反作用力被推回來的武器。

——我居然無法壓制對方？

沉悶的斬擊在中空爆裂，伴隨著瑪那的炸裂聲響，好幾次互相交纏。菲爾古斯使出毫不留情的重擊，對於被稱為「世界最硬」的自己無法獲得主動權一事感到驚愕。如果說自己是在體格與肌力方面略勝一籌，不得不判斷一步也不退讓的敵人在瑪那壓力方面遠遠超越我方。

再加上並非只有如此。略微向前傾的三連擊。就連鋼鐵都能斬斷的左右橫掃被巧妙地甩開，在最後的斷擊垂直揮落前，目標消失無蹤。

「哇啊！」

隨後發出的哀號是部下的聲音。連殘像也沒留便瞬間移動的敵人襲擊後方的蘿賽蒂，勉強跳起來的圓月輪被矛尖擋住。刺耳的金屬聲響。敵人的面無表情被火花照亮的瞬間，菲爾古斯一蹬地板。

「可惡……！」

他顯露出焦躁，一個前滾翻。他在第二次翻轉時跳向半空中，將所有離心力集中到尖端。

LESSON Ⅳ
～薔薇之國的公主～

聖騎士的全力確實捕捉到了敵人高舉的刀身。從頭上揮落下來的一擊讓膝蓋嘎吱作響，腳邊凹陷，沙塵膨脹起來。

甚至有一種將全身骨頭都碎成粉末的手感。因此立刻劈開沙塵襲擊過來的殺意，讓菲爾古斯被迫再三感到震驚。在幾乎看不見東西的視野當中，他只靠著直覺挑起劍，擋下毫不厭倦的連擊並打回去。

風壓揮開煙霧，滑了幾公尺後退的敵人看起來毫髮無傷。

另一方面，菲爾古斯的右邊袖子被劈開，裸露出來的上臂被刻下紅色傷痕。

「團……團長！」

與部下尖銳的哀號相反，菲爾古斯不慌不亂。他用左手手掌按住右手，於是聖騎士的瑪那讓傷口變熱起來。

藉由固有的治癒能力，僅是輕輕一摸，傷口便完全癒合了。但不能就此感到滿足。身為絕對守護神的自己無法從正面壓制敵人，甚至還被弄傷，就連要用肉眼追趕敵人的速度都十分困難。

「聖騎士的防禦力……魔騎士的攻擊力……還有龍騎士的敏捷性……！」

雖然難以置信，但只能這麼判斷了。右手拿著長劍，左手拎著矛的敵人，腰部後方還保留著大劍。他將這些武器一個不漏地全部解放時，究竟會發揮出多驚人的性能……

光是想像都覺得可怕。

到了這時，神祕的襲擊者才總算抬起頭來。重新面對面一看，還是個精悍的……年紀看起來像三十出頭。渴望在看起來連感情都沒有的眼眸裡眨了眨眼。

「……你不會落敗……但也贏不了。」

「你說什麼？」

「有誰……有誰……有沒有人能殺了我……？」

咕——他灌注力量到彷彿野獸的雙腳。就在菲爾古斯警戒起來後沒多久，猛烈一蹬地板的敵人朝其他方向飛奔而出。他拋下眼前的兩人，以驚人的速度從視野中逐漸遠去。兩人目瞪口呆地目送著他，只見他從樓梯平臺一躍而下。

「咦……奇怪……？他……他走掉了耶。」

蘿賽蒂會露出沒有真實感的表情，忍不住這麼喃喃自語，也是合乎情理的吧。對方跟世界最頂尖的劍士菲爾古斯不分勝負。在處於成長途中的少女內心，也有對於被捲進來還能苟活下去一事感到鬆口氣的心情吧。

不過，對於菲爾古斯而言，可是有不能就此了事的自尊心。

「——蘿賽蒂，計畫變更。之後妳可以一個人前進嗎？」

「咦！這……這是為什麼？」

LESSON IV

～薔薇之國的公主～

「我去追那傢伙！倘若置之不理，八成會危害到同伴吧。必須在這裡收拾掉！」

考慮到敵人的敏捷力，就連多聊幾句的時間都感到可惜。菲爾古斯話一說完，立刻飛奔而出。他在途中收起長劍，宛如運動員一般擺出前傾姿勢，一口氣加速起來。

「咦……咦……咦～～！團……團長～～～！」

純白的披風身影甚至甩開哀求般的聲音，轉身奔向樓梯，消失無蹤。

眨眼間變成孤單一人的蘿賽蒂看看右邊，看看左邊，比較著菲爾古斯走下的樓梯，以及有詭異家具徘徊著的城堡內部。

「……真是夠了！」

然後她漫無對象地發洩出鬱憤，朝學生等候著的樓上踏出腳步。

† † †

為了女王的女兒設置的豪華寢室，此刻化為關閉兩名公主的牢獄。窗戶沒有縫隙，被拉上的窗簾遮斷外界光源，詭異的強風從陽臺颼颼地吹進室內。被風戲弄的燭臺火焰搖搖欲墜，神祕地襯托出在床上抱住彼此的少女害怕的表情。

「這樣就行了……之後就是等『廚師』了。」

女王露出嘴巴彷彿要裂開的滿面笑容，確認從頂篷垂掛下來的「鐵欄杆」。讓室內的印象彷彿牢獄一般的，是剛才沒有的圍住床鋪的鐵籠。那就宛如鳥籠一般，女王看著眼前困在床墊上的天使，伸舌舔了舔嘴唇。

儘管擁有羽翼卻無法振翅飛翔的莎拉夏，勇敢地瞪著虛假的母親。

「妳接下來打算從我們身上挖走心臟……殺了我們嗎？」

「放心吧，我要把妳們做成女兒的容器。不能在妳們身上留下一絲傷痕呢。」

女王把剛才製造出戀人的人造人一事當成苦澀的經驗回顧。

「我堂堂死之女王豈會重蹈覆轍。就憑屍體是不行的……！同時成為材料的人類要是留下心臟，會有不純物混入靈魂裡。既然如此，**就必須讓心臟在活著的狀態下**，從妳們身上取出來才行呢。」

縱然是鍊金術的外行人，也覺得她的考察充滿十分荒謬的矛盾。愛麗絲和莎拉夏不禁面面相覷，但女王確實保持著理智。

「這不是什麼奇怪的事喔。在技術荒廢的現代大概無從得知吧。以前說到『活著的心臟』，可是與靈魂緊密地互相連接，被當成最高級的觸媒在使用呢。」

新鮮程度是最重要的呢——女王大剌剌地說出讓十四歲少女顫抖不已的內容。

「如果是我，與鍊金術一同失落的那個祕法也……辦得到！」

宛如野獸般的雙手伸了過來，愛麗絲和莎拉夏不禁嚇得抽動肩膀。

但從不可能搆到的鐵欄杆外面，一臉懊惱地扭曲嘴脣的卻是女王。

「但是，也不能不由分說地實行！要取出活著的心臟，必須是那個人完全敞開心扉的對象——也就是『深愛的人』才行。妳們並不愛我！」

宛如暴風的怒吼擺弄少女的秀髮，讓她們的心扉封閉得更加牢固。

彷彿能看見那無形的光景一般，女王從鼻子「哼」了一聲，背向兩人。她緩緩地從懷裡掏出紅色結晶，磨蹭著臉頰。

那個寶石比至今看過的略微小巧，但重複著至今見過好幾次的跳動，那正是女王所說的「活著的心臟」。愛麗絲識破寄宿在其中的靈魂。

「那就是……妳女兒的『心臟』？」

「正是如此。我來介紹一下，這是伊莎貝爾。」

被母親的手指看似重視地包起來的紅色，重複著規律的呼吸，持續沉睡著。

在疼愛一番之後，女王將它收到原本的位置，也就是自身的左邊懷裡。

「不光是這樣，被取出心臟的人將會只能服從持有者。如果妳們愛惜生命，應該明白其原因吧？……哈庫諾瓦也已經是任我擺布了。」

女王對她另一個血親露出跟面對女兒時截然不同的異質笑容。

「我讓布拉德親自拿出那傢伙的『心臟』。噫嘻嘻……那個廢物……！我只是稍微表現得寬容一點，他就對過去的疙瘩既往不咎了。多麼無知啊。實在膚淺無比！難以想像他居然跟我這個死之女王繼承著相同血統與姓氏。」

這冷血至極的說法，讓莎拉夏露出反抗的獠牙。

「他是妳的哥哥大人吧？」

女王首次對他表現出超出輕蔑的感情。

「我從未把那個當成哥哥過。」

她話語剛落，正巧是讓女王與公主起爭執的兩名人物便一起降臨到舞臺上。話雖如此，但絕非優雅的登場，預先靠近的是「唔哇啊～～……！」這種十分悲慘的女性哀號。

女王早一瞬間預知了闖入。接連墜落到露臺上的是兩名年輕男女。首先是青年一邊讓軍服隨風飄動，一邊輕快地降落，接著是女性衝撞上扶手且差點滑落下去，因此青年用纏在女性身上的鋼絲強硬地將她拉起。

伴隨強風飛舞進來的心上人身影，讓被囚禁的美少女雙眼發亮起來。

「「庫法老師！」」

接著只有櫻花色少女疑惑地歪了歪頭。

「……跟庫夏娜姊姊？」

LESSON IV ～薔薇之國的公主～

對當事人而言，似乎也並非有意這麼登場。即使是身為熟練戰士的庫法，也需要一點時間掌握情況，至於男裝的庫夏娜則是眼珠轉來轉去，暫時就那樣躺平在地板上。

讓舞臺迅速進展下去的是死之女王。

「你到底在磨蹭什麼啊，布拉德！」

聲音鞭子抽打地板，被稱為布拉德的庫夏娜驚訝地眨了眨眼睛。莎拉夏從未見過庫夏娜一臉慵懶地一邊按摩脖子，一邊站起身的舉動。像這樣超乎常理地闖進來也是，在同伴的陣營裡究竟發生了什麼事呢？

女王更進一步地摻雜了負面感情。她看到暗色軍服身影，立刻搗住了嘴角。

「唔……死之影！你偏偏帶了這個男人過來嗎！」

「這也沒辦法吧？我也遭到警戒啊。跟過來的只有兩個人而已。」

庫夏娜沒有絲毫困惑，用布拉德的身分聳了聳肩。

「我倒是覺得這是最佳人選呢。妳不認為他們有充分的資格嗎？」

「果然是陷阱嗎？」

銳利的出鞘聲響重疊起來。庫法果然依舊面不改色，瞬間拔出了黑刀。儘管被刀尖緊貼著，庫夏娜還是毫無愧疚之意。

「哎呀，我沒撒謊喔。姑娘們確實都在啊。」

她一臉尷尬地將沒有絲毫緊迫感可言，比向床鋪的手指移到旁邊。

「雖然很危險的媽媽也在一起。」

庫夏娜無視要射穿自己的殺意，不客氣地踏進室內。

「我事情辦好嘍。噯，已經夠了吧？能不能把我的金庫還給我啊。」

哼——女王像要趕走毛蟲似的呼出鼻息。

「那已經是我的東西了。哈庫諾瓦的『心臟』也是。」

「咦？喂！跟說好的不一樣喔……」

「別以為你跟我是對等的！不准你再靠近我女兒的房間了！」

女王隨意且像是打從心底感到惱火似的甩了甩手掌。一陣驚人的風壓在同時掃過地毯，將男裝打扮的庫夏娜吹飛到後方。

這次庫法也不打算拯救甚至飛過露臺的她了。「哪有這樣的啊～～……！」這番尖叫被瀑布的轟隆聲響給抹消並離去了。

女王將手指扭向自己旁邊，窗戶便自行關閉，窗簾滑落下來。莎拉夏有些迷惘是否該擔心墜落到城外的堂姊妹，但剛才的女性當真是庫夏娜嗎？在她還無法秉持確信時，狀況又更進一步地變化。

那麼——排除了礙事者的女王心情似乎好轉一些，她這麼宣告：

「總之，歡迎你到來啊，死之野獸。就給你一項工作吧。」

在話說完前，女王在視野中捕捉到衣服邊角碎裂飛散的模樣。是以神速踏入女王懷裡的庫法。女王毫不留情地將盡全力橫掃過來的黑刀反砍回去。儘管她的腹部的確被深深挖了個洞，但女王就連痛覺也封閉起來，依舊保持著威嚴。

「住手，我並不打算殺掉你喔。」

儘管身體前面遭到瘋狂亂砍，女王仍未浮現一絲苦悶的表情，她在正中央被刺穿的瞬間抓住青年的手腕。她以鮮明俐落的手法將青年拋向半空中。

庫法一邊對絲毫感覺不到回應的手感與根本沒沾上血跡的刀身感到欽佩，同時著地。就在他立刻試圖突擊的剎那，女王的手掌舉了起來。

「等等，姑娘們會有什麼下場，你都無所謂嗎？」

隨後，以令人眼花繚亂的速度生長的薔薇荊棘從天花板爬向地板上，包圍了床鋪。荊棘纏上鐵欄杆，將唯一的門扉上鎖，順勢收束到中心。身穿派對禮服的莎拉夏與愛麗絲被綑綁住手腕，往上吊起。她們發出「啊嗚」的哀號。

少女就這樣被吊起手腕無法逃離，銳利的荊棘刺向她們的喉嚨。

就連庫法也不禁猶豫是否應該深入。

「什……她們對妳而言，應該也是必要的人才吧？」

「失去她們是很可惜，但有代替品。不過對你而言就並非如此了吧？」

「真傷腦筋呢……」

庫法一邊垂下肩膀，一邊解除架勢。他將刀「鏘」一聲地收入腰部的刀鞘裡。

女王看似滿足地揚起嘴角，然後高聲敲響手指。於是只有鳥籠門扉被解開束縛，發出生鏽的聲響，自行張開嘴巴。

那就宛如祕密之門——被釘在十字架上的少女在鳥籠裡不道德地顫抖著嘴唇。「把手伸出來。」女王這麼催促。青年毫不猶豫地伸出雙手，妖豔的指尖宛如扇子一般輕輕一撫，然後來回又撫摸了一次——一股熱度寄宿到手背上，淡淡閃爍。

庫法清清楚楚地感受到被賦予在手上的戲劇性魔力。

「這麼一來，你就有一次機會能夠將別人的心臟在活著的狀態下取出來。」

無論那內容有多麼脫離現實，都沒有懷疑她話語真偽的餘地。

「你用左右手取出那些姑娘的『心臟』吧。能辦到的話，我就釋放你。」

「……被囚禁的那兩人呢？」

「我不會殺了她們。」

荊棘勒得更緊，將美少女的手吊起來，並將尖端湊近她們的喉嚨。庫法在視野角落捕捉到她們因苦悶而扭曲的美貌，失去了選擇的餘地。

他就這樣穿著皮鞋，從彷彿在邀請人一般敞開的門扉踏上床墊。

在他走近中央幾秒後，門扉自動關閉且上鎖。女王更進一步地從鳥籠外甩了甩一邊手掌。從頂篷降落的窗簾兀自滑落。

「這下也會比較容易敞開心扉吧。快點動手！」

眨眼間所有窗簾便降落下來，封閉了來自外界的視線。被壓迫的空氣與血色黑暗。確信就連聲音的振動也被阻斷之後，庫法一蹬富有彈性的踏腳處。被綁在床鋪中央的是親愛的美少女。

「愛麗絲小姐，莎拉夏小姐，兩位沒受傷吧？」

「雖然被那個人打了一下……但不要緊。」

愛麗絲的聲音沒有勉強，搖頭的莎拉夏動作看來也並無虛假。從庫法的眼睛來看，沒有外傷實在是萬幸，但此刻毫不留情地勒起手腕的荊棘，與逐步逼近喉嚨的尖端讓人無法預測發展。

雖然庫法趁脫離女王監視的現在試著扯開拘束，但女王當然不可能沒有準備對策。青年的手指灌注的力量順勢讓荊棘焦躁起來。

倘若試圖解開束縛，荊棘的尖端就會跟著靠近喉嚨。庫法只能立刻讓手掌僵住，以前所未有的謹慎態度放開少女的身體。

「如果連喘口氣的時間都不給，迅速砍斷的話……」

庫法讓五指纏在刀柄上，但無法獲得拔刀的確信。倘若自己的凶行就那樣直接關係到少女的死亡？庫法無法保證自己能憑蠻力打破女王的術式。

荊棘此刻也一分一秒地持續生長，將宣告刺向那高貴的喉嚨——

青年的內心陷入前所未有、進退兩難的窘境中，能夠推他一把的只有天使的指引。

被囚禁的少女本身將庫法的猶豫拉近自己。

「……請拿出我們的『心臟』，庫法老師。」

「但是莎拉夏小姐，我不能那麼……」

「我們看見了女王讓死者復活的光景。沒問題的，我想應該不至於現在當場喪命。她本身也這麼說過！」

「倒不如說，可能沒時間猶豫了……！」

愛麗絲以甚至無法好好活動身體的姿勢拚命弓起了背，試著遠離死神的鐮刀。慢慢地持續生長的矛更犀利地亮起前端。

青年「咕」一聲地咬住嘴脣，在闔上眼皮的幾秒間接受自己的業報。

他將舉起的雙手首先放到公主纖細的肩膀上。他誠懇地輪流看向兩人的眼眸。

「……我一定會收拾掉女王。請小姐們暫且忍耐一下！」

沒有謝罪也沒有原諒。有的只是在三人之間往來的信賴而已。

愛麗絲與莎拉夏儘管是被囚禁的模樣，仍然無憂無慮地點了點頭。庫法也點頭回應，下定決心之後，他很快地滑動指尖。

對於至今摘除了無數生命的指尖而言，「取出活著的心臟」這種事，無庸置疑地是首次經驗。該怎麼進行只能依賴直覺，但既然女王與公主叫他不要猶豫，那就一定可以實現，如果是現在的庫法──

「不過女王為何要把這個任務交給我呢？她明明可以親自嘗試看看……難道她不能對任何人都不由分說地採取行動？只有我才具備的權利……」

「『別管那些了！』」

他不知為何被突然漲紅了臉的兩邊給斥責了。

儘管殘留著難以釋懷的念頭，庫法仍然將意識轉換到指尖上。從肩膀滑落的手指移向天使耀眼的雙峰之間。一邊是平緩的丘陵山腳，另一邊則是豐收的果實……派對禮服通常設計成開放的領口，要入侵十分容易。庫法毫無預警地將手掌伸進去，「噫──」、「啊……！」於是桃色嘴唇妖豔地這麼回應。

對愛麗絲和莎拉夏而言，「活著被人取出心臟」這種經驗，當然也是史無前例。接下來就是彼此摸索。儘管庫法對自己的行動逐一拋出疑問，也只能擺弄十四歲少女形成對比的胸口。他盡可能以接近心跳的位置為目標，儘管有一種駭人的不道德感，仍持續掌握禮服的內側。

即使處於被綁住而動彈不得的狀態，少女仍一直獻身地接納這行為。儘管如此，左胸被糾纏不休地揉捏，莎拉夏的喉嚨仍忍不住發出「啊嗚」的聲音並後仰；每當庫法在愛麗絲挺立的櫻桃上尋求線索時，都會遭到她以無比恥辱的眼神責備。緊張與焦急，少女的溫熱嘆息讓庫法的額頭也逐漸冒出汗水。

——不過，是這種工匠的反覆試驗以某種形式奏效了嗎？

兩邊指尖噗通一聲地，有種「融化」的感覺。

庫法心想可能摸索到什麼了，試著稍微用力，於是連手背都一口氣被吞了進去。光芒波紋在無瑕的肌膚上拓展開來，接納了青年的手指。雖然是極為幻想般的現象，不過原來如此，沉入的指尖確實被活著的少女體溫包圍，讓人莫名信服。

與此同時，在少女的正中央似乎也有某種——戲劇性的感覺貫穿了她們。

「「嗯啊……！」」

少女以被吊起手的姿勢，脊背更大幅度地往後仰。那正好是她們深深接納庫法手伸入的瞬間，因此庫法不禁反射性地想拔出手。

「會……會痛嗎……？」

「沒……沒事，不……不要緊。只……只是稍微嚇了一跳……」

莎拉夏斷斷續續地回應，她的臉頰滾燙發紅，看起來的確不像是感到疼痛。在旁一邊顫抖一邊將臉轉回原位的愛麗絲，像是要求助處於相同境遇的友人一般，將額頭貼了上來。零散吐出的嘆息果然還是像要融化一般。

「呼……啊……！這……這樣子……不行……快……快點結束……老師——」

看來在接納手的期間，似乎會有某種感覺經常折磨著脊髓。少女不停顫抖的腳，看似哀傷地訴說著再這樣下去腰部會使不上力。

既然如此，庫法所能做的，就只有盡快讓她們跨越危險關頭。他判斷猶豫反倒會造成反效果，一口氣加強深入的程度。連手腕都噗通地被吞入少女的胸口。不成聲音的嬌喘讓左右兩邊的耳朵酥麻起來。

距離感似乎很符合常理。左手在這個階段捕捉到目標物，右手稍微扭動一下，指尖就能搆到熱塊。這變得像是在追擊一樣，莎拉夏的嘴角不檢點地滴落下流的蜜汁。

但是，這麼一來，對雙方而言的難關就結束了。庫法比怪盜更俐落地抽出左右兩手。餘韻的電流格外強烈地攻擊少女的背後，然後退去。兩人像是暌違好幾年似的反覆急促的呼吸，可能的話應該很想倒下吧，但手腕的束縛不容許她們那麼做。庫法用贖罪的指尖幫她們整理略微凌亂的禮服。

就連自己本身要讓呼吸平穩下來都分身乏術，因此慢了些才注意到緊握在手中的東西。比實物更洋溢著生命感，散發著比寶石更強烈的光輝，可說是將少女的高貴靈魂化為形體的結晶就在那裡。緩慢的閃爍將振動傳遞到手掌。

這就是女王所謂「活著的心臟」——愛麗絲與莎拉夏的生命。

庫法看準兩人呼吸平穩下來的時候，想起依然逼近她們喉嚨的荊棘。庫法轉過身去，朝被隔絕的鳥籠外面大聲吶喊：

「成功了！這樣就行了嗎？」

「——給我！」

所有窗簾瞬間翻動，外界光芒一照射進來，立刻有兩隻手逼近。等到不耐煩的女王在門扉開放的同時闖了進來，用宛如野獸般的樣貌從庫法的手中搶走兩顆果實。

她將左右手朝頂篷高舉，彷彿到達樂園一般發出歡喜的嘶吼。

「噫嘻嘻！噫——嘻嘻嘻！拿到了！我果然沒看錯人！我早就知道她們會對你敞開『內心』，可恨的死之野獸！」

「……既然妳說不打算殺害她們，就請更小心地對待。還有其他吩咐嗎？」

當然，這是為了一邊在旁侍奉她，一邊伺機行動。但女王似乎就連那種幼稚的想法也看透了一般，就連些微的反攻種子也被仔細地擊潰。

庫法才感覺到女王一把抓住自己的脖子，接著就被丟到了鳥籠外。「「庫法老師！」」不用少女發出哀號，庫法也會採取護身倒法，但那時女王也將一隻手掌宛如猛禽類的爪子般伸出。

像是翻轉沙漏一樣——**只扭動了九十度**。

於是有一股橫向毆打的重力襲擊了庫法。姑且不論被釘成十字形的愛麗絲與莎拉夏，還有自由飄浮的女王，甚至無暇做好心理準備的軍服裝青年吹飛出去，像是計算好似的被吸入一扇窗戶中。

窗戶自動打開了出口。彷彿就連被當成攀附處也感到厭惡一般，在青年的手指抓住後沒多久，窗框便彈開飛出。暗色軍服身影與碎片一同被虛空吞沒，往下墜落。

被囚禁的天使首次發出絕望的哀號。比起自己的「心臟」被拿走一事，心愛青年的退場更加嚴厲無比地折磨著空虛的胸口。

女王不懷好意地奸笑，再次將假想的沙漏轉回應有的角度。愛麗絲與莎拉夏的雙腳宛如羽毛一般在床鋪上添加重量。

「即使僥倖苟活下來，那傢伙也無法再次回到這座城堡。」

無慈悲的聲音對精神受到重創的十四歲少女心這麼宣告。

「死之野獸應該會墜落到這座金倫加的更下層……比異界更無藥可救的『冥界之

園』去。不過放心吧……妳們的愛情不會白費。殘留在那身體的熱度會讓新的心臟脈動起來，成為讓死者復活的力量……！」

女王陰暗的聲音因感動而顫抖著。彷彿當成盤子上的果實一般，她眺望著被名為悲傷的香料調味過的少女，伸舌舔了舔嘴唇。

「公爵家的血統……年幼的公主……雖然活著卻失去心臟的身體！」

彷彿想說一切都如同計畫一般，女王緩緩逼近十字架上的少女。像在半空中滑行一樣飄浮著的她，將自己膨脹成好幾倍的影子蓋在稚氣未脫的的畏懼表情上。

「所有材料總算都湊齊了……這次應該不會有錯！噫嘻嘻。我現在就來實現被說是不可能的奇蹟吧。無論神或惡魔，都儘管對死之女王的作為感到畏懼吧！經歷三百年的時光，我要找回應有的人生。跟我親愛的——」

伊莎貝爾一起！

女王應當是希望一邊高聲這麼主張，一邊高舉女兒的「心臟」。她左手拿著兩個戰利品，用空著的右手翻找懷裡的行動，雄辯地述說著這點。

不過，女王的演說被迫難堪地中斷了。她右手的指尖始終翻不到要找的東西。首先是惱火，接著逐漸變成不耐煩，最後「該不會」這種焦躁填滿女王的內心。她顧不得形象，開始翻找衣服的身影，讓手依然被吊起來的公主疑惑地互相對望。

沒多久女王的思考到達最糟糕的劇本。她不得不接受現實。

「伊莎貝爾的心臟不見了……？」

就連愛麗絲和莎拉夏也不禁驚訝得瞠大眼一事，女王也沒能意識到。那是不可能不見的！至今為止女王一直片刻不離地抱在懷裡。豈止如此，就在剛才也拿出來對身為活祭品的少女炫耀。直到那個階段確實都還在的！

——那麼，之後發生了什麼事？

女王仰賴著懷裡的感覺回溯記憶，然後一股直覺貫穿她的脊背。

異樣感確實摸索過女王的懷裡，但女王把那當成瑣事。無論以怎樣的速度為傲，或是使出無與倫比的劍術，都無法在死之女王身上留下一道傷痕的暗色軍人，在攻擊的空檔是以什麼為目標……

女王猛然轉過頭去，看向框架脫落的窗戶。

自己曾說過通往冥界的那個孔洞，只是喚來像在嘲諷般的風。

「難道說，那個小偷——…………」

† † †

LESSON: IV ～薔薇之國的公主～

重力之手把被扔到金倫加外面的庫法往下拉。頂點之塔從顛倒城的上層附近通過「彷彿往上爬地降落」的神奇視野當中。鋼絲隨即被抽了出來，但在扔出去之前迷失了目標。

那甚至度過了圓錐狀的尖端，遠離到射程之外。暗色軍服終於化為從顛倒城滴落的一顆水珠。他掉入提爾納弗爾瀑布中，全身被無止盡的霧玩弄。駭人的降落感與彷彿要劈開腦袋似的巨響——

但救贖之手就在正下方拓展開來。儘管不確定距離城堡有幾百公尺，但下方也存在著廣闊突出的岩石區。庫法突破宛如雲一般的霧，確切地觀察降落地點。盎然的綠意以及黑與白的斑點——

庫法心想這裡應該沒人會看見，瞬間解放了吸血鬼的力量。他翻了個筋斗從雙腳著地。激烈的衝擊分散到化為鋼鐵的肌肉上，雖然讓骨頭嘎吱作響，但庫法輕易地壓抑住那感覺。慢了一拍後轟隆巨響穿破到正下方，擴散的風壓捲起的東西是軍服下襬以及——黑與白的薔薇花瓣。

如雪花般在視野中盛大飄落的飛舞花瓣，讓庫法暫時忘了話語，看得入迷。

「這裡是……？」

他一邊抑制差點失控的吸血鬼的衝動(咒力)同時緩緩站起身，環顧周圍。

那裡是從異界被隔離的薔薇花園——因為飄散著薄霧，視野相當糟糕，綠草覆蓋著腳邊。盛開的黑白花朵卻沒有醞釀出任何香味。就彷彿存在於生者世界與死者世界的夾縫中一般，並非這人世會有的風景。

不，或許應該換個說法，稱之為「偏向冥界的彼岸」可能比較正確。

因為無論環顧何處，都不存在可以爬上懸崖的道路。倘若仰望正上方，可以看見金倫加城宛如長矛一般將尖端對準這邊。喪失現實感的超大規模，模糊朦朧的剪影述說著彼此的距離感。

「這高度沒辦法用跳的回去……或者該冒著瀑布沖打爬上懸崖？」

無論哪邊，都不能說是實際可行的方法。倘若完全解放藍坎斯洛普的本性，或許能仗著強大的能力值返回城堡，但要是被人目擊到，就找不到藉口開脫。偏偏目前聚集起來的都是弗蘭德爾的最上流階級，對評議會的發言力也出類拔萃。「既然被看見了，就封口……」這種擅長的手法也不管用。

能獲得那金色主人接納是個奇蹟，所謂的奇蹟並不是一生能遇到好幾次的東西——庫法吐出微弱的嘆息，向懷裡尋求思考的退路。那裡有在跟女王的戰鬥中偷來的小小戰利品。

就連庫法自己也並非知道真正的價值而搶來那東西。不過，在親手體驗過愛麗絲與莎拉夏核心的現在，庫法可以理解。從懷裡掏出的東西——看起來像是紅色寶石，閃爍著生命光輝的那東西，是「心臟」。

——不過，是誰的？

「搞什麼啊。既然要偷，怎麼不把我的金庫鑰匙給偷過來啊。」

庫法的身體像彈簧一樣動了起來。他能自由活動的手從腰部跳起，只憑反射神經將刀尖對準對方。他不偏不倚地瞄準了男裝美女的喉嚨。就在她不知不覺間從薄霧對面現身後沒多久。

面無愧色也毫不退縮，「吁」地吹起口哨的她——不，應該說是「他」。

「別露出那麼可怕的表情嘛。我也沒辦法啊！蕾西居然會在那裡，實在出乎我意料之外。如果不是那樣，一切都會很順利的，對吧？」

彷彿想說隨時都能砍掉他的頭一般，庫法暫且放下了刀。

「真虧你能平安無事呢。那個距離就算是瑪那能力者，應該也沒辦法全身而退吧。」

「彼此彼此……雖然很想這麼說，嘿嘿，但其實我是有個機關啦。」

布拉德還是一樣沒有絲毫警戒地拉近距離。但這次他在庫法踏向前就能攻擊到的距離外停下腳步。

不曉得他是刻意還是偶然。

「要不要來交易一下啊，帥哥。」

男裝身影彷彿描繪圓形一般，在不會碰觸到庫法殺意的距離吊人胃口似的來回。

「從這個『冥界之園』回到金倫加城的道路並不存在……如果用一般方法的話啦！但我可以介紹一個『密道』給你。用你拿的那個『心臟』，來交換通往顛倒城的車票吧。」

庫法看了看自己的手裡。血色之卵像在沉睡一般怦通怦通地跳動著。

「……我認為可以當作交涉材料而事先搶了過來，女王看來很重視地抱在懷裡的這個『心臟』，果然是——」

「是伊莎貝爾的心臟。是那傢伙就算拋棄一切，也想讓她復活的女兒。」

換言之就是三百年前拉．摩爾家的布拉德的外甥女。

庫法無法想像那古早的關係圖。「活著的心臟」這種以前從不曾目睹過的神祕寶物也是。胸口的痛楚讓細長的眼眸瞇起單眼。

「失去心臟的人……當真能平安無事嗎？她們……」

「放心吧，只要『心臟』沒有受傷，她們的生命就不會有危險。」

布拉德搖晃肩膀，安慰著青年的悔恨。被他緩緩一指，庫法也察覺到了。魔力的熱度正從自己的雙手手背消失無蹤。

「被取出的『心臟』照理說會尋求自己的宿主——就像磁鐵那樣。既然如此，只要用相同的要領歸還到原本的地方……『尋求彼此之心』會成為路標吧。雖然要處置別人的『心臟』，需要**某種資格**才行，但既然是你，就沒問題啦。」

這番話是否值得相信……青年往上抬起的眼眸映照出美女的嘴角。

「那說不定是相當漂亮的行動喔。倘若沒有最關鍵的伊莎貝爾的心臟，蕾西就無法啟動柯爾多隆。畢竟沒有靈魂與心臟的話，光有『容器』也無計可施。只要那玩意沒回到那傢伙手上，那些姑娘也會很安全吧。」

「那麼『心臟』反倒應該就這樣放在這裡別亂動比較好吧？這座花園與金倫加城幾乎被隔絕了對吧？」

布拉德近乎誇張，有些失望似的聳了聳肩。

「你覺得三百年來只期望著這件事的蕾西，會因為這樣就放棄嗎？你誤會了一件事。」

「誤會？」

「我並不是想讓那傢伙放棄。要阻止現在的蕾西，就得將她的野心重挫得體無完膚！只能這麼做了……！」

「…………」

庫法忽然體認到寄宿在庫夏娜身體的男人靈魂，經歷了漫長無比的歲月。他的手掌幾乎是無意識地感到欽佩地要舉起來。

不過要交出「心臟」，必須再次事先確認代價的重量。

「你所謂的『密道』——回到城堡的手段，真的存在嗎？」

「嗯？沒什麼，是很簡單的花招啦。」

他彷彿魔術師一般從袖子裡拿出的東西，看起來是平凡無奇的石頭。

實際上，那似乎也是普通的石頭。重要的是那石頭的出處。

「這是金倫加顛倒城的石材。」

帶路人指引還無法理解的庫法邁向正確答案。

「哦，你可別失望喔？這傢伙就算離開『本體』，也會持續受到其性質影響。是城堡的一部分！要說這代表什麼意思的話——」

「我懂了！在女王讓金倫加城反轉過來的期間……！」

「這顆石頭也會受到影響，帶有**朝上**的重力。就像這樣子。」

布拉德讓庫夏娜高舉手臂，實際表演石頭的效力。

不知效果是否會因距離感而覺醒，可以看出美女柔軟的身軀被拉往上方。連腳尖都輕飄飄地離開地面，布拉德連忙將手拉回來。

那宛如羽毛一般飄落的動作，看來絲毫不像是演技。

「怎麼樣，很有趣吧？我早料到可能會有這種狀況，準備了兩顆石頭。一顆就給你吧。用這邊的黑色石頭交換你的紅色石頭。」

布拉德話一說完，便隨意地將石頭扔給庫法。左手接住石頭的庫法必須用右手展現誠意。嬌小的「心臟」從扭轉的指尖犀利地飛出，高聲地被接住。

布拉德瞇細單眼，暫時調查起交換來的那東西。

「……哦，對了，我忘了說一件事。」

布拉德彷彿現在才想到似的這麼補充，先一步一蹬地面。他右手拿出新的黑石，那成了掛鉤，在空中打下無形的樁。

一邊擺動雙腳一邊輕飄飄地升上天空的美女，用壞心眼的語調留下一番話。

「其實這種石頭有『體重限制』。仔細想想是理所當然的吧？要是體重比浮力重，當然無法升起……就跟飛行船的氣球是相同原理。你鍛鍊得挺結實的，要飄起來可能很困難喔。」

「什……！你算計我嗎？布拉德！」

「哦，別講得這麼難聽。還有叫我布拉德船長——幽，靈，船，長。」

加速提昇上升速度的他，在最後揮揮手指，說了聲「拜拜」。沒多久他便混入霧中，朝著朦朧的圓錐狀剪影前進，化為反叛天空的一抹星光。

庫法本想認真地擊落他算了，但既然庫夏娜的身體被當作盾牌，就不能那麼做。庫法也試著將黑色石片拚命往上舉，原來如此，確實有種腳尖變輕的感覺。但無法變輕到擺脫桎梏。

差點只有石頭從手指縫隙間飛走，庫法用力握住並拉了回來。他把戰利品放回懷裡，但從紅色換成黑色的那東西，只是回以冰冷的沉默。

「……下次見面時我一定要粉碎那個骷髏頭。」

在滅絕的薔薇花園當中，庫法用符合年紀的粗暴態度這麼低喃。

† † †

「下次見面時我一定要撕裂那傢伙的心臟！」

女王粗魯地讓床鋪的彈簧嘎吱作響，在走下地毯的同時揮動手指。鳥籠裡面束縛著愛麗絲與莎拉夏的荊棘一口氣枯萎，然後鬆開掉落。兩人向前倒下。

喉嚨的恐怖消失，兩人無暇喘氣便朝出口前進。但女王彷彿想說不允許她們逃走一般，讓手指來回移動之後，門扉便自行關閉，以驚人速度生長的荊棘纏繞好幾層固定住欄杆。就憑十四歲的手指無法靠蠻力逃脫。

LESSON: IV ~薔薇之國的公主~

女王瞥了一眼可憐的鳥籠天使後，便轉過身去。放在牆邊的上鎖寶箱，正是布拉德船長執著的「布拉德船長的金庫」。女王打開蓋子，將兩顆果實投入無限的黑暗中。那是庫法取出來的愛麗絲的心臟，與莎拉夏的心臟——

自身的核心被吸入黑暗的瞬間，少女的表情也不禁閃過一抹緊張。

彷彿想說已經很習慣怎麼處理生命一般，女王闔上了蓋子。她牢牢地上鎖後，像在炫耀黃金鑰匙似的收到懷裡。這次放進絕對不可侵犯的金庫中。

「這下得重新擬定計畫，真是夠了！」

看來女兒的「心臟」果然是她野心關鍵的樣子。她無視好不容易湊齊條件的「容器」，離開房間。火大的指尖用力一摔門扉。

對少女們而言，這是能夠自由交談的瞬間。但被囚禁的內心相當沉重。

「……是庫法老師幫忙製造了時間。可是，如果她拿回『心臟』，我們這次一定會被扔入柯爾多隆裡面……」

「得在事情變成那樣之前逃走才行。嘿喲。」

儘管愛麗絲用可愛的吆喝聲使勁推拉，門的欄杆果然還是一動也不動。她原本想那就絞盡身為瑪那能力者的全力好了，卻未能如願。

兩人同時察覺到了。她們不約而同地用驚愕的視線看向對方。

「「不能使用瑪那……？」」

理應經常在內心最深處冒煙的火種，完全消失無蹤。雖然是讓瑪那覺醒之後從未有過的現象，但關於原因沒有懷疑的餘地。

「對……對喔，因為心臟被奪走了？」

「現在的我們跟普通女孩子沒兩樣……」

彷彿要冰凍住的虛無充斥了胸口。一年前被稱為「無能才女」的梅莉達，也曾感受到同樣的無力感嗎？愛麗絲抱持起無濟於事的感傷。

但即使在去年的頭環之夜，被殘暴的犯罪組織逼入絕境的梅莉達也絕不會停下腳步。那時梅莉達牽起了抽泣的愛麗絲的手，回想起她的英姿，愛麗絲試著設法找出突破口。

「道具……有沒有什麼能用來離開這裡的道具呢？」

儘管她這麼說並環顧周圍，但被鐵欄杆圍住的是床鋪。如果枕頭邊的抱枕其實有安裝炸彈的話還能另當別論，但不可能那麼巧合地找到什麼東西能用來排除束縛門扉的牢固荊棘。

莎拉夏也不死心地翻找自己的禮服。即使是叉子也好——她探索著希望。

「……再怎麼樣也不可能在不知情時就帶著那種道具呢。」

LESSON IV

～薔薇之國的公主～

「啊，找到了。」

「什麼！」

發出走調聲音的莎拉夏不用說，找到道具的愛麗絲本身也茫然地半張著嘴。她總覺得禮服內側有股異樣感而看了一下，結果發現有完全沒印象的東西卡在那裡——是收納在刀鞘裡的黑漆匕首。

「這……這麼說來，我的雙峰之間也……」

莎拉夏面對異樣感，大膽地摸索難為情的地方，只見她右手撈到了薄薄的罐子。打開蓋子一看，裡面放著濃厚的顆粒與打火石……利刃和火，無論哪邊都是很適合用來逃離這荊棘牢籠的武器不是嗎？

「可是，這是什麼時候，又為什麼會有這種東西……？」

莎拉夏喃喃自語到一半時，直覺已經找到了答案。

「——是庫法老師？」

「我還想他怎麼一直磨磨蹭蹭……」

愛麗絲的面無表情染上羞恥的色彩，她緊緊抱住了自己的胸口。莎拉夏也一邊撫慰被恣意揉捏過一番的胸圍，同時面紅耳赤地低下了頭。

總而言之，為了向他陳述滿腔的怨言，應該做的事情就是逃離這裡。封住門扉的頑固荊棘，比起火烤選擇了斬首。愛麗絲首先「嘿咻嘿咻」地讓匕首來回，沒多久便砍斷了荊棘……與其說是束縛的強度不怎麼樣，更應該說是黑漆匕首的鋒利程度實在驚人吧。

門扉發出嘎吱聲響開啟，天使自由地振翅飛向鳥籠外頭。

兩人的雙腳並非首先前往門扉，而是走向放在牆邊的寶箱。她們並非被財寶沖昏了頭，而是空虛的胸口在尋求靈魂的跳動。

但蓋子果然打不開。畢竟女王在兩人眼前上了鎖，這也是當然的。

「帶著走吧。」

不管看來有多麼灰頭土臉，也只有這個選項。就算逃離這裡，要是一直把「心臟」留在這邊，就會跟那隻可憐的大海龍一樣，被女王握住生命。

所幸寶箱左右兩邊有把手。莎拉夏與愛麗絲協力抬起寶箱，意外地，寶箱底部很乾脆地離開了地板。搬起來的感覺就跟厚重的外觀一樣。但卻感受不到應該裝在裡面的龐大財寶的質量。

從大海的龜裂開始，從顛倒城到活著的心臟……無論是怎樣的怪事，都不會讓少女的胸口顫抖不已了。兩人邁出步伐，再次走向唯一的出口。

她們從門扉窺探走廊，果然跟剛才一樣，不見看守的身影。

下次被發現逃離的話，八成不能被視為「女兒的任性」就了事吧——

纖細的雙腳之所以沒有一絲猶豫，是因為已經沒有會畏縮的心臟，或是屢次發生的風波讓思考開始麻痺了呢？還是說……

儘管年幼仍身為騎士的自尊，讓空虛的胸口點燃了熱情呢？

「我們走吧，愛麗絲同學。」

「走吧，莎拉夏。」

兩人點了點頭，宛如雙胞胎搬運工一般邁出步伐。

閉口不語的寶箱，看起來也像是裝滿了悲劇的禁忌之箱。

LESSON：V ～奮起與戰略～

「真是群荒唐的姑娘！」

這麼感到憤慨的是亞美蒂雅，她針對的矛頭是繆爾與梅莉達。

坐立難安的她雖然飛奔到飛行船底下，但黑水晶少女等人的背影早已消失無蹤，大海龍的嘶吼也相當遙遠。雖然很想盡快拔出腰上的大劍追趕上去，卻未能如願。就宛如被鎖鍊繫住的猛犬一般。

「想不到她們居然會主動當誘餌去吸引哈庫諾瓦……為何不通知妾身一聲！」

「公爵大人，請別管我們了，去追小姐她們吧！」

由衷地這麼訴說的是梅莉達．安傑爾的專屬女僕，年紀還能稱之為少女的艾咪。亞美蒂雅儘管露出猶豫的模樣，卻無法答應她的請求。除了她和其他擔心孩子們而衝出來的幾個人以外，船內也還殘留著幾十名傭人——每個人都是不具備瑪那保佑的非能力者。

「……別說傻話了。這裡也不曉得何時會遭到襲擊喔！」

LESSON V
～奮起與戰略～

「可是，一想到小姐她們如果有什麼萬一……嗚嗚……！」

經驗尚淺的艾咪立刻熱淚盈眶。這種具備人情味的慈愛釘住了亞美蒂雅的腳。假如自己離開這裡，傭人遭到危害的話，那才是會讓年幼的千金內心後悔一輩子的事吧。

至少希望先行一步的戰士能夠保護孩子們就好了——

就算不是那樣，只要一個人就好，如果有誰能回到飛行船這邊——………

亞美蒂雅的下顎忽然往上抽動了一下。

有什麼東西踏進了自己朝城堡方向布下的警戒網。並非熟識者的瑪那。話雖如此，但跟藍坎斯洛普的印象也不同。雖然甚至不確定是否有敵意——但唯一確定的是那讓人心生畏懼的威壓感。

「這股氣息是怎麼回事……！」

動物的本能讓亞美蒂雅的表情嚴肅起來。傭人一臉疑惑地用眼神追逐著她，女公爵從正面瞪著倒著聳立的異界之城。

沒多久，有什麼東西從遙遠的入口衝了出來。

說不定是哪個同伴——這種選項從一開始就被拋到腦後了。儘管對方還在攻擊間隔的彼端，亞美蒂雅的手指已經在瞬間拔出大劍。

「大家快回船上！不管發生什麼，都別探出頭喔……！」

女公爵過於嚴肅到駭人的模樣，讓眾人感覺到什麼了嗎？群聚在船底下的禮服身影表情緊繃地飛奔回升降口。

「女公爵大人……！」

她甚至沒有餘力回應在門扉關閉前傳來的呼喚聲。

亞美蒂雅用強韌的意志力讓自己本能地想退後的雙腳往前進。她用宛如新兵一般僵硬的動作，過剩地放出魔騎士的火焰。

回應這個行動且更加快了速度的影子，顯然是期望著衝突。不需要什麼前提吧。必須將所有精力集中在指尖，才能一刀砍倒對方……！身為世界最強之一的自信，在這個階段從女公爵的腦海中消失無蹤。

基本中的基本，正眼等待敵人出招。

女公爵在敵人的身影即將踏入間隔前動了起來。因為她感受到不這麼做會來不及的確信，還有突然產生的直覺。右手流暢地抬起。

最後幾公尺的距離在眨眼間就被逼近了。女公爵感覺也有些焦急的首次攻擊，以結果來說在最恰當不過的時機與敵人的刀刃互咬。倘若太小看敵人，在這個階段已經被折斷手臂了吧。她將一蹬地面發出的瑪那壓力流暢地移向前臂。卯足所有幹勁阻擋敵人的豪力。劍嘎吱作響，無處可逃的衝擊波擴散開來，踏腳處凹陷下去。動作太慢的風壓以

LESSON: V

~奮起與戰略~

大音量撼動飛行船。

從背後傳來傭人零散的哀號。女公爵早已額頭冒汗。

「你是什麼人……！」

視野從剛才全神貫注的刀身鮮明地拓展開來。在這個階段能目睹到敵人樣貌已經足夠。將死神鐮刀掠過女公爵喉嚨的神祕敵人，是年紀約三十出頭的男性。雖然一身貴族裝扮，但亞美蒂雅對他並無印象。

纏繞在一起的是聖騎士用的長劍。但不用問也知道他並非安傑爾家的親戚。因為他腰部後面掛著魔騎士的大劍，背後甚至還扛著龍騎士的矛。說他是擾亂戰場的盜賊騎士還比較有說服力。

一臉空虛表情的男性，似乎也透過這一刀確信了什麼。

「就憑妳……無論速度或堅硬度都不太可靠……」

「你說什麼……？」

「但是，那記斬擊……！只有妳才能殺了我……就請妳奉陪一下吧。」

火花填滿了視野，才心想劍被推回來的瞬間，對方已經拉開間隔。在亞美蒂雅用指尖拚命捏碎刀身的麻痺時，敵人的身影消失無蹤。亞美蒂雅只依靠殺氣揮砍左邊，幾乎是偶然地成功迎擊。衝撞的刀刃果然還是無法徹底制伏敵人。反倒是姿勢不良的自己被迫後退。

「沒有吾劍斬不斷的東西……！」

以巧妙的步法踩煞車後，這次換亞美蒂雅主動出擊。刀尖流暢地跳起，利用被打回來的氣勢又發動二擊、三擊。每當刀刃交錯，就有耀眼的閃光迸出，多餘的劍壓一直線地劈開地面。

不過，照理說早已癱軟倒地也不奇怪的敵人膝蓋，卻比鉛塊還頑強。

「還不夠……再來……再來……！」

「可惡……」

感覺就像用劍在剷平斷崖絕壁一樣。刀刃被拉了過去，刀尖順著沉重的腕力被壓向地面。相對於雙手拿劍的亞美蒂雅，敵人則是單手一刀流。空出的左手宛如閃光一般跳起，纏繞到背後的矛柄上。

不過，在那個被拔出來的同時，轉機來臨了。

從城堡入口飛奔出來的救世主一邊跳向空中，一邊解放瑪那。他用壯烈的斷擊攻擊男人。被抽出來的矛無奈地被用來防禦。

敵人的腳邊凹陷得更深，亞美蒂雅立刻拔出鬆弛的劍尖，一邊退後一邊橫掃。鞋底挖開地面，用力揮落的大劍尖端沾上了血色。

LESSON V
～奮起與戰略～

男人的臉頰上冒出雖淺但明確的斬線。既然他會流血，就表示能夠殺掉。

「太慢嘍，菲爾古斯！」

「真虧妳能挺住……」

在最剛好的時機趕過來的聖騎士，以熟練的威嚴晃動劍尖。亞美蒂雅悠然自得地解放瑪那，回應他的行動。

神祕男人用懷疑的眼神比較前後的敵人，將矛收起並將手繞到腰部後方。他左手拔出來的東西是大劍。跟右手的長劍合起來的二刀流宛如獠牙一般刺眼地發亮。

「是誰都行……殺吧，拜託殺了我……！把小弟……把老老……把老子……！」

他彷彿發燒一般的呻吟聲，感覺像是慢慢在減弱理性火焰。倘若他就這樣淪為野獸，可能會更拿他沒輒──直覺讓兩名當家表情嚴肅起來。亞美蒂雅從下段觀察他的破綻，菲爾古斯則是從容不迫地擺出架勢。

左右兩邊的獵人望向在中央將鬥爭心顯露出來的獵物，視線正好重疊起來。

「「呿！」」

彷彿被射出的弓箭一般，長劍與大劍的閃光同時襲向男人。彷彿在描繪螺旋一般揮動的二刀流，同時擋住左右兩邊的劍。交纏，然後彈開。

男人的劍術遠遠不及公爵家眾當家的本領。但他仍在二對一的戰鬥中一步也不退讓，這是因為他的身體能力異常地出類拔萃。菲爾古斯的長劍從其中一邊，亞美蒂雅的大劍則從背後吹亂驚人的瑪那壓力，激烈衝撞的中間點呈現出彷彿發生過局部風暴的模樣。颱風眼是二刀流男人。

雷鳴宛如神的憤怒一般穿破四方，讓從飛行船觀看激戰的傭人顫抖起來。弗蘭德爾最強的兩人並肩作戰，還能與他們不相上下的敵人強度非比尋常。不過，無論誰來看都能理解雙方絕非處於毫無餘力的狀況。

男人使出不顧前後的二刀流。亞美蒂雅讓大劍纏在一起，推向地面，在封住男人一隻手時，菲爾古斯砍向男人。男人用單手抗衡著聖騎士的劍擊，在擋開連續第五擊時舉起右手。

腕力落敗的亞美蒂雅在空中飛舞，輕飄飄地著地。

「這男人就像怪物啊！」

實際上，每經過一次對打，敵人便逐漸接近野獸。二刀流已經並非貴族的劍術。只是暴力的化身在揮舞殺意而已。既然如此，應能找出制勝機會——不畏懼勳章的最硬聖騎士大步一跨，踏入攻擊間隔。他只擊落首次攻擊，之後便轉向攻擊。敵人的第二擊打中腋下，菲爾古斯在同時逼近男人懷裡。

——將他**扔出去**。

LESSON: V ～奮起與戰略～

他抓住敵人的肩膀與大腿內側，用陀螺般的體術讓對手飛舞到空中。一看到對方完全迷失平衡，亞美蒂雅立刻一蹬地面。

「——看招！」

與其說揮砍更像是毆打的一擊，確實命中了男人的腹部。首次的有效打擊讓男人的身體遠遠吹飛，在地面上翻滾好幾圈。還有殘留在空中的鮮血戰果。

雖然從飛行船湧現熱烈的歡呼聲，但兩位當家依然一臉嚴肅的表情。

「吃了剛才那招，身體竟然沒斷成兩半……！」

「小心點，亞美。那傢伙的強大不只是強壯跟攻擊力而已。」

用不著別人警告，亞美蒂雅也直覺到了。能夠忍耐魔騎士最大攻擊力的肉體強韌度。在菲爾古斯側腹用刀刃深深挖了個洞的驚人臂力。毫無遺漏地集結了三大騎士公爵家之力，史無前例的怪物——！

既然如此，那傢伙應該還留有「最後的王牌」。

男人用難以說是護身倒法的雜亂動作踩了煞車，還無暇喘息便一蹬地面。他一瞬間便從眾當家的視線中消失，兩人依靠殘像抬起頭來。

——在上空。有個怪鳥影子在上面擴展開來。

「果然連龍騎士之力都繼承了嗎！」

「要過來嘍！」

兩人立刻跳向左右避開。隨後，從天空射擊出來的隕石貫穿中央。

矛尖刺在岩石上，甚至深入到根部。無可挽回的龜裂奔馳而過，彷彿要劈開世界的轟隆聲響讓腳邊麻痺。踏腳處的不穩定讓亞美蒂雅分了心。

「不妙喔，菲爾古斯！要是讓那傢伙持續攻擊，船會連橋整個被擊落的！」

「那就只能擋下了……」

簡單明瞭的正面戰鬥是聖騎士的真髓。敵人盡全力拔出矛，再度高高飛舞起來的同時，菲爾古斯也踏向前方。

而且居然是在瞄準目標的龍騎士正下方。

就連亞美蒂雅也反射性地吞了吞口水，獲得絕佳目標的男人一蹬空氣牆壁。他一邊發揮能與塞爾裘匹敵的驚人貫穿力，同時筆直地超速降落。

秉持著身為最硬牆壁的自信，菲爾古斯果然還是沒有避開。矛尖挖開他以最小限度扭動的側腹，儘管流出大量鮮血，他也沒有哀號，而是迸出嘶吼。

「──唔喔──！」

他以反擊揍飛男人的臉頰。反手拿的劍柄擊碎敵人的臉頰骨頭，同時也發出菲爾古斯的拳頭裂開的聲響。聖騎士無視從前臂到手肘都冒出龜裂一事，同時使勁一揮拳骨。

LESSON V
～奮起與戰略～

男人放開了矛，在地面上翻滾。然後宛如野獸一般跳起。

亞美蒂雅立刻踏上前。她露出牙齒用盡全力嘶吼，使出渾身力量用連擊招呼對方。她擊碎試圖擋住的前臂，用跳起的刀刃橫掃對方腰部，再度揮落的一擊命中對方的左大腿。她更進一步用往上砍的刀尖毫不留情地擊潰右大腿內側，將從頭頂上揮落的突刺推入對方胸膛。

男人至今仍四肢健全地往後方吹飛，踉踉蹌蹌地踩了幾步。追擊立刻攻向他的延腦。菲爾古斯用單手的長劍毫不留情地還擊回去。藉由比魔騎士的劍擊略遜一籌的壓力，將遍體鱗傷的男人不偏不倚地推到雙方的中央。

「「喝啊──！」」

裂帛般的氣勢重疊起來，兩抹流星一邊交錯，同時奔馳而過。菲爾古斯用單手揮動長劍橫掃；亞美蒂雅拿出前所未有的全力揮砍空間。雙方一邊交換站立位置，同時以使勁一揮武器的姿勢靜止下來。

然後，全身一處不漏地被揮砍的男人──

從裂開的衣服與肌膚的各處流出無法忽視的大量鮮血。特別嚴重的是最後那一擊，從前後宛如剪刀一般刻印上去的十字傷痕。男人彷彿期望著徹底的死亡，他踉蹌的步伐前往之處並非左右敵人的任何一邊。

而是橋的邊緣。勉強爬到那邊的他向前倒落，跳橋自殺。在公爵家眾當家目送的前方，混入大海溝的瀑布裡頭，化為無法判別的顆粒。

結果直到最後，男人都沒有揭露自己的真面目和目的——………

只有在眾人內心留下他是個前所未有的凶悍強敵這種印象。

「究竟是怎麼一回事啊……！」

「不曉得。」

菲爾古斯單用左手收起了劍，讓人絲毫感覺不到他的負傷與流血。長長的刀身滑入刀鞘，敲擊的聲響鮮明強烈地響起。

「但是，威脅離開了。除非這底下布有救贖之手，那就另當別論。」

被稱為達米安的人造人，從飛行船旁邊將腳踩空後，立刻闔上了眼皮。他一邊從全身灑出生命水滴，一邊混入了瀑布當中。殺了自己的那些人本領是貨真價實的，他深信這麼一來，靈魂就能從碎裂的身體獲得解脫。

——不過女王的執著迫使他遭到更多苦難。

過沒多久，他的背後衝撞上了什麼。即使是全身彷彿要碎裂散開的衝擊，那受詛咒的身體果然還是撐過去了。像要撕裂靈魂的劇痛甚至竄到末梢。

LESSON V

～奮起與戰略～

「這裡是……？」

在墜落的途中到達了不曉得是哪裡的場所。顛倒城的下層居然有踏腳處這種事，是幾百年前已經結束生命的他想像不到的事情。

只有深深的失望束縛著遍體鱗傷的四肢。

「我還……不能死嗎…………」

即使挖掘出所有記憶，剛才交戰的兩人在其中也具備著最上級的實力。倘若那樣還是無法徹底殺掉自己，究竟什麼人才能幫忙終結這個生命呢？

絕望覆蓋住內心，在視野被影子填滿當中，他忽然抬起頭來。

他感覺到了。在無比深邃的影子深處，有個對自己招手的氣息。

彷彿閃耀黑暗一般的希望——

僅存的一絲理性像要哼歌似的顫抖著喉嚨。

「可以感覺到……濃密的死之影……——」

另一方面，亞美蒂雅在遙遠的正上方收起了大劍。她的搭檔菲爾古斯雖然身負重傷，但聖騎士的保佑會立刻治癒他吧。亞美蒂雅信任他昔日讓修行時代的自己飽嚐辛酸的實力，在飛奔而出的同時留下這番話。

「菲爾古斯，替我看家一下！」

「妳說什麼？」

「姑娘們引誘哈庫諾瓦跑出去啦！」

就連菲爾古斯也不禁對此感到驚嘆，但他不能立刻追趕在亞美蒂雅後頭。剛才釘住女公爵本身的楔子，這次換刺在他的影子上。

他所能做的只有出聲呼喚眼看著逐漸遠離的美女背影。

「等等，亞美！」

「我不等！船就交給你嘍！」

同時還有另一個不能追趕她的理由，從地面爬了上來。

是數十個肉體宛如煙霧且浮現死相的英靈騎士。他們彷彿要填滿橋一般現身，堵住了菲爾古斯的去路。亞美蒂雅似乎不打算回頭，她只在拔刀時順手砍了途中的兩三人，然後便一口氣跳躍起來，拋下英靈集團離開。

這種情況，並非英靈騎士擋住菲爾古斯的去路——

而是成了聖騎士獨自一人阻擋企圖攻陷飛行船的軍隊的構圖。

「老爺，您受傷了……！」

以艾咪為首，擔心菲爾古斯安危的傭人試圖從升降口跑出來。但菲爾古斯用視線制止了他們——怎麼能讓「被守護的人」露出那種表情呢？

自己必須是弗蘭德爾最強之盾，是不敗的守護神。

「我立刻收拾他們。在我說好之前別露面。」

沒想到會講出與亞美蒂雅類似的臺詞，這正是所謂公爵家當家的自尊吧。菲爾古斯轉身，主動走上前去。強風從瀑布吹來，讓披風高高搖曳。

「守護之戰……是我的領域。」

碎裂的右手幾乎已經痊癒了。比刀刃更堅硬，讓所受的傷變得毫無意義——這正是跨越極限，登峰造極的聖騎士真髓。他右手拔出長劍，高舉到眼前。在避開敵人第一刀的同時揮砍離攻擊間隔最近的對手。他一擊便粉碎對方的下顎，刀刃自然流暢地橫掃第二個敵人，用回砍斷開了軀體。

菲爾古斯用劍壓吹散煙霧身體，像在威嚇整座橋似的收緊劍。

「讓前代見識一下現世代最強之力吧。」

英靈騎士集團流暢地動了起來，菲爾古斯像在回應似的一蹬地面。

死人與不死身看不見終點的戰鬥，揭開了序幕——

† † †

部署在城堡的女王僕人有一個共通點。就是「不朽」——或許是反映出期望超越死亡的蕾西．拉．摩爾的願望。

英靈騎士是只有靈魂的存在，不會因刀刃和箭頭而毀滅——

然後另一方的軍隊也被賦予了難以理解的不死屬性。

「「討厭啦～～～！」」

發出高聲哀號在城內四處逃竄的，是梅莉達與繆爾。成熟的派對禮服下襬宛如花瓣一般搖曳，追趕著那色彩的是衣櫃和燭臺，還有狂暴的掃帚這些家具波浪。餐具架將盤子宛如飛盤一般發射過來，在腳邊碎裂。碎片差點掠過腳，誇張地蹦蹦跳跳。

「真是的，這歡迎方法一點也不像話！」

繆爾憤憤地將被射出來的盤子捲進袖子裡，然後像在跳舞似的一邊旋轉，一邊將盤子扔回去。儘管直接命中亂跑的座鐘，但只是減少一兩個腳步聲的話，根本沒完沒了。反倒是相同設計的同伴會為了報仇沸騰起來。

梅莉達心想既然如此，在飛奔而過的同時搶下掛在牆上的劍。儘管原本黏合在上面的裝飾彈開，但沒時間去在意這些了。她全神貫注在令人安心的指尖重量上。黃金色瑪那鮮明地劈開黑暗。以捲起地毯的氣勢緊急煞車。

「喝啊～！」

她以童心的強韌在轉過身的同時揮砍。前頭的櫃子裂開成兩半，女性用的衣服五顏六色地填滿半空中。後面跟上的軍隊不禁停下腳步。

很好！少女在內心叫好，但也只有一瞬間。

那些彈開炸飛的的衣服，居然自動**開始倒轉復原**。而且還十分規矩地一邊被折疊整齊，同時整隊回到原本的空間，然後抽屜關了起來。斷面分毫不差地重疊，細碎四散的木片聚集起來，一絲不亂地填滿空白。

掛衣架將被吹飛到遠方的床單和枕套等搬運過來。它靈活地折疊整齊，收到抽屜裡，對於它紳士的鞠躬，櫃子婦人也以害羞的點頭致意回應。

然後所有家具重新面向梅莉達與繆爾。

叮叮叮！它們以鬧鐘聲為暗號，再次開始行軍。

「「討厭啦！搞什麼呀～～～～！」」

凡事都像這種狀況，身為見習騎士的兩人只能專心地四處逃竄。

剛才一邊吸引哈庫諾瓦的注意，一邊跑進顛倒城，在穿過入口大廳後沒多久，相當輕易地擺脫了大海龍的瞄準。所幸一度迷失目標的牠似乎也缺乏執著心，牠的興趣轉移到在城內動來動去的家具身上，開始追趕它們。那是看來令人會心一笑的嬉戲光景——

但妖精的苦難之路，就從那裡開始。

哈庫諾瓦似乎把廣大的入口大廳定為勢力範圍，無法折返回頭的梅莉達與繆爾，只能朝樓上前進。

——然後立刻被家具發現。

這也難怪，身穿華麗派對禮服的美少女注定會不由分說地吸引「眾家具目光」，一度被發現之後，家具立刻呼朋引伴，眨眼間消息便傳遍城內，不知不覺間被多到離譜的軍隊追趕，也是無法避免的事態。

梅莉達與繆爾就彷彿私人時間被打擾的女演員一般，總之為了不被追上，盡全力不斷逃跑。感覺愈跑「粉絲」看來就增加得愈多這點，應該不是錯覺吧。她們本想那就試著反擊看看——結果就是剛才那種下場。

「真是夠了，究竟是怎麼一回事呀！」

就連師父都無法立刻識破的機關，梅莉達當然不可能找得到答案。

少女甚至無法掌握現在究竟是沿著城堡的哪邊在奔跑。她們在盡頭發現門扉，兩人從左右兩邊跳上那扇雙開門。

LESSON V
～奮起與戰略～

儘管使勁地想開門，但不管用推的或拉的，門都一動也不動。梅莉達更拚命地想破壞門把，繆爾則是忽然仰望頭頂上，先一步察覺到了。

設置在門扉上部的雕像，牢牢地按住連接處，咧嘴笑著。那彷彿惡魔般的設計，讓慢了些抬起頭的梅莉達也無法壓抑住尖叫。

「呀啊——————！」

「我受夠了！這奇怪的城堡是怎麼回事啊！」

梅莉達與繆爾遠離雕像伸過來的手，飛奔回剛才的道路。於是當然有軍隊從通道反方向蜂擁而至，但總覺得他們樣子不太對勁。

跟梅莉達與繆爾的引力引來的集團不同——從通道對面過來的家具前頭，有人類的身影。

身高、髮色、纖細的身體曲線與派對禮服——縱然是在無限的沙丘也不可能看錯，是各自無可替代的摯友。她們跟剛才的梅莉達與繆爾一樣被追趕著，同時單手各拎著什麼行李。

愛麗絲與莎拉夏也同時注意到了。梅莉達與繆爾兩人也因希望而表情明亮起來。從通道的左右兩邊飛奔靠近的少女，一相遇便為重逢感到欣喜，並異口同聲地大叫：

「「「「救命呀！」」」」

四千金就這樣互相交纏著手指，突然陷入沉默。微妙到不行的沉默在周圍飄散起來，但從前後追趕過來的兩個集團的腳步聲不允許她們繼續沉默。

「……先……先逃命吧！」

結果只能這麼做了。四人在交叉點的左右尋求活路，一起衝進了隨便選的右邊道路中。明明無比期望著重逢，卻沒有餘力好好分享喜悅，也可以說很有她們的風格吧。

梅莉達注意到後面跟上的兩人搬著看來很難奔跑的行李。

「噯，那個寶箱看來的確是很值錢——但現在先丟著吧？」

「「裡面裝有我們的『心臟』呀！」」

看到她們用拚死的模樣這麼反駁，梅莉達也體認到那就是事實。

「絕對不能放手喔！」

沒多久，膨脹成兩倍的後方軍隊產生了異常變化。原本在前頭猛衝的板凳突然絆倒，翻滾了起來。對於到目前為止無論是高低差或溝槽都毫不在乎地突破了的家具而言，這是首次的失態。

而且還不只是這樣。倒落的板凳之後一動也不動，導致後面跟上的跑者連鎖地絆到腳。前傾跌倒後更讓後方停下腳步，立刻有數不清的障礙物填滿通道，阻擋了後續軍隊的去路。

LESSON V

～奮起與戰略～

梅莉達與繆爾不禁轉過頭看，喧囂的跌倒聲讓她們蹙起眉頭。

「究竟是怎麼了呀？」

「雖然不曉得，但可以明白一點——現在是好機會！」

少女機不可失似的進行最後衝刺，一口氣把笨手笨腳的後續集團拋在腦後，離開它們的視野。三三兩兩停下腳步的家具，聚集在一開始跌倒的板凳周圍，用沉默的眼眸俯視。

最後紳士的掛衣架把一動也不動的同伴扛到了肩上。

四千金跑進通道途中敞開著門的露臺，尋求避難處。那並非城堡外面，而是突向房間內側的挑空空間。她們邊跑邊確認前後沒有「家具會看見」，同時四人一起衝進以等間隔打開的窗戶之一。

她們拉上窗簾躲藏起來，唯有此時這裡成了天使安全的隱匿處。

「愛麗，太好了……！」

「我一直好想見妳，莉塔……」

安傑爾姊妹首先與對方緊緊互相擁抱。

假如兩人長有羽翼，一定會宛如天生一對一般互相重疊；若是野獸，肯定會將兩條尾巴彷彿要扭斷似的互相交纏在一起吧。倘若放著不管，感覺她們會卿卿我我到世界末日，因此繆爾忍不住揮出聲音鞭子。

「可以打擾一下嗎？我們應該思考一下之後的事情吧！」

聽到繆爾這麼說，兩人才總算依依不捨似的放開了手。原本互相重疊的身體宛如鏡子一般分開，彷彿要溢出的愛情收束在指尖上，緊緊纏繞起來。

就連莎拉夏也漲紅了臉。繆爾一臉頭痛似的按住額頭。

「我深切地覺得不能讓妳們分散兩地呢……」

總之冷靜沉著的魔騎士快一步掌握了周圍的狀況。

乍看之下，少女躲藏的這個大房間是「工房」——或許換個講法，說是實驗設施或研究所可能也無妨。畢竟宛如迷宮一般並列的書架甚至高達天花板，上面收納著好幾千冊複雜奇怪的書籍。

中央是大大敞開的作業檯，長桌上排滿了燒瓶、可疑的藥劑與爐灶這些對繆爾而言十分熟悉的器具。

「這是在做什麼研究呢？」

「當然是鍊金術吧。」

聽她這麼一說，所有人都只能「原來如此」地接受事實。有個大鍋固定在中央的爐灶上，機械般構造的那鍋子用好幾根管子連接到房間深處。

高上一階——弄得彷彿祭壇一般佇立在那裡的，是個形狀奇妙的「時鐘」。

雖然與掛鐘相似，但裝設在四面的盤面各自指著完全不同的時刻。上方蓋著玻璃製的半球形，內側有大小不一的齒輪一邊給彼此帶來影響，同時構築成立體的圓環。

不可能是學者只為了告知晚餐時間所設置的吧。

實際上，在這個工房內努力工作「者」，甚至不確定是否需要休息或補給。毫不厭倦地調查著書架，在作業檯之間忙碌地來回走動，抱著好幾個素材東奔西跑的是「發條人偶」。機械般的構造裸露在外，從矮矮胖胖的手腳接縫可以窺探到微小的齒輪。恐怕只不過是框架吧，但相當於頭的部分有讓人聯想到眼鏡的圓形管子穿過。

「嘰咕噠～咕。」、「嘰咕噠咕！」、「嘰咕嘰咕噠～咕。」

四處可以聽見這樣的波濤聲，這該不會是他們的「聲音」吧？儘管感到頭痛起來，梅莉達仍試著從眼底下的景色找出突破現況的方案。

然後她發現了一件事。

在大鍋的眼前，格外雜亂的作業檯上有本厚重的書翻開著，好幾隻人偶聚集起來「嘰咕噠咕」、「嘰咕噠咕」地熱烈討論著。迷惘著該如何處置玻璃瓶的另外一隻人偶以那本書為依靠，翻頁之後「嘰咕噠咕！」地獲得靈感。他在並列著素材的架子與作業檯之間來回走動，順利地湊齊材料之後，投入鍋子。

高聲發出咆哮的爐子，膨脹起來的紫色氣息——沒多久有個疑似鍊金術產物的東西從熱水裡被撈起來，見證到這一連串經過的梅莉達等人，也不禁注意到了。

「位於中央檯子上的那本巨大的書，該不會是……」

「是鍊金術的配方——『鍊成圖』呀！好厲害，那一定是死之女王的研究成果。是非常貴重的東西喲！只要翻閱那個，應該就能理解所有鍊金術的道理……！」

「嗳，兩位請看一下。」

梅莉達與繆爾興奮地挺身向前，莎拉夏拍了拍她們的肩膀。

她所指的方向是工房入口。大門是敞開的，有新的集團從那裡蜂擁而至。是熟悉到令人厭煩的家具軍隊。走在前頭的掛衣架肩膀上扛著行李。那行李的真面目讓梅莉達不禁張嘴說了聲「啊」。

是板凳。它在集團前頭跌倒，將後面的家具捲進來的冒失場面在腦海中復甦。細心地被放下到作業檯的板凳，果然還是像死了一樣動也不動——雖然以家具來說，那樣是無可挑剔的。

嘰咕噠咕人偶一臉沉痛地聚集到作業檯周圍。才心想他們是要祈禱嗎？卻並非如此，事情發展至此，梅莉達等人終於窺見設置在房間最深處的奇妙掛鐘的用途。

LESSON V ～奮起與戰略～

其中一個人偶「嘰咕噠咕」地發出腳步聲，步履蹣跚地在工房內來回走動。他從掛鐘的盤面卸下一根指針，拿回到作業檯這邊。

他瞄準沉睡不起的板凳的一點——緩緩刺了下去。

然後順時鐘旋轉。轉動好幾次，好幾次。

四千金抱持了同樣的感想。這實在非常酷似上發條的光景——

手術時間並沒有很長。指針捲動到不能再捲，收緊到極限時，啵一聲地被抽出來。於是怎麼了呢？只見板凳突然恢復活力，宛如小狗一般跳了起來。它在作業檯上精神飽滿地跳來跳去的模樣，讓所有家具發出熱烈歡呼聲。

嘰咕噠咕人偶一臉滿足似的將指針放回掛鐘上。於是怎麼了呢？原本就雜亂無章的盤面突然開始倒轉時間。從七點四十七分轉到五點十一分——

所有家具心情愉快地繼續開始遊行。它們整隊離開工房的背影，彷彿在說倘若是現在，能夠玩捉迷藏玩到日落為止。就這樣在恢復平穩的工房，人偶再次埋頭於研究當中。

嘰咕噠咕，嘰咕噠咕……

梅莉達將臉縮回窗簾陰影處，她無法壓抑心臟激烈的跳動。

「庫法老師曾經說過，那些家具給人的印象跟傀儡和活死人都不同。不曉得能否稱之為生物——我可能明白了。」

她對其他三人使了個眼色，繆爾帶頭像是鼓起幹勁似的挺身向前。

「也就是說，是這麼回事呢。它們被賦予的並非『生命』，而是『時間』！就像發條人偶一樣，能夠在被給予的時間內盡情活動——」

「就算被弄壞，也能將『時間』倒轉。」

「然後時間一過，就會動不了……？」

莎拉夏和愛麗絲跟著發言，博學多聞的妖精充滿自信地點頭回應。

提示了行動方針的是梅莉達。

「噯，老師他們正在戰鬥時，只有我們一直被保護著，真的好嗎？」

「開玩笑。我們公爵家四千金齊聚一堂——」

「怎麼能一直被人瞧不起。」

愛麗絲也血氣方剛地雙眼發亮，但一旁的莎拉夏十分冷靜。

「請等一下……具體的作戰呢？」

梅莉達謹慎地從露臺探頭窺視，確認工房內的配置。「嘰咕噠咕」地一邊哼歌一邊埋頭研究的人偶數量雖多，但感覺並不適合戰鬥。他們的體格嬌小，身高也只有梅莉達等人的一半吧。

「敵人大約五十……六十隻吧？我們四人一起上的話，應該有辦法吧？」

LESSON V ~奮起與戰略~

「問題就在這裡。其實我跟愛麗絲同學——」

她與一旁的友人交換視線，看似焦躁地低下頭。

「我們的心臟被拿走了……所以現在無法使用瑪那。」

「妳們剛才也說過類似的話……」

據說被囚禁的兩人拚命奪取過來的寶箱，正是封印著心臟的牢籠。

理解大概的情況後，繆爾一邊搖頭，一邊嘗試修正軌道。

「能夠戰鬥的只有我跟梅莉達兩人的話，從正面硬拚的做法行不通呢。首先，我們的武器——」

她用指尖玩弄著握柄的，是刀刃已經快缺角的裝飾用劍。

「就只有這把劍而已。那個掛鐘大概也是死之女王用柯爾多隆創造出來的東西吧。無法保證能夠靠我們的瑪那破壞。」

「那要怎麼做？」

「分工合作吧。」

彷彿想說這反倒才是自己的本領一般，繆爾嫣然地露出微笑，開始編織思考。

「鍊金術就用鍊金術來控制……！麻煩梅莉達當誘餌去吸引那些『嘰咕噠咕』的注意力吧。我趁這段期間調查鍊成圖，找出讓那個時鐘停止的方法。然後之後就——莎拉、愛麗絲，也要請兩位工作一下喔？」

「「那當然。」」

繆爾也以滿面笑容回應強而有力的和聲。

「兩位就按照我拜託的，從架子上幫忙拿素材過來。爐裡面有火，大鍋已裝滿熱水……之後就只需扔入正確的材料。」

「呃～我……就只管當誘餌？」

梅莉達指著自己的嘴唇，繆爾也將食指伸向她。她輕輕戳了一下桃色唇瓣。

「哎呀，不然把妳跟我的任務反過來也無所謂喔？魔法書之類的東西，通常都是用非～～常麻煩的暗號寫成，所以前提是妳有自信能用比我更短的時間解開暗號的話喔？」

梅莉達放棄反駁，接過裝飾劍，然後用力握住了雙拳。

「我會努力的。」

「加油，莉塔……！」

堂姊妹閃閃發亮的期待眼神，對梅莉達而言會成為無比的活力。她將禮服下襬拉近，用手掌緊緊握住以免亂飄。

另一隻手則是握著鋼鐵的重量──

LESSON V
～奮起與戰略～

她一度回頭看向友人，從各自的眼眸中接收決心。梅莉達也堅定地點頭回應，重新從扶手確認下方狀況。

所幸人員都集中在中央的作業檯上。她一蹬扶手，咚咚，輕飄飄地降落到書架縫隙間的天使身影，沒有被任何人發現並質疑。

不過，一旦從陰影處現身，就不可能安然無恙。

梅莉達刻意挺直了背，朝中央邁出步伐。與書籍大眼瞪小眼的嘰咕嗟咕人偶，在成熟風格的派對禮服身影經過身旁後沒多久，立刻將臉轉回原位，心想是怎麼一回事。因為對方實在過於光明正大，他們不小心就漏看了。

隨風搖曳的金髮散發出天界的芳香，周圍逐漸開始注意到她的存在感。所有人都停下了手，抬起頭來，因為宛如藝術品一般走錯地方的美少女發不出聲音。結果梅莉達一次也沒有被叫住，就來到了工房中央。就宛如聚光燈一般，齒輪構造的視線從四面八方注目著她。

困惑的人偶面面相覷，沒多久有人嘰咕嗟咕地開口詢問。

——女王又進行了鍊金術嗎？

否則這世上不可能存在如此完美的美貌——

「對不起喔，各位。」

美之化身緩緩高舉右手，然後揮落。

握在她手上的華美直劍將作業檯劈成兩半。藥品四處飛散，玻璃裂開。距離最近的人偶被跳起來的桌腳嚇到，誇張地翻了個筋斗。點綴喧囂破碎聲響的，是從刀身迸出的黃金色火焰。

看到她流暢地收回劍的指法，每個嘰咕噠咕人偶都直覺到一件事。

這名少女並非單純的天使——

而是女武神！

「用功時間結束了！你們去外面玩玩吧？」

梅莉達話一說完，便立刻飛奔而出。她將身體壓低到非常貼近地板，然後像要撈起來似的一踢。變成一半的桌子被左腳後跟踢上天，右腳背踹出的攻擊宛如砲彈一般蹂躪集團。三次跳躍將八隻人偶捲了進來，在衝撞上書架的同時炸飛成碎屑。慢一步倒落的高架子——揮灑出驚人的轟隆巨響。

在飛揚瀰漫的粉塵當中，人偶的眼眸鮮紅地閃耀發光。

「「「嘰————！」」」

他們用摻雜濁音的嘶吼表現憤怒，各自的手背滑動起來，接著冒出針一般的刀刃。有些人則是直接把鋼鐵雙拳當成武器。意氣用事的一隻人偶率先飛撲過來，但幾乎在同

LESSON V ～奮起與戰略～

時踏向前方的梅莉達將劍往上砍，然後放下。

尖兵的身體被極為快速的二連擊垂直斷開。飛舞散落的齒輪甚至連金髮的髮梢也擦不到邊。立刻飛奔而出的梅莉達沒有揮劍，而是一口氣穿過包圍網。她壓低上半身躲開像要追趕似的伸過來的刀刃，用手掌撐著地板，讓身體往上跳，甚至沒有任何人能以肉眼追逐輕盈的側翻與舞動的禮服下襬。等注意到時，只看見甩開集團離去的金髮背影。

「梅莉達真是的，速度又變快了呢。」

繆爾在這個階段動了起來。完全被耍著玩的嘰咕噠咕人偶，鋼鐵的頭部漲得通紅，以甚至要冒煙的氣勢追趕在梅莉達後面。灰色的山腳原野宛如波浪一般逐漸遠離，沒多久中央的作業檯便空無一人。

跟剛才的梅莉達相同，繆爾也優雅地握著下襬跳落。無法使用瑪那的愛麗絲與莎拉夏大概會從樓梯繞遠路下來，在那之前繆爾也必須將鍊成圖解讀完畢才行。她用上全身的彈力，在著地的同時一蹬地板。

最深處的奇妙掛鐘、用管子連接的機械機關大鍋、擺放在那前面的作業檯上，女王貴重的鍊成圖就一直攤開在那邊。繆爾拚命地克制住因畏懼和焦急而顫抖的指尖，翻找想知道的內容。

根據母親亞美蒂雅給予的預備知識，所謂鍊金術的配方據說就是「畫冊」。對於著名的術師而言，自己的研究成果是絕不會透露出去的祕傳事項，不可能老老實實地以文章和構成式記錄留下。以某種形式施加偽裝是鐵則，對於使用多種素材的鍊金術而言，聽說最適合的媒體就是「圖畫」。

例如當成料理，把這個配料和這個配料在這種時機投入；又比方說把動物的結婚典禮像圖畫書一樣畫出來，這兩個人結婚的結果會誕生這樣的小孩……大致是這種感覺。

對於現在被要求盡早解讀出來的繆爾而言，能靠直覺理解的畫冊這種題材實在是僥倖。以令人眼花繚亂的速度翻動內頁的手掌，在後半的某一點靜止下來。那裡確實描繪著讓人聯想到時鐘的插圖。

在還沒理解那些內容前，走下樓梯的朋友聲音便從彼方傳來。

「這邊準備好嘍，小繆！」

「我知道了，再給我一點時間！」

「可是，莉塔她……」

她們似乎無法丟下寶箱，將具備厚重感的寶箱藏到不引人注目的地方後，愛麗絲思念著房間的對岸。是不絕於耳的騷動聲來源。

——話雖如此，對於梅莉達本人而言，感覺誘餌這個任務並沒有多麼辛苦。就如同自己預測的一樣，嘰咕噠咕人偶數量雖多，但每一隻都很弱。對上敏捷力優異的武士，

LESSON V ～奮起與戰略～

別說是足跡了，甚至連追逐殘香都辦不到。梅莉達只有揮砍突出到前面來的幾隻，之後只要貫徹逃跑就行了。

梅莉達只需留意退路，避免人偶的注意力轉移到繆爾她們那邊……就在梅莉達不小心要鬆懈下來，認為這個考驗或許意外地能輕易達成時，隨後便發生了一件事。

人偶集團突然停止了追趕。他們放棄不顧前後的突擊。

要說他們怎麼了呢？只見他們開始幾隻聚集在一個地方。外殼蓋子脫落，齒輪與齒輪連接起來，迸出火花咬合的那些齒輪，以加倍的速度驅動起來——

「咦……？」

事情發展至此，梅莉達才理解為何他們的構造會裸露在外。

因為他們原本是同一個存在——

那是為了讓他們隨時都能回歸一體。

「「「嘰咕噠——————咕！」」」

大約有十隻人偶發出一點也不可愛的粗野嘶吼聲。雖然戰力減少成幾分之一，體格與壓迫感卻是異常地往上竄。

那壯碩的外形讓人打哆嗦，反應慢了半拍。前頭的一隻人偶緩緩收緊豪腕，伴隨著沉重的踏步毆打過來。梅莉達立刻用劍身擋住。

裝飾劍的脆弱刀尖，理所當然似的彈飛——

梅莉達伴隨著尖銳的金屬聲響，被吹飛到後方。她以驚人的氣勢被摔向書架，儘管有些癱軟無力，仍用雙腳著地。她意識到脊椎嘎吱作響。

「好……痛喔～……！」

她忍住不讓自己單膝跪地，抬起劍尖。從中間折斷的刀身難看地閃過光芒。

能力值跟剛才完全無法相比。並非單純的倍數……！如果不盡全力將每一隻砍倒，反被擊敗的會是自己吧。

該如何維持劍的強度呢——這種思考的齒輪在隨後停止下來。

「嘰咕嘰咕。」、「嗞咕嗞咕……」

十隻機械人偶開始排起並列爭球隊形。正確來說，是各自更緊密地聚集起來，在「腳」的上面形成「軀幹」，靈活地伸長管子的兩隻人偶製作出「手臂」，爬上「背後」的最後一隻人偶彷彿寶座一般君臨在頂上，成為「頭部」。

「騙……騙人的吧……？」

梅莉達已經只能浮現尷尬的笑容，從遮蓋住自己的影子往後退。

將六十隻集結成十隻，再把十隻收斂成至高無上的一隻——

機械人偶變成已經得抬頭仰望的巨人，咚一聲地敲打著鋼鐵胸膛，撼動書架。他俯視在地板上差點跌倒的小型獵物，發出還殘留之前痕跡的咆哮。

「嘰————咕！」

梅莉達發出明顯的哀號，背向人偶一溜煙地逃跑。她立刻彎下身體，於是橫掃過來的豪腕在她正上方撲了個空，揍飛一旁的書架。包括收納的書籍在內，理應有相當重量的書架，宛如空箱子一般吹飛到牆邊，衝撞上牆壁。強震從地板竄到牆壁甚至天花板上，響起並非自己發出的哀號——是友人的聲音。

五顏六色的皮革封面與碎裂的書頁宛如花瓣飄落一般飛舞，在巨人的眼光轉向彼方之前，梅莉達飛奔過他的腳邊。

「我在這邊！」

與勇猛的聲音相反，她幾乎是快哭出來似的砍向腳踝。雖然完全沒有造成損傷，但效果十分顯著。巨人轉了個圈反轉身體，壯烈地邁出大步，發出轟隆聲響。梅莉達盡全力不斷逃跑，以免被踩扁。

「妳快點呀，繆爾同學！」

否則自己可能當真要哭出來了。

——是梅莉達這樣的願望成了原動力嗎？將手指貼在下顎，與鍊成圖奮戰的繆爾，終於識破了離奇古怪的暗號的弱點。

「我知道了！阻止『泥偶魔像』的方法……就是把給予他活動時間的『百年時鐘』的指針……引領到『停止的時間』！莎拉、愛麗絲！」

一直摩拳擦掌，等待著出場機會的美少女，順從彷彿舞臺監督般的聲音朝工房左右飛奔而出。架子上滿滿地並列著貼有標籤的玻璃瓶。

「幫忙把我說的素材一個個拿來——首先是『亮晶晶蝙蝠』！」

繆爾非常認真地這麼大叫後，看似焦急地比手劃腳起來。

「所謂的亮晶晶蝙蝠，也就是說，翅膀的部分像這樣——」

「只要告訴我們素材的名字就沒問題！」

咻——玻璃瓶很快地描繪著拋物線飛來。差點用額頭擋住玻璃瓶的繆爾連忙伸手接住，發現瓶子裡正塞著她期望的素材，感到大吃一驚。

愛麗絲在擁擠地並排著的櫃子之間，指著井然有序地排列著的標籤。

「因為是按照英文字母順序排列的。」

「真令人佩服——接著是金幣十枚與銀幣六枚！」

瓶子從反方向被拋了過來。繆爾一接住那些瓶子，立刻打開蓋子，接連地投入鍊金鍋裡頭。令人眼花繚亂地捲起漩渦，在沸騰的同時打轉著的色彩。

「水珠模樣的蝴蝶領結——那是用毒毛編成的，所以不能打開蓋子喔！用黃金製成的稻草——還有一瓶葡萄酒——！」

「不得了了，小繆！」

摯友緊迫的哀號吸引了她的視線。身穿優雅的派對禮服，不像十四歲會有的胸圍，像要夾住似的將瓶子抱在雙峰之間的少女，露出想哭的表情。

「裡面是空的！怎麼辦……？」

「不，沒問題的。」

繆爾從作業檯跳下來，從摯友手上搶過酒瓶。莎拉夏驚訝得瞠大了眼，她就在莎拉夏眼前將那東西連同瓶子扔入鍋子裡。

「這個素材叫『根本不存在的葡萄酒』。」

「接著是什麼？」

繆爾像被愛麗絲的聲音給催促一般，再度回到作業檯上。她像要拍打似的按住鍊成圖的兩邊，仔細地將圖畫書從開頭解讀到結尾。

「接著就是最後一項素材——『故障的懷錶』！」

過沒多久，愛麗絲的手指便找到要找的標籤。她從架子上抽出那瓶子，像用推的扔出去。彷彿瞄準好了一般，一邊閃耀發亮一邊旋轉的瓶子發出清脆的聲響——躺在距離相當遙遠的繆爾手掌上。

「呵呵……來吧，回應我繆爾．拉．摩爾的祈禱，魔法鍋！」

她拔開軟木塞，將在內側停止跳動的懷錶投入鍋子裡頭。

宛如岩漿一般沸騰的熱水，眨眼間被抽進鍋底，彷彿蒸發一般冒出紫色煙霧。眾多活祭品的哀號尖銳地重疊起來，讓人聯想到黃金的光輝從鍋底湧上。從正下方照耀的光芒，讓繆爾的美貌因歡喜而變形。

「啊哈哈哈！這光景多麼甜美呀？鍊金術實在太棒了！」

「小繆看來很開心呢……」

年幼魔騎士的術式完美地發揮了力量，甚至讓她的摯友有些傻眼。所有構成式在鍋底組合起來，創造出來的結果蜂擁進入好幾根管子內。化為流動命令的那些東西直接連結到掛鐘，扭曲了時空的概念。

也就是四面的盤面都令人眼花繚亂地開始轉動起來。目標是傍晚六點——相約碰面的時針與分針宛如夫婦一般統一步調，朝著派對的時間在外圍轉圈。首先是一組，接著第二組、第三組也到會場集合，分毫不差地互相重疊。

然後就在最後一個盤面正要指向傍晚六點時——

接下誘餌任務的梅莉達也正要將這單方面的捉迷藏引領到結局。永不中斷的書架森林呈現出宛如迷宮的模樣，從背後追趕過來的轟隆聲響不遠不近，撼動著木紋地板。

LESSON: V
～奮起與戰略～

「順時鐘……！」

到達交叉路口的梅莉達這麼說服自己，以銳利的角度一蹬地板。她用彷彿要讓腳邊燒焦的氣勢緊急轉彎，嘰咕嗟咕巨人立刻追隨她的腳步而來。砰砰地邁出大步踩踏著地面的他，在轉圈時讓右膝嘎吱作響。

姿勢大幅度地傾斜，巨體所有重量都集中在一點上。

「順時鐘……順時鐘！」

梅莉達以直線一口氣拉開距離，然後在轉角一定會選右邊。她在非常貼近地面的位置滑溜似的轉身，用手掌撐著地面，讓上半身跳起。她一瞬間也沒有衰退下來的速度讓巨人也拚命猛追，就那樣氣勢猛烈地衝入轉角。梅莉達強硬地推倒巨體，將所有負擔都壓在右膝上，讓巨人「嘰嘰！」地發出抗議。

「應該差不多了嗎……」

梅莉達稍微回頭一瞥火花從構造的接縫處炸開的景象，然後急轉彎。她以貼在地板上的手掌為軸，邊跑邊換方向，照那樣的速度折返回頭。像是彈珠臺一樣反彈回來的派對禮服身影，讓巨人一邊挖起腳邊的地板，同時收緊手臂。

對於阻擋在眼前的高牆，梅莉達揚起嘴脣淺笑。

「就算變大，齒輪還是跟原本一樣呀。應該沒辦法忍耐過於強烈的負荷吧？」

在鋼鐵巨拳擊出的同時，梅莉達也用力一蹬地板。她將原本壓抑的腳力一口氣加速到極限，飛奔穿過非常靠近目測失誤的敵人瞄準的地方。散播出駭人轟隆聲響的揮空拳頭，掠過派對禮服的殘像。

梅莉達在滑入巨人腳邊的同時，收緊半毀的裝飾劍。她腦中浮現的是幾個月前的春季假期——在遭到汙染的礦山與蛇尾雞對峙的師傅身影。

他連一丁點的鱗片接縫也不放過，將刀尖刺入並橫掃的英姿。彷彿在模擬他的殘像一般，梅莉達的紅眼散發出鬥氣。在滑過的一瞬間將劍扭進裸露在外的構造裡，飛奔而過的同時一記橫掃。微小的齒輪在半空中閃亮發光，梅莉達一邊讓派對禮服隨風搖擺，同時前翻、跳躍——一口氣拉開了距離。

以巨人的角度來看，是將拳頭打向渺小的目標，感覺只打到風的瞬間發生的事情。他一迷失少女的身影，原本施加體重的右腳便從膝蓋崩落，向前傾地倒落了。自身重量壓壞了纖細的零件，鋼鐵碎片從全身飛散四處。

那股驚人的跌倒衝擊撼動地板，風壓讓金髮飛舞起來。梅莉達從後方眺望已經無法站起身的巨人，感嘆地慰勞著手邊的劍。

「為什麼我總是會弄壞武器呢？」

——就在掛鐘的四面都到達六點的那個瞬間。

LESSON V ～奮起與戰略～

莊嚴的鐘聲響了起來。設置在時鐘上方的玻璃球當中，複雜地互相纏繞的齒輪表現出彷彿世界末日般的慌亂模樣。原本描繪著圓環的那些齒輪前往一個圓盤上。才心想它們邊旋轉邊統一步調，接著便轉向緩慢的水平——

沒多久宛如蓋子一般沉入半球形底部，在那裡沉默下來。鐘聲逐漸遠離，光芒從盤面變淡，時間的跳動從不存在秒針的時鐘消失無蹤。

與此同時——

從走廊四處傳來的彷彿雪崩的跌倒聲響，證明了作戰成功。

「家具真的不動了！」

梅莉達等人探頭看向通道，確認軍隊重疊起來倒在那裡的身影之後，不禁這麼叫好。不，已經不會被賦予活動時間的那些家具，應該用「散落四處」來形容。倘若宮廷的傭人看見這幕慘狀，可能會昏倒吧。

總而言之，這麼一來，阻擋一行人逃離的障礙就減少了一個。

無論如何，梅莉達、愛麗絲、莎拉夏與繆爾互相緊抱彼此，分享平安無事的喜悅。

工房內的慘況令人不忍卒睹。因為嘰咕噠咕巨人不顧一切地到處亂跑，途中的書架都被橫掃倒地，貴重的報告書和種種素材散落在地板上。巨人的亡骸已經一動也不動，攤成大字形堵住通道。

「收拾善後可不是我們的工作。」

繆爾裝作沒看見，背向那慘況。她一隻手拿著一本厚重的書。

重新仔細一瞧，那本書十分巨大。感覺甚至能搭乘在翻開的書頁上，在空中四處遨翔。

「死之女王的鍊成圖……這個就當作土產吧。母親大人一定會很開心喔。呵呵。」

「那倒是無妨啦，但我們快點逃吧？老師他們一定也很擔心！」

能夠使用瑪那的梅莉達將寶箱拉了過來，與莎拉夏互相點頭。

眾千金就這樣飛奔而出，但有個聲音從最後面叫住她們。

是不知為何沒有跟著奔跑起來的愛麗絲。

「等一下，莉塔、繆爾……我要在這裡多待一會兒。莎拉夏就拜託妳們了。」

「愛麗？為什麼……」

「……因為她叫我們晚餐時回去。」

愛麗絲堅強地這麼低喃，然後真的折返回頭了。她回到被弄得亂七八糟的工房裡，開始調查書架。她翻開的內頁果然還是關於鍊金術的記述。

「愛麗絲同學似乎很同情死之女王。」

LESSON: V

～奮起與戰略～

莎拉夏說明愛麗絲真正的意圖。她對一臉焦急的梅莉達這麼補充：

「不光是這樣而已。她似乎在想能不能與梅莉達同學的母親大人說話……我想她大概是很在意與梅莉達同學相關的危險傳聞。」

「妳真傻，愛麗……！我根本不在乎那些閒言閒語啊！」

「這一定也是為了愛麗絲她本身。」

聰明的魔騎士也插入自己的論點。她擔憂地闔上眼皮。

「假如跟傳聞一樣，梅莉達是『有內情的小孩』，就跟愛麗絲沒有血緣關係……這表示妳們將不再是堂姊妹吧？這對她而言應該是非常可怕的事情吧。」

「愛麗……」

梅莉達湧現想要現在立刻用力抱緊堂姊妹的衝動，但那樣一定無法讓她在真正的意義上感到安心吧。唯一能實現這點的是梅莉達的母親梅莉諾亞，但她的手已經無法再次溫暖兩人。

忽然回想起這件事，梅莉達的眼眸也緩緩滲出哀惜。

撕裂這彷彿要揪緊胸口的沉默的，是隱藏著平靜火焰的美女聲音。

『妳們根本無處可逃。』

巨大的黑暗張開嘴巴，女性的剪影像要堵住門扉似的滲出。梅莉達等人立刻表露出警戒，但散發淡淡白光的煙霧也同時從外圍牆壁飛舞進來，並急速捲起漩渦，化為身經百戰的騎士外形。

讓英靈騎士隨侍在旁並現身的蕾西．拉．摩爾，意外地並沒有什麼怒氣。

「妳們讓我的百年時鐘停擺了嗎……那東西沒辦法再次鍊成。因為沒有素材啊。必須從弗蘭德爾帶新的僕人過來呢。」

「……！」

「真是群傻姑娘……妳們以為事情都按照計畫進行了嗎？妳們只是徒增活祭品的數量罷了……倘若妳們沒有讓百年時鐘停擺，也不會有無辜的民眾被帶到這裡來了。」

梅莉達不想敗給那陰沉地擴散開來的壓力，她高聲地將腳踏向前。

「妳……妳的野心就在這邊結束了！老師他們會打倒妳的！」

「這話絲毫不能撼動我的心呢。已經沒有任何東西能夠了……」

彷彿對餘興感到厭倦的女王一般，她揮了揮手。一聲不響悄悄靠近的英靈騎士拔出劍，將無言的殺意對準眾千金的脖子。

少女嚇得動彈不得，女王俯視位於她們腳邊的東西。

「……我不曉得妳們是如何逃離牢籠的，但妳們自己走回去吧。朋友也一起。切實地去感受自己害活祭品增加這件事吧。」

LESSON V ～奮起與戰略～

「咕……！」

「竟然把我的金庫帶出來……惡作劇過頭嘍，姑娘們。妳們就看著眼前友人的亡骸，體認到那將會招致怎樣的悲劇吧……！噫嘻嘻嘻……！」

一直露出虛無表情的女王，這時首次讓人窺探到她的內側。被死亡之刃催促著腳步，窺見深不見底的黑暗，少女的表情終於失去了血色與希望。

累積了三百年的惡意，讓美女的嘴唇鮮紅地往上吊起。

「就快要七點了……是讓人等到不耐煩的晚餐時間呢！噫——嘻嘻嘻嘻嘻嘻！」

† † †

伴隨著「百年時鐘」停擺的巨大騷動聲，當然也響徹到顛倒城的每個角落。例如一直飛奔爬著樓梯前往上層的蘿賽蒂，就聽見了像是有什麼東西崩塌的金屬聲響，還伴隨著莊嚴的鐘聲，接著是讓人聯想到雪崩的跌倒聲響。

甚至有一種腳邊的地毯微微痙攣起來的感覺。震源感覺很近——此刻在這座奇妙的城堡當中，究竟發生了什麼事呢？

「其他人……應該沒事吧……？」

她甚至沒有餘力壓抑腳步聲，只能一邊高聲奔馳過通道，一邊這麼祈禱。瞬間，在到達轉角前她抬起右手。她只靠反射神經讓鞋底滑行，刀刃剷除她踩了緊急煞車的前頭幾公分。儘管有些重心不穩，仍使勁揮出的圓月輪只是淺淺地掠過對方的臉頰。

在剎那的交錯後，兩邊同時認識到拿武器互相牽制的對方身影。

「——王……王爵大人？」

是一邊跳開一邊收起武器的蘿賽蒂，與因為是緊急時刻而不問罪的塞爾裘·席克薩爾。他像是鬆了口氣似的一邊收起矛，同時以嚴厲的視線環顧周圍。

「妳沒事真是萬幸，『一代侯爵』。不過，菲爾古斯公呢？」

「呃，我們變成分頭行動……我才想問小庫和庫夏娜大人怎麼了？」

「……看來無論哪邊，都不是那麼好應付啊。」

這時，有個感覺壞心眼的聲音從頭頂上降落。

「怎麼啦怎麼啦？你們真的是一群散沙般的傢伙呢。」

雙方的武器再次反射性地對準來者。

兩個劍尖不偏不倚瞄準的是將手臂纏繞在吊燈上，粗魯地坐在上頭的男裝美人。矛的尖端反映出持有者的困惑，搖晃了一下。

「庫夏娜……不，是布拉德吧！」

LESSON V

～奮起與戰略～

「你也進入城堡了啊。算了，沒有帶路人的話，也無計可施吧。」

「庫法小弟怎麼了？你們平安到達莎拉夏她們身邊了嗎？」

布拉德輕飄飄地從天花板附近跳了下來。掉落到眼前的人影讓蘿賽蒂不禁往後退，塞爾裘也只能收回矛，以免傷到堂姊妹的身體。

緩緩爬起身的布拉德，彷彿樂在其中似的扭曲了嘴唇。

「……雖然情況挺混沌的，但舞臺逐步地在準備齊全。距離我想像的終幕還差一步嗎……也要請你們在最後派上用場喔。」

「你真正的目的究竟是什麼！果然並非我們的同伴嗎？」

「喂喂，小少爺，我一開始就清楚地說過了吧？」

庫夏娜的雙手收進了口袋裡。雖然位於塞爾裘的必殺攻擊範圍內，讓人感受到的卻只有連死亡都不在乎的深不見底的虛無感。彷彿靈魂早已經在冥界一般，只有內含著所有絕望的眼眸，貨真價實地是布拉德本人的東西。

他對倒抽一口氣的年輕戰士開口說道。用把誠實遺忘在過去的彼方的聲音——

「我是個毫無用處的失敗品。對我有所期待的那方才有問題啊。」

他的腰上掛著雖薄但鋒利的彎刀。蘿賽蒂與塞爾裘面面相覷，庫夏娜在兩人的死角用亡靈般的若無其事態度，將手指伸向刀柄。

LESSON：Ⅵ ～永遠長眠～

這下究竟是第幾次的逆轉現象呢——

女王用筆直伸出的右手將幻想的沙漏顛倒過來。伴隨著像要改寫世界真理的轟隆巨響，周圍的景色描繪出一百八十度的殘像。

梅莉達和愛麗絲、莎拉夏與繆爾之所以不用打哆嗦，是因為她們被囚禁在從天花板吊下來的鳥籠裡。雖然不會受重力影響，但也無法逃出去。這次門扉被牢牢地焊接起來，無論是刀刃或火焰都不管用。

脫離現實的城堡旋轉緩緩收斂下來，不偏不倚地滑到女王眼前的是機械機關的大釜。正下方的爐灶果然還是沒有火，只有不會腐朽的木材和煤炭讓彷彿靈界的青色光輝裊裊升起。

場所是金倫加顛倒城的最上層塔。眾多墓碑與柯爾多隆之間——

在鍊金術工房因惡作劇被責怪的梅莉達等四千金，被英靈騎士的劍封住退路，順勢被帶到最上層。她們自己走入牢籠被關起來。

牢籠一封住天使，立刻以鎖鍊被吊起來，固定在半空中。吞了愛麗絲與莎拉夏「心臟」的金庫遭到沒收，目前在女王的腳邊。要說能帶進來的東西，就只有口袋裡的魔法手拿鏡，但呼救的聲音也會直接傳入女王的耳中吧。

目前女王感興趣的並非寶物，而是「大餐」。

倘若魔法大釜是湯鍋，宛如影子般佇立著的英靈騎士是服務生的話，等待女王烹飪的可憐獵物，就是被囚禁在鳥籠裡的梅莉達等人。

「告訴妳們我這麼年輕的祕訣吧。」

女王像在彈奏似的撫摸鳥籠的欄杆，這麼述說著。彷彿在說在鳥籠內側顫抖的少女的恐懼，會成為至高無上的調味料一樣。

「關於延長壽命的法術，我也被迫吃了不少苦頭。畢竟在女兒復活的時候，可不能只有我一個人年邁體衰呀。雖然像失敗品布拉德那樣捨棄肉體也是一種方法……但那實在是下下策。身為女兒也不希望有個其實是死人的母親吧？」

倒不如說看起來像是她本人對自己的肉體年齡很固執。

或者她是感到害怕——害怕只有自己的時間逐漸被消耗。

想要疏遠從一切都瘋狂走調的過往日子遠離的狀況——

「但是，就某一點來說，布拉德的選擇也算是正確的。為了獲得不老，必須放棄『當個人類』呀。那傢伙因為淪落為亡靈，達成了這一點。但是太愚昧了！變成只是個寒酸魂魄的存在，能有什麼作為？我才不會貶低自己……而是要成為『超越人類的存在』！我昇華了自己給他看！噫嘻嘻！」

「……」

互相抱緊彼此的少女無法理解。

女王也並非在尋求自己這三百年生命的理解者。

「我放棄當個人類，成為『人類的捕食者』！這也是鍊金術的極致！透過吃年輕人的肉，來維持自己的青春美麗……！儘管一開始出現了排斥反應，但現在——我甚至能考慮到喜好。果然還是年幼且美麗的少女果肉最好。」

梅莉達等人的肌膚起了雞皮疙瘩。毫無血色的手掌從欄杆的縫隙間伸入，少女忍不住發出微弱的哀號。四人一邊互相安慰彼此的恐懼，同時朝反方向後退。

無論食材逃到盤子的哪邊，女王都只是一手拿著叉子，伸舌舔了舔嘴脣。

「妳們總算能夠理解我為何要招待妳們參加這場晚餐了吧？」

「妳是惡魔！」

梅莉達與生俱來的鬥爭心火焰，讓她忍不住頂撞女王。

「不惜做那種事也要一直活下來，把其他孩子當活祭品，讓人復活……妳打算怎麼面對妳女兒？妳能用那雙手抱緊她嗎？」

這番話語之矛似乎稍微刺入了女王的胸口。她像個人類似的抿緊嘴唇。

「……只要伊莎貝爾復活，我也沒必要繼續無謂地延長壽命。我會放棄吃人，恢復成人類。」

「妳不可能辦到的。妳已經連餅乾有多甜都想不起來了吧？」

「住口！」

瞬間，感覺女王的美白崩潰，露出了三百歲的本性。

女王背向鳥籠。倘若不逃避所有對自己不利的事情，這幾百年來，她根本無法保持正常吧。

「……為什麼沒有任何一個人能對我表示理解！無論是朋友、僕人、父親、母親都是……！啊，親愛的達米安……只要你能一直待在我身旁，無論會被誰否定，我明明都不會迷失道路的……！」

聽到她像是硬擠出聲音的最後的低喃，莎拉夏猛然轉過臉去。

「……妳復活的那位叫達米安的人物，年紀看起來跟現在的妳差不多……感覺不像是壽終正寢。他該不會是……！」

女王迂迴地肯定就連要說出口都有所顧忌的那個問題。

「都怪他不肯點頭答應『一起讓人生重來』！」

「太過分了！」

梅莉達終於激昂起來。她抓住欄杆，對於試圖嚴厲斥責自己的那聲音，女王更是背對著她，離得更遠。

「妳殺了自己的戀人吧？為了不讓他老去……為了『讓他不當人類』！」

「伊莎貝爾需要父親。讓女兒復活之時，表示達米安也能夠復活……這有什麼問題！夠了，給我閉嘴！少在那跟我頂嘴！」

女王宛如野獸一般露出獠牙，封住少女的反駁。金髮天使想起自己被囚禁的身分，倒抽一口氣並往後退。

「盤子上的小鳥……要對我這個死之女王說教，還早一百年呢！我決定了，首先就從妳開始吃起吧。妳就儘管讓鮮血滾燙地沸騰起來，嘻嘻嘻……！」

「……」

黑水晶妖精忙亂地攙扶臉色不禁變得蒼白的梅莉達。

「要殺梅莉達的話，請連我一起弄成嫩煎吧，曾祖母大人？」

「……妳是誰啊？」

「我是繆爾．拉．摩爾——是您遙遠的血親喔。」

LESSON: VI
～永遠長眠～

女王將五指冰冷地纏繞在一根欄杆上，注視繆爾的眼眸銳利地瞇細單眼。
「妳是拉．摩爾……？**別撒謊了！**」
「……咦？」
這麼反應的是梅莉達、莎拉夏、愛麗絲三人。
至於本人則只是一如往常地浮現出成熟且感覺有些虛幻的笑容。
從彼方傳來的聲音忽然吹散這難以理解地沉澱下來的空氣。
「哦～哦～好像正熱鬧呢。看來她們也讓妳感到挺棘手的啊，蕾西。」
所有人的視線都轉向來者，英靈騎士同時抬起來的劍發出「叮」的聲響。
被幾十個刀尖用殺意對準，仍悠哉登場的是男裝美人。假如入口有帶路者，八成會對她粗野地拉垮的衣服蹙起眉頭吧。
她帶來的土產也令人無法接受。她單手抱著疑似昏迷過去的紅髮少女。看到少女被隨意扔向地板上的身影，愛麗絲首先發出哀號。
「蘿賽老師！」
「…………」
趴倒在地的她毫無反應。乍看之下並無外傷，難道是昏過去了嗎？
對於知道三百年前事情的唯一同志，女王投注的視線還是相當冷淡。

「布拉德……你還在這座城堡裡啊。那傢伙是你收拾掉的嗎？」
「嗯？怎麼可能！我哪有辦法正面與她交鋒。我只是讓她大意，趁虛而入罷了。」
「我想也是。那卑鄙的做法很像你這個失敗品的作風。」
女王背向了他。英靈騎士接著上前縮小包圍網，並將劍對準布拉德。
「這裡沒有給你坐的椅子。就連一塊麵包屑也不會給你。」
「妳弄丟了伊莎貝爾的心臟對吧。」
聽到比箭頭更銳利地返回的聲音，女王立刻揮了揮食指。
在食指上閃耀的萊茵的戒指魔力，讓英靈騎士不情不願地放下劍。
死之女王打從心底感到惱火似的轉過頭來。
「……你知道那孩子的『心臟』目前在哪裡嗎！」
「對，我知道。對於拿回來的方法也有個底。」
布拉德不客氣地推開英靈騎士的肩膀，走近女王身邊。
他看也不看鳥籠的少女一眼。那輕薄的表情果然還是看不見絲毫誠意。
「妳試著命令魔法鏡子看看啊。其中一邊可能還留在船上，不過——」
沒有任何人注意到梅莉達猛然按住口袋的動作。布拉德揚起嘴角。
「另外一邊現在應該也是『那傢伙』拿著。跟伊莎貝爾的心臟一起……就是妳那個

LESSON VI ~永遠長眠~

可恨的宿敵。」

女王翻動奢華的禮服，前往牆邊的彩繪玻璃。那是個巨大莊嚴的作品。她抬頭仰望描繪著白色城堡與薔薇，還有野獸的窗戶，彷彿歌唱一般琅琅下令。

「鏡子呀，鏡子……映照出自己吧！告訴我奪走你碎片的人是誰！」

彩繪玻璃散發鮮明強烈的白光。梅莉達等人不禁摀住臉幾秒，彷彿融化一般掉落色彩的玻璃，流暢地描繪著大理石圖案，重建起來。

再次目睹時，上面映照出暗色軍服身影。雖然他動也不動地佇立在原地，但他略微擺出戰鬥態勢的背影傳達出警戒心。

「「「庫法老師！」」」

天使的合唱不巧地並未傳遞到鏡子世界裡。他所站的地方是哪裡呢？因為飄散著霧，視野相當模糊，無止盡地攀爬在腳邊的黑與白薔薇醞釀出不祥的氣氛。

「妳知道那傢伙在警戒什麼嗎？就是妳的老公——我妹婿的氣息。」

女王狠狠地瞪著他看，但並沒有打斷雙胞胎哥哥的證詞。

「再過不久達米安就會到達『冥界之園』，跟那傢伙展開戰鬥吧。妳只要用萊茵的戒指下令就行了，叫他『活抓帶回金倫加城』。」

「活抓？那傢伙罪該萬死！只要帶回伊莎貝爾的心臟就行了。」

「喂喂，這麼感情用事不好喔？仔細看看周圍吧。」

布拉德將注意力從彩繪玻璃上拉回來，張開雙手比著。

只有亡靈跋扈的柯爾多隆之間，被彷彿冥府般的冰冷黑暗給封閉住。

「因為妳不經思考地讓城堡反轉的關係——看吧！爐子的火焰又消失了。妳是為了什麼試圖去愛抓到的姑娘們？為何要讓我混入那些傢伙當中？」

「……」

「因為需要放入柯爾多隆之爐的唯一結晶——『賢者之石』對吧。」

雖然應該不是在回答面面相覷的眾千金的疑問，但他重新說道：

「『賢者之石』……也就是**公爵家之人的心臟**。但是，妳事先確保好的兩個賢者之石——父親大人和母親大人的心臟，好像已經用完了吧。」

大概沒想到會被「失敗品」說中計畫的漏洞吧，女王的美貌扭曲起來。布拉德愈來愈愉快似的用庫夏娜的容貌笑得更深。

「就算拿回伊莎貝爾的心臟，也無法啟動關鍵的柯爾多隆。妳打算怎麼辦？」

「哼，賢者之石還有啊。就是我讓死之野獸拿出來的姑娘們的『心臟』！」

女王俯視隨意放置的寶箱。但布拉德喊了暫停。

「喂喂，那是讓伊莎貝爾復活後的事情啊。妳要把安傑爾和席克薩爾的女兒當成

LESSON: VI
～永遠長眠～

『容器』對吧？在那之前就用掉心臟的話，她們會斷氣的。那樣沒問題嗎？」

「咕……你別故弄玄虛了！」

「所以我就說啊。這時就要讓那傢伙再次登場。」

他冷酷的眼神向上瞄了瞄彩繪玻璃。拿著黑刀刀鞘緊張不已的美青年影像，在他看來是否就像等待著悲劇的電影呢？

「把那傢伙再次帶到這裡來，讓他從那邊的『金色』與『黑色』姑娘身上拿出心臟吧。如果那是賢者之石就行了……這麼一來就能弄清楚了吧。那兩人是否真的是公爵家的血統。」

「……！」

梅莉達表情緊繃地緊抓住友人，繆爾抱著她的肩膀安慰她。

即便那是最合適的解答，女王似乎也有無法輕易接受的糾葛。她用力咬緊鮮紅的嘴唇，背對哥哥重新面向彩繪玻璃。

「我原本不想對你下命令的……──我所創造的人造人啊！」

女王高舉食指，黃金戒指散發出讓人心痛的光輝。

「死之女王將成為你的雙眼。去狩獵野獸，獻給女王吧！」

女王所說的人造人身影還沒有映照在鏡子上。但她的命令明顯地成了某個扳機。因為在彩繪玻璃上放大特寫的庫法，瞬間壓低身體，擺出了拔刀姿勢。鏡子的視角緩緩拉遠，變成從斜上方俯視的樣子。在薄霧當中，視野清晰可見的幾十公尺寬度，直接成了決鬥的舞臺。

布拉德從女王身旁返回原位，宛如觀眾一般坐了下來。英靈騎士沉默的視線也被戰鬥的氣息給吸引過去。鳥籠的天使像在求助般的祈禱自然不用說……柯爾多隆之間的入口附近，看似慵懶地伸展腳的布拉德附近，只有倒落在地板上的紅髮美少女身影。

「好啦，不曉得那傢伙會怎麼樣呢？」

對於這沒有特別對象的低喃……

「他一定會贏。」

理所當然似的聲音這麼回答。

† † †

庫法還不到十五歲時就開始置身於拚個你死我活的環境中，但縱然是這樣的他，唯有現在也不得不彷彿初次上陣一般指尖僵硬。此刻更應該感謝自己是知覺優異的武士位階吧。他在周圍的薄霧邊緣布下警戒網，就宛如安全底線一般。

LESSON: VI
～永遠長眠～

「這非比尋常的氣息……究竟是……？」

正因為身經百戰的熟練，才會有與公爵家眾當家完全相同的戰慄纏繞在脊背上。不得不說這是前所未有的壓迫感。甚至難以判斷對方是人類或藍坎斯洛普。唯一知道的一點是，那彷彿徘徊在沙漠的不死者般的渴望——

敵人追求著鮮血與刀刃。

一旦現身就會開戰！

自己準備好隨時都能拔刀的身影，在遙遠頭頂上的顛倒城被映照出來一事，完全在庫法的想像範圍外。抑或四名天使彷彿在求助般的祈禱，學生深信師傅會勝利的信賴，在無意識的領域支持著庫法的戰意也說不定。

沒多久後，惡意滲入薄霧。

那光景就彷彿深不見底的激情從大釜當中溢出，將周圍染成黑色一般。庫法無法判別那究竟是實際的視野，抑或非比尋常的鬥氣讓人看見的幻影。唯有一點，帶著那黑暗現身的人影是——

「瀕死的野獸」。這是庫法對他的第一印象。氣派的訂製衣服被砍破得慘不忍睹，染上紅到變成混濁黑色的血跡。全身的狀態甚至讓身為刺客的庫法覺得他還活著很不可思議。傷口沒有流血，取而代之的是有紅色煙霧咻咻地蒸發著。那該不會就是……血嗎？

若是如此，將薄霧染色的色彩或許也並非錯覺。

另一個讓人心生恐懼的事實，是那個人**並沒有臉**。

正確來說是有。雖然有，但令人無法直視。身為人類的理性完全被剔除，只有醜陋的野獸本性讓臉部皺紋扭曲起來。從氛圍可以得知對方為男性……但那副模樣已經該形容成「雄性野獸」比較貼切。

他骨折的左手拎著半毀的大劍。肥大化的右手滴著血的爪子本身就是武器。從獠牙縫隙間漏出的「呼咻嚕」、「呼咻嚕嚕……」這種聲響，是這傢伙的「聲音」嗎？

「一旦拔刀就必須交戰到殺掉為止，你仍不打算撤退？」

「咕咻嚕嚕嚕咕……！我要殺啊啊啊啊啊……！」

「無法交談……真傷腦筋，老是遇到這樣的人呢。」

庫法以平常心拔出了刀。與此同時，野獸的影子搖晃並消失了。

——超高速戰鬥。

在目視到敵人身影前，庫法橫掃左邊。緊接著八連擊。所有連擊軌道都與敵人的刀刃咬合，在火花與金屬聲響炸開時朝後方後空翻。

不，是被推出來。

LESSON VI
～永遠長眠～

無論是光或聲響，甚至就連要認識影像，對庫法來說都太慢了。腦神經甚至拋下揮舞刀的身體感覺，迸出火花奔馳在一瞬間的前方——否則會來不及。

戰場上已經沒有騎士的身影或野獸的影子，只剩飛舞散落的黑與白花瓣慢了幾秒在點綴他們的足跡。劍戟交鋒、火花、金屬聲響——各自雜亂無章地劈開薄霧，使其炸裂，他們甚至無從得知隔著鏡子觀看這場無形激戰的觀戰者倒抽一口氣。

所以沒有任何人能注意到——被壓著打的是庫法。

一陣格外尖銳的攻擊聲響起，被吹飛到後方的軍服身影一邊翻了個筋斗，同時在地面踩煞車。換言之，是速度被克制住了。在柯爾多隆之間觀戰的少女，也久違地看見庫法的身影。

但是否有人注意到在他臉頰上發亮的冷汗呢？

「若論速度還能一較高下。但是……！」

儘管秉持自尊這麼低喃，還是不由得冷靜地分析彼此的戰力。

庫法的斬擊與敵人的強力有著壓倒性的差距。為了擋住對方的攻擊，庫法不得不總動員全身的力量。在庫法以腳跟站穩的空檔，敵人快一瞬間地一蹬地面。於是無論如何都會變成庫法慢一步追隨而上的形勢。

這些累積的結果就是剛才的猛擊。勉強擋住的刀身仍因餘韻的振動而顫抖著，儘管庫法用強烈的握力壓抑住，但就連指尖都殘留著麻痺感。

要是一直持續這樣的交鋒，被擊潰的會是自己。能夠對抗那般臂力的大概只有修練到極限的魔騎士，或是聖騎士的能力值吧？

與庫法對立的野獸用單手撐著地面，看起來像在估算突擊的節奏。

「憑你啊啊啊啊啊……」

「什麼？」

「很快啊啊啊啊啊……殺啊啊啊啊啊……！」

「……不懂你在說什麼。」

庫法一邊以反手的架勢準備防禦，同時直覺地聽到野獸的本能。

——就憑你無法殺掉我。

就算速度能追上，但力量和硬度都遠不及——

實際上也確實如此，因此庫法只能在別人看不出來的程度下緊咬嘴脣。對方自帶像怪物一般強到不像話的能力值，就算庫法的全力攻擊直接命中，也不會成為致命一擊吧。

——事情發展至此，是否該解除「對方是人類」這種思考（Limiter）？

庫法用單手遮住一邊眼睛，呼喚自己的半身，但他還是打消了這念頭。

LESSON VI ～永遠長眠～

——不，既然對方已經受了那麼嚴重的傷，照這樣下去也還有勝算……——

就在庫法開始組織邁向終局的計畫時，不確定要素化為隕石從上空降落。對峙的野獸應該也在同時察覺到了。才心想遙遠的上空微微地閃亮起來，便有一口氣加快速度的某個東西突破霧空前來。

「——喝！」

伴隨著裂帛般的氣勢穿破地面的那名人物，在拔出矛的同時俐落地追擊正要跳向後方閃避的野獸。擊潰飛翔能力破綻的二連擊。伴隨激烈的金屬聲響驅趕敵人的龍騎士，用不讓人喘息的後空翻後退到庫法身旁。

「——席克薩爾公！」

「讓你久等了，庫法小弟。」

塞爾裘．席克薩爾用簡直像是庫法在求助般的說法，爽朗地露出微笑。假如有觀眾在旁觀看這個戰場，此刻一定會發出驚嘆的叫聲吧。可以想像到莎拉夏眼眶含淚的模樣。

不過庫法有件事必須先向看似得意的王爵確認。

「席……席克薩爾公……你是怎麼過來的？」

「我從布拉德那邊聽說了你的危機。那傢伙把這個不可思議的石頭交給我……」

「那個詐欺師……！又增加了犧牲者！」

王爵驚訝地眨了眨眼，但他無暇回問「這話是什麼意思？」。

野獸的肌肉更加肥大化，彎曲的背後宛如羽翼一般擴展開來。雖然對方終於變得愈來愈像個怪物了，但庫法絕對不能在這邊吸血鬼化。

雖然王爵也冒出來並肩戰鬥，但庫法無法抱持覺悟將自己的生命線交給他。

「……席克薩爾公。仔細想想，我們的爭執還沒結束呢。」

「關於那件事啊，庫法小弟。我稍微想了一下。」

在兩人交談的途中，敵人的身影消失不見。儘管對敵人能力值又更加提昇一事感到驚愕，但隨後地面便在兩處炸開。野獸的豪腕彷彿要將之撕裂一般橫掃庫法與塞爾袞的餘香。

兩名美青年一邊流暢地煞車，同時讓花瓣盛大地飛舞起來。彷彿想說現在最重要的是和解，塞爾袞全神貫注在防禦與迴避還有對話上。

「總覺得我們之間好像有什麼差錯。」

「差錯？」

「總覺得我好像誤會你了。然後你也對我有什麼誤解吧？——把你現在很在意的事情說出來聽聽吧。」

在對話告一段落時，兩人一蹬地面。敵人的大劍慢一拍貫穿以超速離開的兩人中間。劍尖把泥土宛如海綿一般挖起，讓它彷彿奶油一般炸裂。

庫法把展開反擊一事往後延，大聲吶喊。假如敵人還殘留著理性，這光景會讓他不得不暴怒吧。夾著自己的兩名青年，正因跟自己無關的事情起內訌。

「……您知道最近在聖王區流傳著與梅莉達小姐相關的無憑無據的謠言嗎？」

「果然是那件事嗎。我當然清楚喔？」

「她的位階的確是『武士』，但知道這件事的人並不多。大概只有我們騎士公爵家的人……還有我忽然想起來，有個自戀到讓人看不下去，叫『革新派』的集團在打探安傑爾家周邊的消息呢。」

儘管塞爾裘的太陽穴抽動了一下，但激動的感情全都轉向腳力。他誇張地避開劃破天空的可怕二連擊，並銳利地跳躍起來，爭取回答的時間。

「……原來如此。也就是說庫法小弟認為革新派是企圖貶低梅莉達小妹的罪魁禍首，為此才一直警戒著周圍吧？」

「您有什麼要辯解的嗎？」

「當然有──『他』並不是散播謠言的主謀。」

意外地被趁虛而入的庫法，在千鈞一髮之際察覺逼近眼前的死線。他宛如彈簧機關一般往後倒落，在避開敵人橫掃的同時往上踢。會撲空在他的預料之內，他用緊接著的後滾翻一口氣拉開距離。

心臟會激烈跳動的大部分原因，反倒是塞爾裘的話。

「這話是什麼意思？王爵大人對散播謠言的人心裡有數嗎？」

「有喔。至少可以確定不是率領革新派的『他』。無論是我或『他』，都對梅莉達小妹的位階被到處宣揚一事感到非常困擾——你仔細想想吧。我剛才為何要試探你跟梅莉達小妹的關係？因為我懷疑**犯人是你**啊。我在想你該不會是為了任務，甚至不惜犧牲她吧。」

「……我不懂您的意思。」

「我直截了當地說吧——散播謠言的是白夜騎兵團。沒有其他可能了吧。」

類似打雷的衝擊竄過庫法的中樞。他的反應似乎正巧是王爵在尋求的答案。

「……也就是在你的管轄外。難怪會產生矛盾啊。」

「是白夜……？不過，叫我去查明情報出處的任務，也是那個團長的……這不合邏輯啊！這才是自相矛盾！」

「我只能提示到這邊。之後就你們自己私下處理吧。」

「……！」

庫法露出讓看的人都感到擔心的模樣，咬緊牙關，將手貼在刀柄前端，同時邁出步伐。塞爾袞從高空的飛翔降落到他身旁。

「對於把背後交給我一事，沒有憂慮了嗎？」

「……我要殺掉那傢伙洩憤。請助我一臂之力，王爵。」

「那倒是無所謂……但那個搞不好比我們當中的任何人都強喔。」

你辦得到嗎？對於在言外之意這麼詢問的王爵，庫法毫無破綻地斜眼回看。

「我才必須強迫王爵大人做好覺悟──請給我盡全力揮出一刀的時間。這樣就能做個了結。」

「哎呀，你這話才是前所未聞呢……居然要我當誘餌啊。」

轟！火焰從兩名青年全身噴射出來。野獸早已經丟下武器，匍匐在地並握緊地面。他彷彿在回應一般將喉嚨後仰，發出響徹周圍的嘶吼。

光是那陣風壓與音量，就散發出讓人不禁踉蹌好幾步的壓力。

「……庫法小弟，機會只有一次。我沒辦法好幾次承受那傢伙的攻擊。」

「我會祈禱您不至於變成兩敗俱傷。」

如果說菲爾古斯是世界最硬，亞美蒂雅擁有至高無比的攻擊力──

此刻並列在這裡的，無疑是以人界最快為傲的兩人。彷彿想說小試身手已經結束，他們解放原本嵌在四肢上的枷鎖，讓所有瑪那遍布全身。肌肉彷彿要裂開似的嘎吱作響，宛如陽焰一般裊裊升起的鬥氣讓周圍的空間扭曲。

然後兩人緩緩地動了起來——

才心想他們不知會發揮多快的初速，兩人卻只是以流暢的腳步一步又一步地拉近距離而已。拎著的刀與矛感覺不到幹勁。只不過從雜草到花瓣，都像是害怕碰觸到一般，遠離他們的攻擊範圍。

野獸停止了低吼。他微微顫抖的喉嚨說不定是在倒抽一口氣。但他基於自己的驕傲與破滅願望，也是一步都沒有退讓。

雙方陣營的攻擊範圍夾著幾公尺，緩慢地接近。直到前一刻都風平浪靜——

之後便是惡夢般的狂暴風雨肆虐。

塞爾裘的眼眸染上殺意，矛尖往上跳起。才以為野獸的身影跳開消失，緊接著便從上空襲擊過來。宛如瞬間移動。

「……吁！」

伴隨著要裂開般的呼氣展開迎擊的是庫法。他挑開第一擊後，右膝便重心不穩，腳邊凹陷。在宛如網狀般的斬擊後，揮出最後一記的同時，從背後被摔向地面。那駭人的重壓甚至必須將下半身的瑪那用來防禦。

這些都在預料之內。塞爾袞的矛將敵人殘留在空中的影子打向上方。庫法用全身的彈力跳了起來，蹬著上空的敵人。

隨後，野獸的身影從空中搖晃並消失。雙眼慢了些飄出一抹光。

「他踢了空氣牆……！」

「看來他似乎連龍騎士的技能都到手了呢。」

庫法與塞爾袞立刻背靠背——此刻必須暫時忍耐。

化為神速之影在空中四處飛翔的敵人，來去自如地襲擊兩人。完全是四面八方，變幻自如的多重同時攻擊。打回去的敵人立刻一蹬空中，在地面跳起，逃到攻擊範圍外的同時連殘像也不留地消失無蹤，才這麼心想卻又出現在背後，氣勢猛烈地高舉豪腕。就彷彿有幾十隻敵人發動波狀攻擊一般，連一瞬間也不能鬆懈的防禦戰。青年背靠著背互相掩護死角。

這就是兩人捨棄初速的理由。即使速度同等，但體力差距如此大的話，可能會像剛才一樣慢慢被逼入絕境。既然如此，就放棄以速度來較量，只管全神貫注在還擊的瞬間爆發力上——這就是兩人的計畫。

從旁人眼裡看來，感覺也像是憨直地在爭取時間，不過——

「如果要跟庫法小弟告白一個龍騎士的缺點……」

悠哉到讓人覺得還有餘力真是不可思議的聲音傳入耳裡。塞爾裘巧妙地轉動矛來擋掉八連擊，庫法在他的背後一邊將體重壓上，同時使出渾身力量前踢。貫穿敵人尚未現身前的空間後，腳跟慢一步衝撞上野獸的臉頰。宛如神一般的預測。

硬要踢破的話，這邊的腳可能會先被折斷，因此庫法用另一邊腳跟踢落的同時後空翻。王爵的矛在敵人毫無防備的僅僅零點幾秒橫掃過去。兩人以重疊的背後為軸交換站立位置，揮舞刀與矛來毫無破綻地彌補死角。

「——就是『燃油效率很差』。那個飛翔能力會消耗非常大量的瑪那喔。不過，畢竟是沒有羽翼還想模仿鳥類，所以也能說是相符的代價……但就連我也為了如何在戰鬥中調整步調而大吃苦頭呢。」

「真是意外。我一直以為您位於空中的期間應該是處於絕對優勢。」

「沒你想的簡單喔！剛學會沒多久的龍騎士光是『一跳』，就疲憊不堪嘍。你聽說過以前莎拉夏與梅莉達小妹單挑時的事情嗎？以結果來說，莎拉夏強硬的攻擊成了勝負的分界點，但那孩子會忍不住急著做個了結的原因就在於此。那時的莎拉夏已經快耗光瑪那了。」

塞爾裘伴隨著銳利的前踏，以九連貫穿攻擊俐落地一掃前方的空間。彷彿被人用鎖鍊綁在一起似的，庫法活用防禦的反作用力，再度將背後靠近。

LESSON VI ～永遠長眠～

「跟要是有那個意思，能夠『通宵』不斷戰鬥的聖騎士正好相反……是嗎？」

「就一點突破的爆發力來說是最強——一般是這麼歌頌我們，但背後也有這樣的內情就是了。對這點非常有自覺的席克薩爾家之人，絕對不會犯下這種過錯。」

「終究是借來的東西，這就是他的極限……！」

豪腕攻擊將一隻手貼在刀身並壓低重心的庫法。

沉重的打擊聲響，讓全身嘎吱作響的重壓——但由於立刻踏出來的腳，被彈回去的反倒是殘暴的野獸。喪失理性的顏面浮現驚愕的氣息。

眼看著瑪那壓力逐漸衰退的敵人一擊，在這時終於低於青年的臂力。不顧前後地連續使用飛翔能力，讓他龐大的瑪那終於開始見底。兩人就是焦急地在等這一瞬間。

不過，以本能察覺這點的敵人也立刻後退，試圖轉為防守。因此庫法與塞爾裘要取勝的機會，只存在於這次的攻防戰中。飄浮在空中的野獸試圖一蹬地面的剎那，塞爾裘以裂帛般的氣勢上前。庫法從半步後追隨上去。

「——喝！」

往上撈起的一擊。敵人的腳尖從地面滑落。但對方像在跳舞似的一邊旋轉一邊將慣性聚集在拳頭上。試圖發動第二擊的塞爾裘，像遭到反擊似的被捉住胸膛，腳邊浮起。敵人的爪子深深刺入，被劃破的內臟發出哀號。

「嘎啊……！」

庫法像接手似的踏向前。野獸的腳至今還在幾公分高的空中，運動能量都灌注到針對塞爾袞的反擊上了。敵人完全毫無防備的剩餘幾秒，庫法將所有蒼藍火焰都集中在黑刀上，發出閃光。一道斬線激烈地命中敵人正中央。

軀幹上有深深挖開的十字傷，刀尖沿著那軌道正確無比地劃過。將野獸的神經隨意割開，原本遺忘的鮮血飛舞四濺。使勁揮落的刀身迸出散落到半空中的多餘火焰。

野獸發出無聲的尖叫。巧合的是由於庫法的全力突刺，在體內產生慣性的流動。當腳尖總算接地的刹那，密度驚人的影子橫掃軍服青年。庫法被豪腕揍飛，同時被他用爪子撕裂，揮灑著布塊與鮮血倒地翻滾。

「……嘎……嘎呼！」

——在旁人看來，是眨眼間的攻防。

儘管從身體前面流著鮮血，但野獸依然健在，鬥志至今仍未消滅。華麗的公爵衣裳染上鮮血的塞爾袞，手掌撐地才勉強能抬起上半身的庫法，各自急促的呼吸空虛地在冥界之園迴盪著。

隔著鏡子的視線從遙遠上空觀望著他們這樣的身影。

LESSON VI ～永遠長眠～

† † †

「……哦呵呵呵！可惡的死之影，別嚇人了！」

一看到結果，蕾西．拉．摩爾立刻將原本屏住的氣息一口氣吐了出來。卸除理性頭箍的人造人（達米安）的殘暴模樣不用說，與他較量到一半的青年的潛能也值得驚嘆。

創造人類的神與製造出人造人的死之女王——這就好像證明了哪方更具備優勢。女王將不知不覺間看彩繪玻璃看到入迷的視線移向旁邊。

「老……老師……！」

「……哥哥。」

因悲傷而垂頭喪氣的四名天使，儘管如此，似乎還是相信心上人會獲勝。對於手掌握緊到都發白的少女，女王滿臉得意地揮鞭。

「看見了嗎？他們即使捨身攻擊，也只能勉強在達米安身上留下一道割傷。我看看，要不要更用力地折磨他呢？妳就儘管從特等座觀賞戀人的亡骸吧。」

「老師還沒有輸！」

金色小鳥淚眼汪汪地鳴叫著。暗色青年在鏡子對面爬起身也是事實。不過仇敵遍體鱗傷的模樣，只是讓死之女王愉悅地扭曲起嘴脣。

「那傢伙還能做什麼？他只能等著被達米安玩弄至死……」

——是我。

感覺照理說不可能聽見的低沉聲音，這麼撼動了女王的耳朵。鏡子對面的青年動了動嘴脣。女王的讀脣術將他口中發出來的意思具體化。

那傢伙剛才的確這麼說了。

——是我贏了。

青年居然俐落地試圖將使勁揮下的刀刃收回刀鞘。簡直像是在說已經砍完獵物，工作結束了一樣——就連鳥籠的少女也驚訝地瞠大淚眼。

然後，美到令人毛骨悚然的刀尖接觸到刀鞘口的瞬間。

人造人**被砍了**。

從右邊腰部到左邊腋下，斬線瞬間竄過，達米安踉蹌了幾步。甚至有種他的驚愕超越空間撼動玻璃的感覺。緊接著肩膀被袈裟斬，向前傾倒時又被垂直向上砍。甚至不被允許倒地。

「什……什麼？」

就連女王也無法立刻理解，不得不向前傾緊盯著看。

並非用矛的年輕龍騎士。暗色的死之影此刻也只是宛如緩慢的舞蹈表演一般，將刀收起來而已。那麼究竟是誰切割著絕對不死的人造人，甚至不給他閃躲的空檔或反擊的餘力，單方面地施加無形的斬擊呢？

——無形。

花了三百年建構的腦細胞，在女王的腦海中亮起直覺。

「我懂了……是**內臟**！」

同樣身陷混亂深淵的少女，從鳥籠猛然轉頭看向女王。

「可惡的死之野獸……最後那一招並非攻擊，而是為了把自己的瑪那！送入達米安體內嗎！無形攻擊的真面目是那傢伙分離的刀刃（瑪那）！讓這件事變成可能的是武士位階的能力！從身體內側切割……無法防禦的斬擊！」

——「奧義殺刀術」。

在刀身剩餘幾公分時，青年的嘴唇更是動了起來。

在刀鐔與刀鞘口高聲重疊的同時，撼動空間的聲音甚至傳入少女的耳中。

——「破界之精髓」！

格外龐大且鮮明強烈的一擊橫掃人造人的靈魂。以此為分界點，庫法送入他身體的瑪那終於煙消霧散，總算中斷的斬擊風暴讓野獸搖晃著身體。

鮮血從全身迸出，達米安前傾倒下。凝聚了三人份肌肉的身體，散布沉重的衝擊聲響，讓花瓣飛舞起來。就彷彿在點綴凋零之際。

同樣在黑與白的花園癱軟坐倒的塞爾裘，讓沒勁的對話在兩人之間往返。

——庫法小弟，那招可不能對人類使用喔？

——我明白要看時間與場合。

在這時差點發出歡呼聲的是被囚禁的少女，彷彿要掩蓋那歡呼聲似的爆發出憤怒的則是女王。她一邊尖叫，一邊用拳頭敲碎彩繪玻璃。

她讓影像四散，一邊沐浴在化為五顏六色的碎片傾盆而降的彩繪玻璃雨中，一邊肩膀起伏。

「可惡……可惡——！我的達米安居然被那樣子的年輕小鬼給……！」

「嘿嘿……終於邁入終幕啦，蕾西！」

緊接著一番宣言像是獲勝而洋洋得意似的降落到背後。

是個活力十足的美女聲音。不知不覺間甚至避開英靈騎士的耳目，悄悄靠近到柯爾多隆旁邊的布拉德，伸出的手掌緊握著什麼。猛然轉過頭的女王，看到在遠處的指尖裡閃亮的紅色，眼珠混濁起來。

「那該不會是——伊莎貝爾的心臟？」

「好啦，復活吧，柯爾多隆！」

布拉德沒有絲毫猶豫，用力一握。他用另一邊手掌按住庫夏娜的胸口，不知為何緊緊蹙起眉頭，生命顆粒從他的指尖掉落。

降落到爐子裡的閃亮沙粒，接著以猛烈的火焰玩弄機械機關的大釜。彷彿從漫長的冬天醒過來一般，宛如野獸般的嘶鳴貫穿挑空的塔。

「我有事要找妳龐大的鍊成式（記憶）……現在正是妳應該面對背叛的時候！」

布拉德拿出來的素材只有一個，是裝在瓶子裡的毒藥。不過女王的行動顯示出那東西隱藏著驚人的效力。她向前猛衝，禮服彷彿被暴風吞沒一般，與此同時，庫夏娜的指尖撬開瓶蓋，將裡面的東西揮灑出來。

「『忘卻之藥』……！將不祥的萊茵的鍊成式歸無吧。用黃昏火焰讓建構起來的一切都崩壞！從灰燼裡撈起來的黃金是屬於你的！」

彷彿美女的歌聲是扳機一般，大釜顯示出激烈的反應。它讓熱水宛如岩漿一般炸開，盛大地噴起的蒸氣擁有龍的模樣，襲擊女王。

LESSON: VI
～永遠長眠～

那具備著火焰的性質。女王立刻保護臉，那便纏上女王的右手掌。火焰吞沒女王戴在食指上的戒指，彷彿那是頂級的美食一般。黃金戒指就這樣套在手指上，在沒有實體的火焰內側逐漸融化——

女王發出絕望的哀號。即使不顧一切地甩動手，火焰龍也沒有消失。被融化的戒指在蛇的胃裡蒸發，化為黃金色幻想的煙霧，最後伴隨著龍的四散被揮灑到空中。女王拚命地蒐集不可能抓住的夢想。

「啊……啊……啊啊…………！」

直到變成末端的一顆為止，與此同時，所有閃光都融化到半空中。

沉默寡言地鞏固在女王周圍的英靈騎士身影，輪廓急速地瓦解了。讓他們保留人類外型的楔子脫落，成為自由靈魂的他們逐漸從地面獲得解放。他們化為發光的煙在半空中解開，在即將失去生前的表情之前，他們安詳地闔上了眼皮。

† † †

與此同時，光明也造訪了在飛行船前面單槍匹馬的菲爾古斯。在他已經揮舞長劍幾十、幾百次，揮砍無為煙霧的手也累積了不少瑣碎疲勞的時候。他甚至無暇擦拭跳到自己臉頰上的血，但仍以冷酷的戰鬥本能在收緊劍時，那件事發生了。

才心想填滿周圍的英靈騎士突然速度慢了下來，只見他們甚至放下握住武器的手，各自將下顎往上抬起。就宛如從上天接受啟示一般，領悟到已經完成自己使命的他們，從末梢讓那暫時的身體瓦解。

煙消霧散只有幾秒，英靈的餘韻被提爾納弗爾瀑布玩弄，眨眼間便被吹散。事情發展至此，原本填滿橋的軍隊全歸於無的色彩，讓菲爾古斯領悟到了。他將至今仍未中斷的緊張感添在長劍上，目不轉睛地瞪著彼方。

「戰局產生變化了嗎……！」

是攻入顛倒城的戰士，或是他的部下達成了這件事。

† † †

在金倫加城的最上層，柯爾多隆之間。英靈騎士一口氣消失後沒多久——

「總算輪我上場。」

瞬間跳起來的是蘿賽蒂。毫髮無傷的她在前翻的同時收緊右手，投擲圓月輪。一抹閃光不偏不倚地砍斷從天花板吊下來的鎖鍊。鳥籠毫無前兆地掉落，衝撞了一段短暫的距離。天使發出微弱的哀號。

刺耳的金屬聲響穿過鳥籠，那陣衝擊讓牢籠的門也脫落了。連忙逃離出來的梅莉達等四人，在藏身之前先以寶箱為目標。她們拖著封住愛麗絲與莎拉夏「心臟」的神奇金庫離開，撤退，後退——躲到陰影處。

這時她們才探頭窺視情況，但女王絲毫沒有要追過來的意思。

除了少女緊張的呼吸以外，周圍十分安靜——狀況在眨眼間就產生劇烈變化。那麼強烈地壓迫著周圍的英靈騎士一個不剩地煙消霧散，操縱庫夏娜身體的布拉德以堅定的眼神面對著女王。果然不可能敗北的蘿賽蒂，以萬全的備戰態勢架起圓月輪。

黃金從指尖失去的女王，茫然自失地仰望著上方。布拉德依然按著胸口，急促地喘息一陣子後，呼喚妹妹。

「……無論是泥偶魔像或英靈騎士，還是人造人！妳的部下已經一個也不剩了！」

就宛如真正的庫夏娜一般，布拉德以銳利的眼光向前踏出一步。

「萊茵的戒指失去了……伊莎貝爾的心臟也已經沒了！放棄吧，蕾西！」

那聽起來也有些像是願望。美女的吶喊彈回到頭頂上擁擠的眾多墓碑，甚至奔馳到塔深處的各個角落，然後離去。

甚至連殘響都沒有掠過他最想傳遞到的女性心裡。

「就算失去又怎麼樣……」

蕾西發出彷彿熬乾了絕望一般的深邃陰沉聲音並抬起頭，讓窺探著情況的眾千金顫抖起來。她因憤怒讓剛才快消失的熱情燃燒起來，粗暴地翻找著懷裡。

她伸出的右手握著非人的紫色結晶——是「心臟」。

「你以為這樣就占上風了……？我還有哈庫諾瓦！」

她用尖銳的爪子抓著心臟，於是傳來讓整座城堡搖晃的大尖叫。低頻的振動與掉落的小石頭，讓人在腦海中想像到大海龍的痛苦。女王毫不在乎一切，將「心臟」收起來。

「就算失去心臟……就算沒有什麼心臟！我也會把伊莎貝爾的靈魂呼喚回來給你看！就算要把整個弗蘭德爾的生命都當成活祭品獻上也一樣！」

「妳果然不會罷休嗎……！」

布拉德像是早有覺悟一般擺出戰鬥態勢，蘿賽蒂也更加強了警戒。連武器都沒有的梅莉達等四人有介入的餘地嗎？對於明顯缺乏人手的反叛軍，暴政的女王浮現出嘲弄的笑容。最糟糕的障礙就是她本身——

高舉革命旗幟的救世主，慢了些地踏進大廳。

「看來是趕上晚餐了啊……」

「母親大人！」

繆爾發出摻雜著驚訝的歡呼聲。看到色彩豐富地探頭的四千金身影，亞美蒂雅女公爵看來像是稍微鬆了口氣。不過，她似乎也理解到目前的狀況無法預測。源頭就是在中央瞪著全方位的奢華禮服身影。

亞美蒂雅拿著連人造人都是從正面揮砍的大劍，以緩慢的步法前進。

「果然祖先的爛攤子還是得由妾身來雪恥……『一代侯爵』。」

「是……是的！」

「感覺會是一場有點費力的苦戰，來幫忙吧。」

蘿賽蒂緊張地吞了吞口水回應，她移動到與女公爵相對的位置上。彷彿想說一切都是小事似的，死之女王任憑她們行動。

「妳打算殺了我嗎……？不過是個區區幾十歲的小丫頭！」

「妳活得太久了。」

女公爵回以簡短的話語刀刃，面不改色。

對於在旁觀看這場戰鬥的梅莉達等人而言，這跟透過彩繪玻璃目睹的神速劍舞正好是相反的極端。與靠速度和下工夫來發揮威力的青年相反，魔騎士的本領在於專注一擊，正面破碎——每一刀都伴隨著高聲的雷鳴烙印在視野中。

先發制人的是亞美蒂雅，女王則是認為微不足道似的應戰。猛然高舉後揮落的大斷擊，被一步也沒退後地抬起的手掌擋住了。令人驚訝的是女王是空手。纏繞在她身上的凍氣氣息，梅莉達也有印象。

「咒力……！看來妳完全走偏了啊，祖先大人！」

「我只是吃掉了而已。吸收力量……！這正是魔騎士的真髓吧？」

女王抓了抓厚重的大劍。於是亞美蒂雅從大劍被削落的瑪那，滑過女王肩膀傳播到右手，收束到她握緊的拳頭上。

在迸出彷彿噴火般壓力的同時，女王抬起反手拳。原本打算從背後襲擊她的蘿賽蒂，被看也不看這邊的攻擊線打向上方，彈了回去。

「呀嗚……！」

女王用誇大的動作拉回使勁揮出的反手拳。她甚至能從最下段以勾拳在心窩挖洞吧。但女王刻意打向大劍刀身，伴隨著打鼓般的重低音將敵人揍飛到後方。女公爵勉強踉蹌了幾步站穩。

彷彿會在世界末日敲響的鐘聲，穿過挑空的天花板。

「妳愛著妳女兒嗎……？」

死之女王左手寄宿著青色凍氣（咒力），右手寄宿著紅色火焰（瑪那），冷酷地在半空中滑行。甚至不會看向這邊的視線，指示著從毫無意義的陰影處在旁觀看戰局的眾千金。

LESSON: VI
～永遠長眠～

女王的嘴唇醜陋地吊起。

「就讓妳女兒取出妳的心臟，當成柯爾多隆的糧食吧。」

「妾身可不能退讓……！」

女公爵伴隨著決心重新握住劍柄，猛然一蹬地板。她使出最擅長的將大劍高舉到頭頂上，然後宛如弓箭般揮落的突刺。被甩開的氣勢加上大劍本身重量的回砍。女王輕而易舉地不斷擋掉每一擊都會加強威力的那攻勢。光是指尖的嬉戲就能從菲爾古斯手上彈掉劍的那股壓力。纏繞著靈氣的手掌甚至沒受到任何一點皮肉之傷。

一看情勢不利，蘿賽蒂也勉強跑來支援。但難以說是有效。儘管她從舞巫女位階最能發揮優勢的中距離接連射出圓月輪，但一直背對著她的女王彷彿在說不值得警戒一般。實際上以高速旋轉的圓刃儘管橫掃過禮服的背後——但不知是怎樣的機關，只有衣服的邊角飛舞起來，女王絲毫不放在心上。

「可惡……！」

意氣用事的蘿賽蒂在接住拉回來的圓月輪同時飛奔而出。她從手掌注入加倍的瑪那，用散發出宛如爆炸般壓力的刀刃，直接橫掃。左右共三閃。在流暢的第四閃命中前，女王的右手抬了起來。

「很礙事喔。」

光靠像在威嚇一般揮動的指尖，兩個圓月輪就被彈飛了。蘿賽蒂本身也大幅度往後仰，暴露出致命的破綻，但女王根本看也不看她。

緋紅色的頭部更是氣得漲紅了臉。蘿賽蒂甚至不等拉回武器的幾秒，便隻身飛撲上去。站穩之後使勁踢出，兼具捨身衝撞的肘擊。從還在訓練中的女學生來看，也是無謀到極點的那個突擊——卻產生出乎意料的結果。

才心想肘擊令人驚訝地深陷女王的側腹，接著便聽見「啪嘰」的破滅般骨折聲。只有梅莉達注意到蘿賽蒂在那個瞬間，從左眼飄出了一條蒼藍火焰。

「嘎……！」

連死之女王也無法忽視，她不顧形象地使勁揮落左右的拳頭。描繪出螺旋的龍捲讓女公爵被彈到後方。然後是蘿賽蒂。

蘿賽蒂本身是對自己的戰果感到最驚嘆的人。

「咦？奇怪……？我剛才好像有一瞬間冒出很驚人的力量……？」

「怎麼，妳自己沒注意到嗎？」

聰明的女公爵似乎要更清楚地認識到狀況。她毫不鬆懈地一邊架著大劍，一邊解說：

「我不曉得妳進行了怎樣的鍛鍊方式，但現在的妳潛在能力超乎尋常。搞不好還高於妾身和菲爾古斯呢——剛才的思念壓力幾乎是非人的領域嘍。」

「咦……什麼～～！我心裡完全沒底啊！」

「……雖然看來完全無法控制啊。」

只有庫法能夠說明，那是因為在鄉哥爾塔的激戰，導致蘿賽蒂身為眷屬的力量變得容易掙脫枷鎖吧——不，還有另一個人。死之女王本能地顯露出警戒。比起被折斷的骨頭，對立者的威脅更勝一籌。

「怎麼可能……為何其他人會跟『那傢伙』纏繞相同的死之影？不可能……！」

「呵呵……看來祖先大人似乎不喜歡妳的力量啊。」

首次湧現的優越感讓亞美蒂雅鼓起胸膛，擺出向前踏的姿勢。她也不忘指示位於對角線上的蘿賽蒂。因為她體認到那可以成為對宿敵的牽制。

「就算無法自在地發揮剛才的力量也無妨。女王已經無法小看妳了！剛才是運氣好……畢竟就算從背後被砍掉頭也不奇怪啊！」

「咕……！」

女王懊惱地咬緊牙關，但還是不得不抬起左右手警戒前後方。將圓月輪拉回雙手手掌的蘿賽蒂，以銳利的眼神判斷突擊的時機。亞美蒂雅抱持著反倒該由這邊幫忙支援的打算，配合蘿賽蒂的呼吸。

「還差一招……」

是否有人注意到這悄悄低喃的聲音呢？

最先動起來的是女王。她雙手指尖像是痙攣似的跳起，才有宛如強風的壓力吹來，接著便是炎流與冰柱竄過地面。蘿賽蒂閃過冰矛，亞美蒂雅鑽過火舌。一看到左右兩邊的敵人開始閃避，女王便一蹬半空中。她高舉的爪子尖端對準紅髮美少女——她計劃要按照威脅的順序各個擊破。

蘿賽蒂用工匠的技術將像在玩花繩般伸出的手掌攪拌起來。一邊滑行一邊填滿前方的兩把圓月輪，留下幻影般的軌跡，分裂成好幾個。即席的瑪那防護牆——女王閃耀著紅蓮光芒的雙拳宛如玻璃一般粉碎。

在這幾秒間，亞美蒂雅追趕上女王的背後。

「這次換疏忽這邊的對應嘍！」

女公爵收緊手臂，在女王轉過來的同時抬起單手。女王打從心底感到煩躁似的眼神，隨後又因再三的驚嘆而動搖。

亞美蒂雅在用右手收緊大劍的同時，一邊讓寬幅的刀身混入，一邊將左手繞到腰上。先被高舉起來的是左手。從手中放出來的「凶器」描繪著圓弧，填滿女王的視野。混濁的動態視力捕捉到的東西，是顏色深邃的玻璃瓶。從細小的瓶口揮灑出來的是

琥珀色液體——嗆人的酒氣讓女王的五感瞬間變得遲鈍。

「這可是我珍藏已久的一瓶，仔細品嚐吧！」

女公爵橫掃的指尖散發出瑪那火焰。那點燃飛濺在半空中的酒，以讓人驚醒般的氣勢回溯。火焰蛇描繪出突然的螺旋，突襲女王的顏面。

反射性地將上半身向後，是她僅存的身為人類的本能。女王不禁咂嘴，「一代侯爵」的腳從背後踹飛女王的腰。毫無防備地往後仰的女王勉強將視線下移，看見了後代子孫突破火焰突擊過來的英姿。

「——哦哦！」

伴隨著裂帛般的氣勢，踏向零距離。沉重的震動穿過四方，從雙手手掌被推出去的刀尖甚至穿破目標的背。大劍一邊撕裂奢華的禮服，一邊宛如墓碑似的向前刺——亞美蒂雅仔細地扭轉厚重的刀刃。

傷口確實深達左胸的要害。亞美蒂雅蘊含著贖罪之意，顫抖著貼在祖先懷裡的嘴脣。當成供品獻上的高級酒也算是一點餞別禮。

「夢該結束了，女王。在英靈之座沉睡吧……」

「——妳認為會結束嗎？」

「什麼！」

LESSON VI ～永遠長眠～

宛如虎鉗的指尖捏碎女公爵深深刺入的手腕。亞美蒂雅的手一放開大劍握柄，女王便將她宛如紙屑一般丟棄。亞美蒂雅彷彿砲彈一般吹飛，眨眼間衝撞上牆壁，四肢骨頭嘎吱作響，「嘎呼……！」地喘著氣。

死之女王接著攪拌手指，於是急速成長的荊棘從牆壁冒出，將女公爵綑綁起來。亞美蒂雅還無暇從讓人頭昏眼花的衝擊中重新站起來，便被釘在十字架上。

「母親大人……！」

繆爾不禁摀住嘴角，蘿賽蒂立刻一蹬地板。女王宛如亡靈一般滑動，躲開從死角襲擊過來的「一代侯爵」。她流暢地抓住後頸，順從衝動丟了出去。遠遠吹飛的美少女也摔向牆壁，被等候已久的荊棘嘴巴纏住四肢。

「蘿賽老師！」

對於發出哀號的學生，蘿賽蒂也只能用激烈咳嗽回應。以不自由的姿勢被綁起來的亞美蒂雅也是，無論灌注多少瑪那壓力，都無法掙脫束縛。女王從容不迫地拉出還刺在胸口上的大劍。

被扔到地板上的刀刃，鐺啷鐺啷地發出無為的聲響。這光景讓所有人懷疑起自己的眼睛。

「怎麼可能……我應該確實擊潰她的心臟了！為何她還活著？」

「為何還活著……？妳居然對跨越三百年時光的我說這種話？」

女王擦拭附著在嘴唇上的血。就彷彿用餐後拿餐巾紙擦嘴一般。

「妳以為我是誰？妳以為我堂堂一個女王！會對自己的『死』沒有準備任何對策嗎！噫嘻嘻嘻嘻嘻嘻……！」

女公爵倒抽一口氣，四千金則是完全無法理解。蘿賽蒂至今仍處於劇痛與昏迷當中，唯一挺身而出的是庫夏娜——不，應該說是女王的親屬布拉德。

「蕾西，妳該不會……！」

「你注意到了嗎？」

「妳就連自己的心臟！也拿出來了嗎！妳藏到哪裡去了……？」

女王擺出有些像格鬥術的架勢。向前伸出的左右手刀上，分別纏繞著青色與紅色靈氣。與她相對的已經只剩她瞧不起的「失敗品」一人。

「是這世上最令人放心的地方。」

戰局一口氣偏向不利的局面，梅莉達等公爵家千金也不能只甘於觀戰的立場。話雖如此，橫衝直撞地跳出去也沒有意義。退到陰影處的梅莉達等人，首先懷疑起拉到旁邊來的寶箱。黃金之鎖緊緊地關閉著蓋子。

「在這裡面？」

愛麗絲舉出當然的可能性，但金庫原本的主人布拉德並不知情。而且心臟同樣被囚禁的莎拉夏可以明白，自己的心臟被隔離在陌生場所這種狀況，實在難以說是「最令人放心」。

「如果是我們，會藏在哪裡？」

繆爾提供新的視點，這個觀點讓梅莉達獲得了靈感。

與「他」的對話就宛如不會褪色的底片一般，寶貝地收藏在少女的寶箱裡。其中一卷底片鮮明地捲起，讓幾個月前的光景在腦海中復甦。只有彼此體溫是明確的洞窟當中，彷彿冰之國王子的低沉聲音——

『小姐，能請妳保管我的生命嗎？』

『老師。我的生命無論何時都與你同在。』

自身清澈的聲音擊中脊背，梅莉達反射性地摸索派對禮服的口袋。她拿出鏡子，朝位於鏡子對面的心上人吶喊內心的想法。

「老師，摧毀人造人的心臟！死之女王的『生命』就在那裡！」

† † †

對於主人突然傳入耳裡的聲音，庫法片刻也沒有懷疑過。就在他正要邁出步伐，決定在探聽之前先實踐看看後沒多久，猛烈肆虐的暴風阻擋他的去路。

地面盛大地搖晃，飛舞起來的花瓣遮蓋住視野。在對面降臨的是蛋白石鱗片閃亮發光的海龍。就連王爵也不禁表情嚴肅起來。

「哈庫諾瓦！」

牠像在威嚇似的踏出前腳，發出宛如爆炸聲的咆哮。趁庫法與塞爾袞忍不住護著臉的空檔，大海龍俐落的爪子將滾落在地面上的亡骸拉近自己。在花園留下拖行的血跡。宛如牢籠一般被囚禁的人造人身體——

「那傢伙接收到女王的命令嗎……咕！」

狂暴的羽翼拍打大地，打斷塞爾袞的話尾。極細的鋼絲立刻纏上那宛如暴風一般浮起的後腳。庫法自覺到正要挑戰無謀的拔河，他一邊維持著左邊袖口的鋼絲，同時用右手翻找懷裡。

他一邊拿出來並拋出去的，是詐欺師（布拉德）塞給他的黑色石材。光靠一人份無法讓男性飄浮起來的那個，若是加倍的力量會怎樣呢？那東西俐落地納入塞爾袞手中。

「席克薩爾公，哈庫諾瓦由我來想辦法。您先回到城堡，幫忙拖延女王！」

「你一個人單挑哈庫諾瓦？太亂來了！」

「上方正缺乏戰力。莎拉夏小姐她們很危險，請趕快！」

「……！」

塞爾袞有剎那間露出猶豫的神情，但他判斷現在也沒有餘力去議論這些，一蹬地面。龍騎士特有的飛翔力甩開重力，接著放在懷裡的兩顆黑石開始讓上升速度加倍。他的身影眨眼間便被吸入上空的顛倒城，與其同化，確信從那邊也無法得知地底的情況後，庫法重新走向大海龍。

對於束縛住後腳的渺小鋼線，哈庫諾瓦毫不在乎地試圖甩開，但無法如願。那巨體更奮力地想往上飛時，虎鉗一把將牠拉了回來。

「放下你手上的行李。」

從下方響起的陰沉宣告，讓大海龍的本能振奮起來。讓髮色變化成白色，散發出無法相比的壓力的惡魔身影就在那裡。

一步也不退讓的海龍朝這邊發出咆哮，吸血鬼化的庫法從懷裡拿出鏡子，對著鏡子只告知一句話，便收回原本的地方。

「請給我一點時間。」

庫法絞盡所有肌力將鋼絲往下拉，於是一口氣失去平衡的巨體被摔向地面。庫法立刻飛奔而出，將加上速度的拳頭毆向大海龍的肚子。那一拳彷彿要敲碎鱗片一般深陷進去，在發出苦悶嘶吼的同時，大海龍的四肢痙攣起來。

軍服下襬翻動起來，走向從爪子縫隙間掉落出來的亡骸。庫法用側翻之後的後空翻飛舞到半空中，威力加倍的腳跟即將踢落之前，一條尾巴從旁側擊。

被幾十倍的體格吹飛的庫法在花園彈跳，氣勢絲毫沒有衰退地衝撞上懸崖。大海溝的瀑布掀起了短暫的波紋。

流暢地重新保住人造人的哈庫諾瓦，並沒有逃到半空中。立刻宛如弓箭跳回來的暗色影子，留下分裂般的殘像，同時在花園內四處奔馳。朝側頭部突襲。伴隨著巨頭被踹飛，響起類似鐘聲的打擊聲響，但立刻展開的羽翼將敵人打向上空──一步也不退讓。

「之前是蜘蛛，接著是蜥蜴嗎？」

庫法使勁揮下四肢，讓軍服隨風搖曳並踩了煞車，他在空中咧嘴一笑。

眼底下是在地上爬行的龍，這邊則是端坐於天上的野獸。在完全相反的立場交錯的視線。

「我來調教你。」

LESSON VI ～永遠長眠～

庫法一蹬空氣牆壁，大海龍踩碎花園——

† † †

除了壯烈的衝撞聲之外，心上人的聲音突然中斷，將手拿鏡放回原位的梅莉達只能這麼呼喊。她從陰影處探出頭，用有些畏縮的聲音開口說道：

「請……請給我一點時間～～！」

與女王相對的美女眉頭蹙到不能再緊，有些自暴自棄似的右手扠腰。

「妳說時間？」

彎刀伴隨著粗魯的動作被拔出鞘。

「麻煩動作快點啊！」

從自在地滑行於半空中的女王眼裡來看，那身影想必十分滑稽吧。龍騎士女傑的外表只是借來的東西，女王幻視到重疊在內側，過往的雙胞胎哥哥的身影。

「你打算跟我戰鬥嗎？身為『失敗品』的你？哈哈哈！你曾經打中我一刀過嗎？我來指導你練習吧——站好！」

手臂被誇張的動作橫掃甩開，女王的指尖掠過彎刀。腕力敗給大鬧的刀刃，向前傾倒時被來回的手背痛打。右邊臉頰感受到一陣慘痛的衝擊。

「這樣就畏縮啦，怎麼，布拉德！劍是要這樣拿的，架勢要這樣擺！」

女王讓布拉德難看地被吊起手，用拳頭挖著他空出來的心窩。類似鞭子的瞬間劇痛讓上半身癱軟，女王的手掌來回打著只能嘔吐的兩頰。

「回三百年前重新練過吧！」

格外強烈的一記攻擊，讓上半身要扭歪似的反轉。布拉德露出庫夏娜看到鏡子大概會昏倒的辛酸表情，叫苦連天。

「……還真是嚴厲啊！」

話雖如此，但在他勉強撐住幾秒後，宛如彗星般的影子飛來了。從變成粉末的彩繪玻璃遺跡伴隨著風飛舞進來的龍騎士，順勢跳向女王。他一邊以俐落的矛法牽制女王，一邊拉著布拉德的手到攻擊距離外，暫時迴避。

塞爾袞．席克薩爾表現出少見的憤怒神情。

「喂，別傷到庫夏娜的身體！」

「那你要好好保護我喔，達令！」

垂直的手刀劈開像跳舞一樣將身體推開的男女。女王除了「心臟」還健在這點以外，那模樣可以說是遍體鱗傷。也沒有關懷被庫法、亞美蒂雅、蘿賽蒂接連重創的傷勢。

LESSON VI ～永遠長眠～

彷彿就連感覺疼痛的心，也丟棄在時光的彼方了──

「只差一點了……都走到這裡了，我怎能放棄……！」

「……蕾西。」

肉體的極限讓她的喉嚨「呼……」地發出喘息。布拉德靜靜地呼喚她的名字。

「妳的夢想已經腐敗了。」

「……！」

女王的憤怒在身體深處爆發。對於以肥大化的影子飛撲過來的雙胞胎妹妹，布拉德閃也不閃。被抓住後頸到推倒為止，只消一瞬間。

虛偽的白皙再度扭曲。彷彿野獸般的尖叫，看起來也有些像在哭泣。

「你懂什麼！根本沒有聽到那孩子最後聲音的你──」

「咕……放開我，蠢貨！」

女王瞬間表露出許久沒有感受過的感情。她被攻其不備。

被推倒的美女表情因苦悶而扭曲。但儘管如此，還是以絕不屈服的眼神瞪著女王看。倘若是輕薄的兄長，絕對不會表現出這種驕傲。

聽慣的討厭聲音在女王背後說出答案。

『哎呀，所謂的亡靈，在這種時候很方便呢。』

布拉德用令人火大的悠哉態度大言不慚地說道，並非用借來的容貌，而是以生前的模樣躺在半空中。靈體的手指把玩著跟他不相配的黃金鑰匙。

女王反射性地用空著的那隻手翻找懷裡。翻找被撕裂得七零八落的空虛禮服。

「你這傢伙，把金庫的鑰匙……還給我！」

『這可是我的鑰匙喔？要怎麼處置是我的自由。』

布拉德瞬間高舉起來，然後丟了出去。閃亮的顆粒描繪出拋物線。

『接住啊，小姑娘！』

大暴投的鑰匙穿過梅莉達的手和繆爾伸出來的手指，勉強被莎拉夏接住。焦急的指尖將鑰匙扭入鎖頭，接著卡鏘一聲，發出讓人等到不耐煩的音色。

蓋子一跳開，梅莉達與繆爾立刻各將一隻手伸入無限的黑暗當中。

「愛麗的心臟！」、「莎拉的心臟！」

宛如受到引力帶領一般，被吸上來的感觸收納在手掌裡。同時拔出來的兩隻手上，有會看錯成寶石般的鮮紅。

梅莉達與繆爾立刻轉身要前往另外兩人身旁，但莎拉夏在她們面前伸手阻擋。

「等……等一下！女王曾經說過，要處置心臟，必須是『深愛的人』才行……！」

繆爾與梅莉達互相對望，然後立刻恢復成滿面笑容。

LESSON VI
～永遠長眠～

「我愛著莎拉喔？」

「我也愛妳喔，愛麗！」

這次換莎拉夏與愛麗絲互相對望，並回以同樣的光輝。

「「我們也是！」」

兩人握著「心臟」的手插入各自的摯友體內。心上人得知的話，大概會自責吧——但就算隔著衣服也完全沒有問題的樣子，而且被吸入禮服胸口的手掌獲得一種清澈水面的感觸，流暢地被拉回來。

愛麗絲與莎拉夏感覺到的只有心臟回歸到應在之處的瞬間，讓四肢亢奮起來的高昂心跳。她們鬆開五指自然擺動，然後一口氣握住。

聖騎士與龍騎士的瑪那在時間停滯的塔捲起新鮮的風。兩個生命的脈動復活了。布拉德緊接著出聲說道：

『把柯爾多隆搶回來！這麼一來，蕾西的陰謀也沒戲唱了！』

立刻動起來的不是眾千金，也並非塞爾袞，而是女王。她從指尖彈出壓力，消滅爐子的火焰，並將手來回橫掃，吹飛眾千金。光是風壓就被摔向牆壁的梅莉達等人，儘管使出所有瑪那對抗，仍倒落在地板上。

塔再次被封閉在冥界的黑暗裡，布拉德不禁咂嘴。

『蕾西那傢伙，又把爐停止了……！』

「不會再讓你亂動了！」

女王伸出手臂，無形的手掌肥大化成好幾倍，將布拉德吞沒。他被壓在牆壁上，三百年的怨念將他勒緊到極限。

『咕嘎嘎……！』就連這彷彿青蛙的哀號，都觸怒了傲慢女王的神經。

「不過是個靈魂殘渣……竟然膽敢妨礙我！」

只要以絕對妖力為傲的女王健在，騎士的小小反攻就不可能有任何成果。反叛軍的戰力在此全線瓦解。亞美蒂雅與蘿賽蒂被釘在十字架上，小丑布拉德也一樣。靈魂被過度使用的庫夏娜早已經昏迷過去，還正常地保有戰意的只剩塞爾裘一人。梅莉達、愛麗絲、繆爾與莎拉夏因為層次相差太多的壓力，只能使出所有瑪那勉強站穩而已。

——在上空飛舞的渺小顆粒，幾乎沒有被任何人注意到。被吹飛時脫離莎拉夏的手邊，發出叩咚的聲響，滾落到大廳外圍的那東西的價值，只讓亞美蒂雅猛然抬起頭。

「怎麼可能……為何那東西現在會在這裡……！」

少女面向像是找到一絲光明的顫抖聲音。女公爵大聲說道：

「去拿那打火石！裡面有賢者之石……妾身母親的『心臟』！」

即使會引起女王注意，也忍不住要告知她們。大廳裡所有人的眼神都變了，轉向角

LESSON VI ～永遠長眠～

落的一點。看向平凡無奇的平坦罐子。

彷彿對被束縛的全身感到懊悔似的，女公爵拚命掙扎。

「姑娘們，將大釜點火吧！如果是繼承三大公爵家血統的妳們，一定辦得到！」

「……！」

四千金面面相覷，抿緊嘴唇，高舉反叛旗幟的是梅莉達。

「大家把血添加到柯爾多隆裡！我去拿『賢者之石』過來！」

她話一說完，立刻轉身行動。其他三人也反射性地朝反方向飛奔而出。死之女王剎那間猶豫著該阻擋哪邊，然後將視線移到孤立的黃金身上。

「柯爾多隆是我的東西！」

女王讓已經宛如亡靈一般腐朽破爛的禮服隨風搖曳，猛追在後。擋路的障礙只有龍騎士青年一人而已。以風一般的速度插到女王面前的他，將矛尖不偏不倚地瞄準空虛的左胸。就算要踹飛小石頭，女王也不得不先停下腳步。

「分清楚該撤退的時候吧，女王。身為弗蘭德爾之王，不能在此退讓。」

宛如雷電般的手掌抓住塞爾裘的領口。沒有一絲猶豫地將他拉近。

「你是王？不過是個被詛咒的人，還真敢說呢……！」

「……！」

「你才應該讓眾人知道你醜陋的本性。對人們的變貌感到絕望，讓靈魂毀滅吧！」

塞爾裘就宛如玩具一般被摔向地板。蘊含著驚人憎恨的指尖將地板深深挖了個洞，讓塞爾裘用後腦杓敲碎石頭的同時，女王使勁一揮。美青年被女王以至今不曾有過的雜亂態度丟棄，無暇採取護身倒法便衝撞上牆壁。掀起壯烈的沙塵。

「哥哥……！」

莎拉夏彷彿在暴風雨中迷失燈塔一般，摀住嘴邊。被荊棘刺入肌膚的女公爵也不禁啞嘴。至此，能夠將軍女王的棋子全部用光了。

那麼是我方會先被將軍嗎？答案是否定的——

無慈悲的眼神從容不迫地轉向緩慢往前衝的黃金步兵(Pawn)。對於逼近到距離打火石罐子只剩幾公尺的那個背影，女王只用一招就追趕上去。她只是隨意一揮手，就將敵人的辛苦化為烏有。

從女王指尖射出的冰風在梅莉達的去路肆虐。總算伸出去的手被空虛地甩開，像是瞄準好似的被撈起的罐子，又變得更遠。

簡直就像永遠碰觸不到的海市蜃樓——

「呼……呼……我也知道妳的事情喔……！」

驅使女王行動的深不見底的怨念，似乎也逐漸靠近極限的深淵。她激動地起伏著肩

LESSON VI ～永遠長眠～

膀，飄浮在雙手指尖的凍氣與火焰愈來愈微弱，然後熄滅。儘管如此，禮服身影仍在半空中像爬行似的滑動，彷彿在說要撕破低等階級的喉嚨，只要有這雙爪子就足夠了。

梅莉達就那樣被風壓推開，好不容易才抬起上半身。究竟有誰能夠責備看到從遙遠高處降落的影子，表情便僵住的少女？友人從各自的嘴脣發出哀號。「莉塔……」、「梅莉達！」、「梅莉達同學！」

企圖摘除希望之苗的女王沒有一絲憐憫。

「我也討厭那個聖騎士小鬼……他不打算珍惜活著的女兒。」

「……」

「但我也明白他的理由。妳——雖然自稱騎士公爵家，卻接受了那個野獸的血吧。妳冒瀆了安傑爾之名！是個不祥之子啊……嘻嘻嘻！」

女王是想在用餐之前，灑一些香料在兔子身上嗎？女王的聲音化為絕望的顆粒，降落在尚且年幼的少女身上。儘管高貴的紅寶石邊角滲出淚水，女王也毫不留情。

「可憐的姑娘……沒有任何人希望妳活著。沒發現到死之影把自己的那個重疊在妳身上——妳要到母親的身邊去嗎？還是本女王來抱緊妳呢？在幻想之中闔上眼皮吧……我會咬碎妳白皙的喉嚨，讓妳陷入長眠。」

「——我——」

反叛的意志透過因淚光而溼潤的眼神與顫抖的聲音，確實地刺進女王的胸口。

「我對自己秉持安傑爾之名誕生一事，還有身為老師的學生一事，都感到驕傲！」

女王像是很清楚她會這麼回答，白皙的容貌垮了下來。調味以失敗告終。

「……所以我才討厭妳。與死之影一同前行，儘管身為忌子，卻在內心抱持著安傑爾的驕傲，絕對不會染上絕望的那眼神，最是讓我感到煩躁！妳甚至連擺上女王的餐桌都不夠格！」

——在這邊斷氣吧！

以行動表示的那番宣告，傳入了每個人耳中吧。女王高舉手臂，用比凶器更銳利的爪子襲擊梅莉達。無法動彈的大人與無力反抗的少女的哀號交錯。對於急速逼近眼前的死亡，梅莉達只能緊緊闔上眼皮——

但原本預測的結局卻脫離了軌道。

一個毫無前兆的剪影阻擋在猛衝的女王面前。並非在場的任何人。並非想像中的救世主——豈止如此，甚至不是一個活人。張開雙手只是庇護著梅莉達的那身影，就連性別和年齡都無法確定，只是個光之結晶體。

究竟是誰的願望化為形體的存在呢——

彷彿一吹就會散掉的那幻影，嚴肅地阻擋了女王這點也是事實。

LESSON VI ~永遠長眠~

「住手……住手……！我敵不過**那個**啊……從那裡讓開……！」

彷彿沉澱的眼眸被灼燒一般，女王保護著臉往後退，只有亞美蒂雅理解了女王的糾葛。女王無法用蠻力推開那個亡靈。因為那亡靈挺身包庇梅莉達的理由，正是讓女王忍耐了三百年考驗的原動力。要是否定這點，就等於是從根本顛覆女王本身的人生。

三百年這個無可挽回的重量，在這時替女王套上了枷鎖。

「母……親……——」

梅莉達正想伸出手，但在伸手前猛然緊緊握住。她反射性地站起身，走向僅僅一顆的希望——滾落在大廳角落的打火石。

儘管知道被人拿起那個就等於破滅，女王仍無法動彈。激烈的糾葛侵蝕她的內心，老朽的肉體冒出龜裂。女王甚至讓一直維持的美貌宛如沙粒一般剝落，猛抓自己的肌膚。她用爪子剔除迷惘與困惑。

「夠了……讓開，讓開……讓開啊——！」

最終女王選擇割捨自己的驕傲。被野獸般的手甩開的光塊，比煙霧更輕易地讓剪影瓦解，在半空中散開。

就連灼燒眼皮的色彩也像幻影一般消失，流著血淚的女王猛然一蹬半空中。是梅莉達會先撿起希望，還是女王會先撕裂她的背影呢？就在大廳裡的所有人都目不轉睛地盯著這一瞬間時——

砰——沉重且悠然的跳動竄過女王的四肢。

彷彿一直轉動的齒輪裂開一般，女王就那樣伸著手停止了時間。

尋求話語而張開的嘴脣，領悟到一切而顫抖了。

「……啊……——」

† † †

充斥黑與白花朵，非人世會有的庭園。因激戰的痕跡被挖開散落的岩石與泥土，還有大海龍趴倒在當中的清澈巨體。

在只有灑了一點血跡的中央，躺著人造人的亡骸，白髮吸血鬼將一隻手刺在他軀幹中央，甚至穿破到背後的手掌裡握著紅色結晶——

「暗殺完畢。」

庫法毫不留情地將它捏碎。

† † †

LESSON VI ～永遠長眠～

「心臟」在冥界炸裂的同時，女王彷彿斷線似的倒落。隨後撿起罐子的是梅莉達。在柯爾多隆口待命的三人，簡短地互相使了個眼色後，將一隻手伸出。具備價值的水滴從鮮明的一道傷口掉落下來。

「這代價可是很高的喔，老師。」

繆爾若無其事地這麼說道，她一隻手掌裡握著在眾千金的肌膚上刻下朱紅色的黑漆匕首——

安傑爾、席克薩爾、拉・摩爾。各自的驕傲融入熱水混合在一起，為了完成至高的命令等待順風。梅莉達將罐子扔出去，蓋子在途中脫落了。她瞄準揮灑在前方的細小顆粒，一甩收緊的無刀。

「『幻刀一閃……風牙』！」

從手掌燃燒擴展的刀刃，將閃亮的粒子一顆不剩地吞入，一口氣巨大化。刀刃橫掃貫穿機械機關的大釜，讓冰凍的爐回想起太陽的熱度。截至目前為止最熱烈的歡呼聲從爐灶噴射出來，煮沸燃燒地祝福大釜。

忍不住逃離柯爾多隆邊緣的妖精，轉過頭看並確信了。

用前所未有的咆哮回應命令的機械機關，像在證明這點似的發光閃耀。

從歷史幕後照耀著弗蘭德爾的影子太陽，回到這片大地了——

「萬歲……！」

少女的嘴唇感動不已似的這麼低喃，隨後一陣細微的搖晃包圍柯爾多隆之間。從挑空的天花板——也就是從這座顛倒城「位於最上層的最下層樓」，有某種氣息蜂擁而至。粗野卻高貴地迴盪在牆壁石頭上的那個是水聲。

亞美蒂雅理解了狀況，另一種緊迫讓她繃緊妙齡的美貌。

「糟了，各位！海水會湧進這座城堡！」

「什麼！」

「我曾說過吧，柯爾多隆的太陽熱能會帶給海流影響！正因如此，這座城堡平常會充滿某種程度的海水。因為女王熄滅爐火而被疏遠的大海溝瀑布，如今隨時會包圍這座城堡——」

女公爵說到這邊，像是緬懷過去似的將視線放遠。

「啊，被水之窗簾守護的顛倒城，是多麼的美麗……反轉的這座城堡構造也是水路，佇立在小溪當中的墓碑是多麼的風雅……」

「現在可不是說這些的時候，亞美蒂雅大人！」

蘿賽蒂靠蠻力扯掉荊棘拘束。女王的妖術也早已經逐漸被洗掉。她在奔跑的同時從

LESSON: VI
～永遠長眠～

地板上拿起大劍，用被譽為「一代侯爵」的高超劍法砍斷亞美蒂雅身上的荊棘。女公爵將她返還的大劍收入刀鞘，呼喚位於廣場的所有人。

「說得沒錯，要是我們沒回去，就賠了夫人又折兵──各位，趕緊撤退到飛行船上吧！孩子們別迷失彼此的身影。塞爾袞，你的未婚妻就交給你照顧嘍！」

女公爵話一說完，便在前頭指引逃生路。蘿賽蒂跟在她後面，塞爾袞像是不用別人說也明白似的抱起堂姊妹。他柔和地拍了拍至今仍在昏睡的女性臉頰。

「庫夏娜……庫夏娜！妳能自己爬起來嗎？」

「唔……」

一邊呻吟一邊睜開眼皮的她，看見位於超近距離的美青年嘴脣甜美地露出微笑。

「嗨，親愛的妳。睡醒的感覺如何？」

急速地讓意識鮮明起來的庫夏娜所做的事情，總之是先甩眼前的臉頰一巴掌。塞爾袞讓上半身反轉，他的表情碰巧就跟剛才布拉德的辛酸模樣如出一轍。還附帶立刻被推開胸膛。

「感覺糟透了！」

「……哎呀，真過分呢！」

對未婚夫棄之不顧的男裝背影，以及用有些沒出息的腳步追趕她的塞爾袞。最後是被留在大廳的眾千金，她們面面相覷之後，也仿照各自的親人。繆爾回應母親的呼喚聲，莎拉夏則是為了安撫會反抗哥哥的堂姊妹飛奔而出。

然後梅莉達、愛麗絲也跟在最後面，正當她們打算離開塔前時。

——銀色頭髮像是有所牽掛似的停下腳步。

她轉頭看向大廳，照理說待在這裡已經沒有意義。震動此刻也微微地搖晃著視野，湧進城堡的一部分海水化為細長的瀑布，在地板溝槽製造出水流。

不會有任何人回顧的大廳中心，躺著已經被遺忘的亡骸。

「…………」

引領愛麗絲的究竟是怎樣的念頭呢？一度闔上眼皮的她，沒有絲毫猶豫地飛奔而出

——不，是折返回頭。察覺到這件事的只有梅莉達一人，發出聲音的也是她。

「愛麗？」

就宛如是一對羽翼，梅莉達有一瞬間對抗著順風。

愛麗絲回到面目全非的奢華禮服身影身旁。仔細一想，她贈送的眾多禮服就那樣被拋棄在寢室裡。要是有穿給她看就好了——事到如今的後悔揪緊十四歲少女的胸口。

現在能夠回報她的，就只有讓她碰觸手掌而已——

天使堅強的指尖包住被拋在地板上，毫無血色的手。

LESSON VI

～永遠長眠～

就在那個瞬間，即將斷氣的生命抽動了一下，讓眼皮顫抖起來。

「伊莎貝爾…………？妳在……那裡嗎……？」

愛麗絲不用言語，而是在握著她的手指上注入熱度來回應。

那似乎比什麼都舒適。蕾西的嘴唇露出微笑。彷彿經歷三百年時光後，總算到達應該回去的場所一樣。

「這樣可不行呢……竟然……這麼晚才來……」

梅莉達單膝跪在另一邊。她將手重疊在堂姊妹的手上。

女王這時在愈來愈模糊的意識當中看見了什麼呢？在旁人眼中，可以看見天使姊妹在引導精疲力盡的旅人。

然後在愛麗絲眼中，母親的遺容看起來像是感到無比安心。

「啊……歡迎回來……伊莎貝爾…………──」

最後女王吐了一口微弱長長的氣息──

緩緩地替三百年這段漫長無比的旅途劃上休止符。

儘管如此，兩人還是無法離開她身邊，這時先走一步的人們當中，有一個人回到兩人身邊了。是比任何人都更沒負擔的亡靈，比任何人都更接近蕾西的布拉德。

『喂，妳們在幹麼啊！不快點的話，會被丟下──』

然後一目睹到殘留在眼前的光景，他便說不出話來。

看到兩人一直撫慰著亡骸的手，布拉德用空虛的腳踩踏地板。他也像是很長一段時間忘了停下腳步一般，伴隨著大口嘆息坐了下來。

他瞇細的單眼述說著那兩人太耀眼而無法靠近。

『……妳們感情好到簡直像真正的姊妹呢。』

「咦？」

『明明是同一天誕生的兄妹，我們卻直到最後都無法互相理解。』

哥哥的視線投注在妹妹安詳的睡臉上。布拉德將只有在小時候看過的她的模樣重疊上去，闔上了眼皮。像是在緬懷已經連回想都很困難的時光彼方。

『……但妳們就算在水平線的彼方，也會依偎在彼此身旁吧。』

他低聲吐露沒能獲得的寶物碎片。

『——我真羨慕妳們。』

就在這時，有一道影子橫跨從彩繪玻璃照射進來的亮光。

被碎裂的窗戶之一引領著，傳來一個高聲降落的腳步聲。翻動的軍服下襬與微弱吹起的凍氣殘香。猛然轉過頭去的少女，目睹到自己本身的燈火。

「「庫法老師！」」

兩人結束小孩的職務，臉頰染上少女的朱紅。仔細一想，最後一次好好碰面是在飛行船。有誰能夠阻止兩人跳起身來，從左右兩邊抱住青年呢？即使抱住兩名天使的肩膀一人獨占，唯有現在也不會遭到天譴吧。

布拉德瞬間嘲諷似的扭曲了嘴唇。

『喲，帥哥！……怎麼，你能靠自己回來的嘛。』

庫法沒有以玩笑話還擊。躺在激戰的痕跡上，精疲力盡的亡骸身影讓他謹言慎行。

曾經那般凶猛的怨念如今面目全非。

既然如此，自己怎能貶低少女哀悼死亡的眼淚呢？

「你完成遺憾了嗎？」

他這麼問，於是布拉德用清爽的表情回應這問題。

『是啊，這麼一來，蕾西愚蠢的野心也結束了……真是活該啊。』

他輕輕哼笑後，翻找了懷裡。他拿出某個東西，放到蕾西胸口。

那是還微弱呼吸著的紅色結晶。在母親的手中安詳地閃爍。

『這麼一來，總算……能夠大家一起安眠了。』

「咦？那該不會是……！」

不禁顯露出驚訝神情的，是親眼目睹力量回到柯爾多隆之爐瞬間的梅莉達與愛麗絲。甚至欺騙了女王的詐欺師乾脆地揭露機關。

『對，是伊莎貝爾的心臟。那時用掉的心臟是**我的**。』

「這是怎麼一回事……？」

『喂喂，死人怎麼可能隨心所欲地逗留在現世啊。這傢伙是我唯一的手段……以自己的心臟為媒介，將靈魂綁在這世上。』

「用掉了那個，就表示……」

亡靈毫不在乎地肯定庫法沒有全部說出來的話。

『蕾西說的話真的是一針見血。現在的我是「殘渣」。很快就會消失了。』

「這樣真的好嗎？」

『畢竟我是失敗品嘛。只能用這種方法等待這傢伙。』

他從頭到尾都想親口貶低自己的名譽。

既然如此——庫法撈起確實在水底閃耀的那個。

「……你的容貌跟據說是雙胞胎的死之女王，年齡幾乎沒什麼差吧。換言之，這表示在她啟程到夜界的同時期，你也淪落為亡靈了……你不惜捨棄自己的人生，三百年來一直在等待她嗎？」

『我是個沒用的廢物啊。』

微弱地孕育著感情的那聲音，恐怕也包含對自己的無奈吧。

他從沿著地板爬行的荊棘中，緩緩摘了一朵紅色薔薇。在城堡內培育的這些薔薇，似乎是他的作品。『是不是太多了點啊？』有些苦笑的嘴脣這麼低喃。

『因為伊莎貝爾她……說什麼「想要薔薇當土產」。我一直在找最棒的薔薇，結果也沒趕上那傢伙臨終的時候……我真的是無藥可救。』

「…………」

『這樣的我根本沒辦法挽留啟程到夜界的蕾西。我被允許的只有等待那傢伙……但是，那也總算結束了。』

布拉德像是要作夢一般，闔上了眼皮。

『三百年真是漫長…………』

像要滲入內心的低喃，以庫法等人無法想像的重量掀起波紋。

充分品嚐餘韻之後，亡靈男子緩緩地告知。他本身就那樣癱坐在地板上，似乎已經連行動都很困難。時鐘指針停止的瞬間正逐漸靠近。

『幫忙把我的金庫拿來。』

青年環顧周圍，只見蓋子打開的寶箱被放置在一旁。靠青年的肌力輕易地將寶箱搬運過來後，布拉德將寶箱拉近到手邊。

他拿出一份捲起來的羊皮紙並交給青年。

『收下吧。』

「這是?」

『是我花了三百年記錄的……弗蘭德爾近海的海圖。』

庫法立刻攤開羊皮紙，然後驚訝得瞠大了眼。

弗蘭德爾的海岸線不用說，包括外海的潮流、海底的深度——就連專家也無從輕易得知的情報前方，記錄著至今不曾目睹過的大陸形狀。

「這就是『夜界』……!」

他握著羊皮紙的手指不禁用力起來。長壽的羊皮紙被刻下皺紋。

對內行人而言，這是無與倫比的「寶物」。倘若交到藍坎斯洛普手上，大概會成為弗蘭德爾滅亡的契機，反過來託付給合適的騎兵團的話，就能成為進出夜界——也就是歷史上一次也沒能達成過的人類反擊的起點。

『要是太引人注目，就連哈庫都有可能被擊沉。我能掌握的就只有記錄在上面的領域而已……』

「即便這樣，也是充分的戰果了!這實在太棒了……!」

青年甚至忘了演技，感動地顫抖的身影，讓年長許多的亡靈露出微笑。

『你能中意真是太好了。我也是守護弗蘭德爾的騎士喔?唯獨這份驕傲……我想一定不能忘記。』

他似乎漸漸地連發聲都變得困難。他在最後詢問應該問的話語。

『怎麼樣?我雖然是個失敗品,倒也派上用場了吧?』

「布拉德……」

『我可以自豪吧。』

庫法等人不能輕易地回答這問題。

他一路走來的三百年歲月,會給他答案吧。

『……好啦。你們走吧。會趕不上出航喔。』

就如他所說,從天花板飛舞散落的瀑布氣勢愈來愈猛烈。彷彿生命之水流入血管一般,顛倒城加速地劇烈搖晃起來。

生者能逗留的時間已經結束了。庫法等人這次真的轉身,朝連接現世的渡輪前進。手牽手的梅莉達與愛麗絲鑽過門扉,青年在最後轉過頭來。

「永別了,幽靈船長。」

亡靈男子看似滿足地呵呵笑了。

年輕人的腳步聲逐漸遠離。被留在大廳的三人是拋下時間,以不會改變的模樣停滯的靈魂。但說不定總算能被大海溝的瀑布洗滌，回到應有的場所——有什麼捨不得出航的理由嗎？

布拉德伸出左手，握住幻想的舵。他用右手的兩根指頭向輕快的風敬禮。

在闔上的眼皮底下，可以看見最碧藍的海洋光輝——

『繼續……前進……幽靈……船長………嘿嘿……聽起來真棒。』

† † †

永動機高聲嘶鳴。等到不耐煩的騎師回到艦橋，一口氣解放一直在加熱的熱量——天空的鯨魚總算回想起在空中游泳的自由。從獨木橋前端滑行起飛的飛行船，順著從大海溝吹來的順風，一口氣增加高度。

「所有人都沒有遺憾了吧？」

菲爾古斯一個個地確認聚集在甲板上的人們的臉。被一直在船上擔心不已的傭人迎接後，還無暇冷靜下來，便離開了金倫加城。一行人被舒適的疲勞與無力感包圍的表情，也是在所難免的吧。

「光榮負傷者多數……哎呀，真是一趟不得了的旅程啊！」

亞美蒂雅感嘆似的聳了聳肩，以她為首，全身而退的人反倒是少數。掌舵的塞爾袞也只是先施予急救措施，一直被亡靈附身的庫夏娜大概是精神上的疲勞到達極限了吧，目前在房間休息。蘿賽蒂也因經歷長時間激戰而遍體鱗傷……庫法在若無其事的面具底下，也滲出疲憊的神色。

唯一還有精神跑來跑去的，頂多就梅莉達等四千金吧。

「你們看！那座顛倒城……」

「躲到瀑布對面……被藏起來了……！」

妖精在欄杆旁雀躍不已的聲音，讓庫法和眾當家也靠近船邊，與其面對面。能夠逃離可說是千鈞一髮。壯烈的轟隆聲響阻礙視野，無止盡的水流窗簾正準備將忘了上下的顛倒城披上面紗。

亞美蒂雅撫摸女兒的肩膀。就宛如在稱讚騎士的初次上陣一般。

「那當然了。金倫加城是靈魂的搖籃……帷幕會從床舖頂篷落下對吧？只是女王挖掘出來的墳墓正要恢復原狀罷了。」

「這麼一來，大家又能安靜地沉睡了嗎？母親大人。」

天真無邪的女兒仰望著母親，女公爵回以深深的慈愛。

「現在一定在稱讚我們吧。」

LESSON: VI

～永遠長眠～

那麼，自己又如何呢？聽到她們對話的梅莉達感到非常不安。話雖如此，但與父親的距離又太遙遠，無法詢問這種事，感覺最親近的是心上人的體溫。

「布拉德先生和死之女王……還有她女兒的靈魂，是否能毫不迷惘地啟程呢？」

「請放心吧，小姐。提爾納弗爾瀑布會引導他們的。就算水流多少有些粗暴……但不要緊的。畢竟有跨越海洋三百年的船長在一起嘛。」

太好了——儘管梅莉達稍微感到安心，但胸口的薄霧仍無法完全消除。

因為最想聽見的女性聲音，並沒有傳遞到自己這邊——

下次造訪這個地方時，自己會有怎樣的成長？庫法還會一樣待在自己身旁嗎？還有將梅莉達的命運日漸導向大浪，圍繞著血統與名號的咒縛，是否能有個了結呢——……

梅莉達想至少找個目標，瞬間有道光芒反射在她的眼眸上。

在慢慢增強氣勢的紗幕另一頭。色彩已經幾乎模糊的顛倒城露臺上，感覺可以看見人影——一定是看錯了，只是梅莉達擅自將記憶中的身影重疊在偶然位於那裡的背景顏色上。

儘管如此，那名女性依然浮現出在梅莉達的記憶中不曾見過的表情。

照理說不可能傳遞到的話語，不知為何跨越距離之牆，撼動耳朵。

都是我害妳吃了這麼多苦——

對不起喔——…………

梅莉達反射性地挺身向前。像是不會輸給讓世界冒出龜裂的大海溝瀑布一樣，嬌小的身體拚命擠出所有聲音。

「母親大人！我絕對會成為每個人都認同的安傑爾家之子！不會讓人說母親大人任何一句壞話！所以——」

色彩瓦解。短暫的夢被從頂篷垂下的帷幕遮蓋住。

「請看著吧！」

壯烈的瀑布巨響在耳邊復甦。上下顛倒過來的圓錐狀剪影，已經只能看出輪廓。細部的構造就更不用說了。只是在一座塔的遙遠露臺上佇立的人影——究竟是真是假，沒有任何人能夠證明。

「小姐，怎麼了嗎？」

在周圍人眼裡，看起來像是梅莉達突然吶喊決心吧。心上人將手放在梅莉達肩上，梅莉達也將自己的手重疊在上面。視線至今仍像是在追逐夢境後續一般。

「……我總覺得剛才好像看到母親大人在那邊。」

庫法扣住梅莉達的手指。那確切的感觸讓梅莉達面對現實。

「所以我說了。要她『別擔心我』。」

「下次請務必讓我也打聲招呼。」

梅莉達猛然抬頭仰望他，那精悍的側臉讓梅莉達不禁染紅臉頰，同時望向下方。

「……該怎麼介紹才好呢？」

在像要隱藏似的低喃後，她意識到有個粗糙結實的手掌搭到另一邊肩膀上。

插入對話的是出乎意料的人物。菲爾古斯簡直就像在尋找錯誤的孩子一般，讓視線在圓錐狀的剪影上來回往返。

「在哪裡？」

「啊……呃……已經看不見了……說不定是我看錯了。」

「是嗎……」

菲爾古斯有些沮喪似的這麼低喃後，用看來也像是縮小了的背影回到船內。目瞪口呆地目送他離開後——梅莉達與庫法互相對望，明知道這樣不行，還是呵呵地悄悄交換了笑容。

「有機會再來探訪梅莉諾亞大人吧？」

庫法用一如往常的誘人美貌，給予梅莉達的內心熱度。

「好，明年夏天再來！」

梅莉達純真的笑容滋潤著庫法的心靈。

這時，瀑布的一部分盛大地裂開。從裡面一邊高聲嘶鳴一邊衝出來的哈庫諾瓦，閃耀著蛋白石鱗片，同時飛舞起來。前所未有的活力是牠找回「心臟」的證明——簡直就像在較量一般，牠掠過鯨魚身旁，拋在腦後。

水滴從牠拍動的羽翼降落到氣球上。

就宛如祝福之雨一般，濺起的水滴演奏出旋律——

菲爾古斯・安傑爾

位階：聖騎士

HP	10012	MP	???		
攻擊力	808	防禦力	1044	敏捷力	???
攻擊支援	0～25%	防禦支援	0～50%		
思念壓力	??%				

主要技能／能力

…………（※）

亞美蒂雅・拉・摩爾

位階：魔騎士

HP	????	MP	865		
攻擊力	1013	防禦力	???	敏捷力	696
攻擊支援	—	防禦支援	—		
思念壓力	??%				

主要技能／能力

…………（※）

※同為非公開情報。為了兼顧到戰意高昂，公開設有限制。

Report.05　英靈騎士

是死之女王靠戒指魔力使其復活，身經百戰的勇士，但可以說幾乎都是假象。假如他們是以生前的能力值出現，公爵家眾當家的消耗應該不是這次能相比的吧。

不過另一方面，也能夠如後述般解釋。之所以能撐過英靈騎士的猛攻，除了他們的能力值已經衰退，同時也是因為身為子孫的菲爾古斯等人在實力上已經超越了他們。這意味著瑪那能力者每歷經一個世代，就會變得更強。

HOMEROOM LATER

HOMEROOM LATER

公爵家一行人歸來——

這種標題的報紙在廚房桌上堆積如山。在照片中流暢地回答採訪的是三大公爵家之長——菲爾古斯、亞美蒂雅、塞爾袞三人，但只有同行這趟旅途的人們明白他們內心一定疲憊不堪。例如負責陪伴小姐同行的艾咪。

「只有艾咪跑去海邊玩，真狡猾！」

只看表面便感到羨慕的是葛蕾絲，妮采則是幹勁十足地打算仔細解讀報紙每個角落。話雖如此，但無論反覆閱讀幾遍，這次眾當家跨越的，關於弗蘭德爾的死鬥，就連線索甚至都不可能掌握到。

「女僕長，我要求更詳細的說明。」

「妳問幾次都一樣——是一趟非常辛苦的旅行喔。」

就連艾咪現在也沒有力氣拖地，只能至少穿著女僕服疲憊地癱坐在椅子上。麥菈幫那樣的上司按摩肩膀。對於出門時幫忙管理宅邸的她，之後得特別慰勞一番才行。

「哎呀~真是辛苦妳了，艾咪。」

「我還好啦，只是一直在看家，擔心得不得了而已。真正辛苦的是小姐和庫法先生他們……所有人都能平安回來，真是太好了。」

「但是小庫先生真厲害呢！他一回來又立刻出門了呢。」

不知他上哪去了呢？葛蕾絲悠哉地戳了戳嘴脣。比起這個，艾咪更想質問那異常友善的稱呼是怎麼回事……看來似乎是經常來宅邸玩的「一代侯爵」的口頭禪對傭人之間的距離感產生了某些影響。「庫小弟」、「小庫先生」這種聲調，艾咪最近也漸漸聽習慣了。

一旦鬆懈下來，自己好像也會不小心將暱稱脫口而出。女僕長不禁稍微挺直脊背，詢問部下。最清楚答案的應該是妮采吧。

「梅莉達小姐與愛麗絲小姐在做什麼呢？」

「她們應該兩人一起在泡澡吧。」

畢竟是久違的自宅。這也難怪——女僕長重新繃緊神經，鼓起幹勁。

「得去幫忙才行呢。要準備替換的衣服還有毛巾——」

在艾咪要站起來前，一個茶杯放到她眼前。平靜搖晃著的嫩綠色光輝慰勞著旅人。

艾咪驚訝地抬頭一看，只見麥菈的笑容像在暗示看透內心一般。

「現在先好好休息吧？」

艾咪感覺就連掩飾也毫無意義，她將辛勞壓在椅背上……

「不管幾次我都要說——真的很辛苦喔！」

她優雅地將花草茶一飲而盡。「哦哦！」部下的歡呼聲迴盪在室內。

「雖然的確是一趟很辛苦的旅行——」

這時，在宅邸的浴室，就如同女僕傳言的一樣，而且比她們所想的更親密的光景在那裡展開。也就是在浮著滿滿泡泡的浴缸裡頭，天使姊妹正互相清洗彼此純潔的裸體。

彷彿連海風的痕跡也不允許一般，梅莉達仔細地照料宛如寶物的銀髮。

「但這次的『掃墓』不能寫在日記上呢。啊～啊，我還以為可以解決一個學院的作業了……空白的那幾天該怎麼填滿呢？」

「我們一起思考就行了。莉塔很擅長想故事。」

「那樣會變成一樣的內容啊！」

面對面的愛麗絲似乎覺得被梅莉達用手梳頭非常舒服，從剛才開始就偷懶沒幫洗對方身體，而是瞇細著眼睛。簡直就像貓咪一樣——梅莉達抱住她的頭，內心小鹿亂撞地這麼想。

愛麗絲已經沒有清洗身體的意圖，像在嬉戲般的手掌撫摸著梅莉達的腹部。

既然身心都放鬆到這種地步，應該正好吧——梅莉達舔了舔桃色嘴脣。

「嗳，我說愛麗。說到學院，有件事讓我有點在意。」

「什麼事……？」

愛麗絲回以置身夢境般的聲音，光用聽的話，彷彿還會綻放花朵一般。

沒有任何遮蔽物的這種距離感，正適合用來提出有一點害羞的提議。

「從新學期開始，米特娜會長要開始新的姊妹制度這件事……妳知道嗎？」

「咦？」

「該說是效法月光女神嗎……聽說就是透過那個……跟唯一的對象交換約定，來締結學姊與學妹的模範關係……感覺很棒呢。」

在愛麗絲抬起頭的剎那，梅莉達從頭上潑下熱水。

銀色瀏海貼在臉上遮住眼眸，與此同時，梅莉達通紅的臉頰也保住了名譽。

「所……所以說喔？那個……跟我搭檔吧。」

「………」

愛麗絲撥開溼透的瀏海，宛如小狗一般探出臉來。

出乎意料地，她先是拐彎抹角地回答。

「我們明明是同年級，卻要當姊妹？」

「我才不在乎呢。」

就連不安也會吹散，對愛麗絲而言是太陽般的笑容。

「因為對我而言的姊妹就只有妳嘛。」

愛麗絲像是理解了似的點點頭，才心想她會說出已經決定好的答案，結果——

「暫且不提這些，這是回禮。」

「哇呀！」

彷彿在說是剛才淋的那些熱水的代價，她氣勢猛烈地推壓水面。大浪襲擊金髮，梅莉達被弄得滿身泡沫……楚楚可憐的水滴從瀏海滴落下來。

而且愛麗絲彷彿機不可失似的，將手掌貼上堂姊妹的臉頰。她摸摸揉揉搓搓，玩弄著少女的臉頰，讓梅莉達單薄的胸口深處噴火。

「愛～麗～！妳突然是做什麼呀！」

「做什麼？我們是姊妹對吧。我是在照顧比較傻的妹妹……我搔我搔。」

「不對，我才是『姊姊大人』。被照顧的傻妹妹是妳喔，愛麗！」

梅莉達當然不可能任憑擺布，反擊的手掌瞄準愛麗絲纖細的肌膚。熱水從浴缸跳起，將小貓互相嬉戲的身影映照在隔板上。

幾分鐘後，喝了花草茶而充滿氣力的女僕長在浴室入口現身。她踏進水滴四濺的磁磚地板上，看向異常安靜的隔板對面——才看了一眼，便露出早已被預測完的苦笑。

她看著眼前靠在浴缸邊緣上，整個頭昏眼花的美少女……

「就算是親生姊妹，感情也沒這麼好喔。」

感到溫馨似的這麼低喃，並幹勁十足地攤開浴巾。

† † †

洗完澡的天使讓發燙的身體冷卻下來時，同一時刻在兩個地方開始吹起變革之風。開端是位於在天空遨遊的鯨魚當中，亞美蒂雅．拉．摩爾的辦公室。

「居然有這種事……！」

她手邊是愛女帶回來的「土產」。儘管包括繆爾本人在內的公爵家眾千金早已經離開飛行船，但眾當家仍在船上一邊處理遠征的善後事項，一邊以聖王區的碼頭為目標。

天生的研究家亞美蒂雅負責解讀死之女王留下來的鍊成圖。特別重要的是三百年前關於柯爾多隆本身的考察。關於創造出人工太陽的計畫為何會失敗這點，被譽為稀世天才的蕾西寫下她獨到的見解。

被複雜暗號保護的鍊成圖，可沒那麼簡單就會透露情報。翻開厚重寬廣到感覺小孩子都能坐上去的書本，耐心地一直瞪著看的女公爵，忽然感應到天啟。

她猛然站起身來。堆積如山的資料從桌上掉落，但她根本沒空在乎那些。她急忙地走向牆邊的書架——在令人頭昏眼花的高級酒縫隙間，有個索然無味的灰色物體占據一席之地。

被稱為「世界儀」的那物體，是個將全灰色圓球固定在底座上而已的無機質物品。倘若是現在的亞美蒂雅，就能夠理解「表現出世界真理」這句宣傳詞的意義。

「這就是……『被夜晚封閉的世界』的真相…………！」

沒有任何人聽見彷彿感到畏懼的那聲音。

能夠與三百年前的鍊成圖對話的，在現世代只有亞美蒂雅一人。

女公爵被迫陷入孤獨的漫長糾葛，猶豫著是否應該將「世界會從根本顛覆」的這個事實公諸於世。

——然後要說「從根本顛覆」的話，某個青年此刻在內心抱持的決心也是相同的東西。他也抱持著跟遠處的女公爵同等規模的糾葛。會動搖那位金髮主人與自己關係的事情，跟巨大的災禍是同義的。

「有什麼要辯解的嗎？」

他開口第一句對房間主人發出的是宣告。被好幾層天鵝絨封閉，理應不存在的總部。上司還是一樣在沙發上吞雲吐霧，庫法逼近到他面前。把梅莉達送回宅邸後，庫法便直奔聖王區的這邊，行程緊湊到沒時間休息。

「看你那樣子，似乎是注意到了啊。」

從上司毫無愧疚之意，抖落煙灰的態度來看，應該不需要開場白吧。庫法遭到了測試……！上司刻意命令庫法去調查早已經知道答案的事情，試圖觀察青年為此奔波的模樣來判斷某些事。

究竟是什麼事？連想像都覺得厭惡。

「我已經查明革新派的首領。但散播關於梅莉達小姐謠言的人並不是『他』——我完全疏忽了啊，忘了『情報管理』也是我們的領域。」

庫法從帶上拔出黑刀，直接以刀鞘橫掃。花瓶與煙灰缸被一口氣掃開，在遠處的地板上發出尖銳的聲響。庫法彷彿想說隨時都能拔刀一樣，將刀鞘前端對準上司。

上司他——越過無數生死關頭的戰士，才這種程度根本不為所動。

「……就是這個。我一直很想看看你這種表情。」

「你在開玩笑嗎？」

「是誰在開玩笑？」

上司翻找懷裡然後抽出來的手中，高舉著似曾相識的文件。

那正是庫法本人提出的東西。從鄉哥爾塔祕密研究所得到的收穫。

「關於『無能才女』，你有什麼事情沒跟我們報告吧。威廉・金的證詞也是，總覺得無法信任……現在的你為何如此氣憤？這是任務需要的感情嗎？身為家庭教師，你萌生什麼情感了嗎？」

「…………這──」

「布洛薩姆侯爵的報告書，真的這些就是全部了嗎？」

庫法反射性地想收回刀，但他不能那麼做。甚至不被允許緊張地吞口水。喉嚨被刀刃抵著的反倒是這邊──

「……這兩件事有什麼關係？你只為了要確認我的忠誠心，就不惜危害安傑爾家的威信嗎？為何白夜要自己四處宣傳『無能才女』的位階？」

「這都是因為你很優秀啊。」

他還是一樣像在胡鬧似的說道，讓吐出的煙纏繞在刀鞘上。

「多虧了你的教育成果，那姑娘受人注目的情況變多了。月光女神選拔戰……畢布利亞哥德圖書館員檢定考試……還有王爵的加冕典禮，再加上這次的大海溝遠征！波濤總是以那個『無能才女』與公爵家千金為中心捲起漩渦。」

上司將額頭貼近到非常靠近刀尖的地方。

「你覺得自己能一直隱瞞下去嗎？她的位階是『武士』這個事實。」

「……」

「遲早一定會被公諸於世的。與公爵家敵對的人會曲解、放大這個事實，滲入無邊際的惡意，企圖扭曲貴族社會吧──既然如此，應該先發制人，由我們主動揭露才對。我們要先將『對我方有利的解釋』滲入民眾之間。要牽制危險分子只有這個辦法。」

點燃確切熱度的香菸前端戳了戳黑刀的刀身。

「這是在對著誰啊，拿開。」

事已至此，儘管只能收起殺意，但自尊不允許庫法默默地收起刀。

「……莫爾德琉卿對此能信服嗎？」

「關於這件事，我保管了一個東西。」

上司隨意地將報告書扔到桌上，把空下來的手繞到沙發底下。

他拿出來的是書簡。他將樣式氣派的那東西推向庫法。

簡直就像在回報庫法剛才拿黑刀對準他一樣──

「莫爾德琉卿直接對你下了指令。」

「──」

庫法猛然解開繩子，仔細確認內容。

那些神經質的字串，迫使人必須堅忍不拔地下苦功才能消化。大腦要咀嚼上面點綴的內容就更不用說了。即使知道嘴角逐漸苦悶地扭曲起來，也無法壓抑住。

彷彿在說這是最棒的大餐一樣，上司在桌子前扭曲了嘴脣。

「做好覺悟吧，暗殺教師。前所未有的考驗正接近無能才女喔。」

——那是跟某個女王十分相似，壓根就是壞心眼的笑容啊——庫法這麼心想。

後記

各位讀者大家好，我是作者天城ケイ。

這次是繼第三集以來的大長篇，而且登上舞臺表演的演員人數也是前所未有的多，應該是一段密度相當濃厚的時光吧。要問我為何會這麼想，是因為提筆的一方正有這種感覺，在終章結尾放下筆的時候，我喝著熱花草茶「呼……」地歇了口氣一事，自是不在話下。

多虧了從第一集開始就一直支持本作品的各位讀者，《刺客守則》的故事很快地來到第六集。梅莉達等人的學院生活也邁入二年級生的一半，但之後的命運會捲起更洶湧的漩渦等候她們到來。身為說故事的人，還有很多想讓他們活躍的角色、想描寫的場景、想揭露的真相等等，都彷彿寶物一般堆積在腦內，希望能以最棒的形式將它們各自獻給所有讀者。

這麼說來，一年又多一點的時間就出版五集，在Fantasia文庫似乎也是少見的高速出版，讓我不禁恍然大悟地敲了敲手掌，心想「原來如此」。我的興趣是旅行，但已經很久沒出遠門了，這是因為我現在成了帶領各位進入書本之旅的立場呢……為了健康，我會提醒自己千萬不要熬夜，因此每集後記都像睡迷糊一樣亢奮是我的本性。請別搞錯了。

話雖如此，但在這部作品裡的時間，至此也經過將近一年。在各位讀者裡面，應該也有人想要再稍微悠哉點地貼近角色的日常吧？

——向那樣的您推薦這邊的商品！鐺鐺！（音效）

目前隔月出版的《DRAGON MAGAZINE》中，正在連載《刺客守則》的短篇集。開門見山地說，就是以「學園生活」為主題，描寫出女主角各自的嶄新魅力和意外的一面，還有其他種種模樣的支線故事，感興趣的讀者請務必閱讀看看。以上是宣傳。

在這本第六集送到各位手邊時，不知期盼已久的漫畫化是否開始連載了呢？非常感謝給予這個機會的《ULTRA JUMP》編輯部、Fantasia文庫編輯部。還有向無庸置疑地協助本作品飛躍的ニノモトニノ老師致上最真誠的感謝。以及對翻閱到本頁的「您」獻上無比祝福。

由衷期望能在第七集第一頁與您再相見。

天城ケイ

創神與喪神的召喚之戰 1~2（完）

Kadokawa Fantastic Novels

作者：三田誠　插畫：曾我誠

「我來到這個城市的目的，就是為了『黑絕公』。」
蒼士郎為了親自斬斷因緣而前往戰場——

某天，斑鳩學園的學生初瀨恭真委託破城蒼士郎為自己進行創神使的訓練，恭真的心願是以創神之力拯救孤獨的少女阿賴耶；而展現出創神使才能的恭真，也讓蒼士郎把他跟從前的學生——鷹羽蛟重疊。然而，蒼士郎的日常也將受到「戰爭」的因緣所侵蝕……

各 NT$200~220/HK$65~68

普通攻擊是全體二連擊，這樣的媽媽你喜歡嗎？ 1~4 待續

Kadokawa Fantastic Novels

作者：井中だちま　插畫：飯田ぽち。

真人和真真子的母子約會篇&
母親陪伴冒險搞笑故事賭場篇！

華茲等人受金錢誘惑，想瞞著真真子去賭場一夕致富，而犧牲了真人（兒子）和真真子（媽媽）來場約會。然而華茲等人卻欠了一屁股債，在賭場打工當獎品？真人和真真子只好賺錢贖人。卻遭自由軍團四天王之一索蕾菈現身阻撓，華茲等人究竟會怎樣呢!?

各 **NT$220/HK$68~75**

國家圖書館出版品預行編目資料

刺客守則. 6, 暗殺教師與夜界航路 / 天城ケイ作 ;
一杞譯. -- 初版. -- 臺北市 : 臺灣角川, 2019.02
面 ; 公分
譯自 : アサシンズプライド. 6, 暗殺教師と夜界航路
ISBN 978-957-564-751-3(平裝)

861.57 107022199

Kadokawa
Fantastic
Novels

刺客守則 6
暗殺教師與夜界航路

（原著名：アサシンズプライド 6 暗殺教師と夜界航路）

２０１９年２月25日　初版第１刷發行
２０１９年10月16日　初版第２刷發行

作　者：天城ケイ
插　畫：ニノモトニノ
譯　者：一杞

發行人：岩崎剛人
總經理：楊淑媄
資深總監：許嘉鴻
總編輯：蔡佩芬
編　輯：陳書萍
美術設計：胡芳銘
印　務：李明修（主任）、張加恩（主任）、張凱棋

發行所：台灣角川股份有限公司
地　址：１０５台北市光復北路11巷44號５樓
電　話：（02）2747-2433
傳　真：（02）2747-2558
網　址：http://www.kadokawa.com.tw
劃撥帳戶：台灣角川股份有限公司
劃撥帳號：19487412
法律顧問：有澤法律事務所
製　版：巨茂科技印刷有限公司
ＩＳＢＮ：978-957-564-751-3